琼瑶
作品大合集

心有千千结

琼瑶 著

作家出版社

琼瑶，本名陈喆，作家、编剧、作词人、影视制作人。原籍湖南衡阳，1938年生于四川成都，1949年随父母由大陆赴台生活。16岁时以笔名心如发表小说《云影》，25岁时出版首部长篇小说《窗外》。多年来笔耕不辍，代表作包括《烟雨蒙蒙》《几度夕阳红》《彩云飞》《海鸥飞处》《心有千千结》《一帘幽梦》《在水一方》《我是一片云》《庭院深深》等。

多部作品先后改编成为电影及电视剧，琼瑶也因此步入影视产业。《六个梦》系列、《梅花三弄》系列、《还珠格格》系列等，影响至深，成为几代读者与观众共同的记忆。

琼瑶以流畅优美的文笔，编织了众多曲折动人的故事。其作品以对于梦的憧憬和爱的执着，与大众流行文化紧密结合，风靡半个多世纪，成为华文世界中极重要的文学经典。

我为爱而生,我为爱而写
文字里度过多少春夏秋冬
文字里留下多少青春浪漫
人世间虽然没有天长地久
故事里火花燃烧爱也依旧

琼瑶

第一章

午后的阳光静静地照射在医院那长长的走廊上。

江雨薇走上了楼梯，走进走廊，竭力平定自己那有些忐忑不安的情绪，她稳定地迈着步子，熟稔地找寻着病房的门牌，然后，她停在二一二号病房的门口。

病房门上挂着"禁止访客"的牌子，病房里却传来一阵若有若无的咒骂声。她伫立片刻，下意识地拂了拂披肩的长发，整理了一下头上那船形的护士帽。心里迷糊地想着，这病房里要面对的又不知是怎样一个难缠的病人？做了三年的特别护士，见惯了形形色色的病人，应付过林林总总的难题，她不怕面对这新的"雇主"。但是，刚才，那好心的护士长，曾用那么忧郁而烦恼的声音，对她求救似的说：

"雨薇，你去试试应付二一二号病房的耿老头儿吧，这怪老头儿进医院三天，赶走了十一个特别护士，如果你再应付不了，我们实在拿他没办法了！"

三天赶走了十一个特别护士！江雨薇对自己默默地摇了摇头，耿克毅，他该是个颐指气使的、坏脾气的、傲慢的老人！一个富豪，自然会养成富豪的习性。而她，无论如何，总得面对眼前的难题。江雨薇，她念着自己的名字，你选择了怎样一种艰苦的职业啊！

轻叹一声，她昂了昂头，下意识地抬高了下巴，似乎这样就增加了她的骄傲和勇气。略一沉思，深吸口气，她不由自主地竟浮起了一个自嘲似的微笑，了不起做第十二个被赶的人，又怎样呢？于是，带着这满脸的微笑，她敲了敲房门。

门内传来一声模糊的咆哮：

"不管你是什么鬼，进来吧！"

多好的欢迎词！江雨薇唇边的笑意更深了。推开房门，她走了进去，门内，一个坐在轮椅上的老人正面对着视窗，背对着她。她只能看到他那满头乱七八糟的、花白的头发。在他旁边，有个装扮入时的少妇，正带着满脸的烦恼与不耐，在低声下气地侍候着。江雨薇的出现，显然使那少妇如获大赦，她正要开口向老人报告新护士的来到，那老人却已先开了口：

"是谁？"他问，声音是严厉而带着权威性的。

"哦。"江雨薇仍然沉浸在她自己的自嘲中，"是你的第十二号。"她微笑地说。

猝然间，那老人把轮椅车转了过来，面对着她。江雨薇接触了一对锐利无比的眸子，像两道寒光，这眸子竟充满了慑人的力量。尤其，这对眸子嵌在那样一张方正的、严肃的而又易怒的脸庞上,就更加显得凶恶了。

"你说什么?"他大声问。

"我说我是你的第十二号。"江雨薇清晰地说,并没有被这两道凶恶的眼神所打倒,相反地,她心中那抹自嘲和滑稽的感觉正在扩大,这老人是个标准的老怪物啊!笑意控制了她整个面部的肌肉,遍洒在她的眉梢眼底。"听说,你三天内赶走了十一个特别护士,我恰巧是第十二个,把我赶走后,你刚好凑足了一打。"她说,笑着。

那老人怔住了,他那两道不太驯服的浓眉虬结起来,眼光阴鸷而疑惑,凝视着她。"哈!"他怪叫了一声,"你好像已经算准了我一定会赶走你!""不错,"她点点头,"因为我不是个驯服的小羔羊。"

"呵!听到了吗?"老人转向身边的少妇,怪叫着说,"这个护士已经先威胁起我来了!"

少妇对江雨薇投过来一个不解的眼光,讨好地对老人弯下腰去:"好了,爸爸,你不喜欢她,我们再换一个吧!"

江雨薇转身欲去。

"那么,让我去通知那个倒霉的十三号吧!"

"慢着!"老人大叫。江雨薇站住了,回过头来。老人瞪视着她:"服侍我是倒霉的吗?"他问。

"据以前那十一个人说,是的。"江雨薇坦白供认,那满脸的微笑始终漾在她的脸上。

老人微侧着头,斜睨着她,只一忽儿,他眼底忽然掠过了一抹狡黠的光芒,唇边竟也浮起了一丝笑意,一丝近乎孩

3

子气的笑意。他点点头，阴恻恻地说：

"好极，好极！第十二号！你想一开始就摆脱我，是吗？告诉你，没那么容易！我不需要第十三号，你留下来，我就认定要你来做这倒霉的工作！"

江雨薇微微地扬了扬眉毛，笑着注视他。

"你决定了吗？耿先生。"

"当然！"老人恼怒地叫。

"那么，我'只好'留下来了！"江雨薇耸耸肩，做了个无可奈何似的表情，"不过，你还是随时可以赶我走，至于我呢，"她从睫毛下窥视他，悄悄地微笑，"也必须声明一点，如果我受不了你的坏脾气，我也是随时可以不干的！"

"啊呀，"老人怒喊，"你又来威胁我了！"

"不是威胁，"她轻颦浅笑，"我说过我不是个驯服的小羔羊，假如你不喜欢我，你还来得及反悔。"

"反悔！"老人翻了翻白眼，气呼呼地嚷，"我为什么要反悔？我生平就没有反悔过任何已经决定的事情！所以，你休想逃开我！从现在起，你是我的特别护士，听到了吗？"

"好吧，好吧！我看，我只好做你的特别护士了！"江雨薇走向他的身边，抿了抿嘴唇，露出了嘴角的微涡，怪委屈似的说，"谁教我选中了这份职业呢！好了，现在，耿先生，如果我对你的病情研究得不错的话，这时间是你练习走路的时候了！"她从墙边拿起了他的拐杖："我们立即开始吗？"

他斜睨着她，带着满脸研判的神情，逐渐地，他眼底那抹狡黠的神色消失了。接着，他忽然一仰头，纵声大笑了起

来,这笑声来得那么突然,使那一直站在旁边的少妇吓了一大跳。她慌忙扑向他,急急地问:

"你笑什么?爸爸,有什么事不对?"

老人继续笑着,推开了面前的少妇,他的眼光定定地望着面前的江雨薇,他一面笑,一面喘着气说:

"好,好,好,我耿克毅是聪明一世,糊涂一时,居然上了你的当!你这个第十二号!从进门起,你就在对我玩手段!好,好,好,看样子,我是无法赶你走了!但是……"他用力地拍了一下轮椅的扶手,"你这个古怪的精灵鬼!你很能使我开心,我用定了你这个特别护士了!"

江雨薇也跟着笑了起来,看样子,那个第十三号是不必再来了。好难完成的任务,她松了口气。但,她并没料到这老人如此机智,如此精明,他竟能这么快就看透了她,使她不由自主地有些尴尬,脸孔就微微地红了起来。

"好了。"老人收住了笑,眼光锐利地望着她,毫不保留地、从上到下地打量着她,仿佛在衡量一件艺术品的价值,又仿佛在找寻这艺术品的破绽。终于,他满意地点了点头,一本正经地说:"除了第十二号这个名字之外,你还有别的名字吗?"

"是的,"她微笑地说,"江雨薇,雨天的蔷薇。"

"江雨薇。"他沉思地念着这名字,"还不错的名字,只是太柔弱了,与你本人不符。"他挑了挑眉毛,忽然转过头去,面对身边的少妇,冷冰冰地说:"美琦,你可以回去了,我用不着你了!"

5

那少妇如释重负般深吸口气，望了望老人，强笑着说：

"那么，明天我和培华一起来看您！"

"算了！算了！"老人不耐地摆摆手，"我不需要你们来看我，我已经有了特别护士了，你们尽管放心吧！我一时还死不了，也不需要你们在我面前献假殷勤！"

"爸爸！"少妇颇为难堪地喊，不自然地看了江雨薇一眼，"您怎么这样说呢？我们……"

"我太了解你们了！"老人打断了她，微微一笑，"去吧，去吧，你待在这儿两小时，已经有一百二十万分的不耐烦了，我不想再看到你的第一百二十万零一分的不耐烦！所以，走吧！"

那少妇忍耐地咬了一下嘴唇，江雨薇没有忽略她眼底闪过的一丝恨意。到这时候，江雨薇才有时间打量面前这女人，烫得短短的头发，画得浓浓的眉毛，有对相当漂亮的眼睛，和纤秾合度的身材，一件剪裁合身的旗袍，粉红色滚着淡蓝的边，同式样的小外套，襟上别着一个水钻别针。这女人浑身都代表着富丽与华贵。只是，在富丽与华贵之中，却混合着某种与她身份谐调的骄矜、高傲和庸俗。富家的小姐啊！招牌是明写在她脸上与身上的。江雨薇对他们父女间那份微妙的仇恨感到淡淡的惊奇。淡淡的，仅仅是淡淡的，三年的特别护士，接触到太多不同种类的人物，然后，你会发现人与人间的关系那样奇怪，感情那样微妙，什么事都不足为奇了！

"好吧！"那少妇拿起了她的手提包，高傲地昂起了她的头,她美丽的大眼睛冷漠地望着江雨薇,"那么,江小姐,我把我父亲交给你了!希望你好好照顾他!"

"你放心!"老人抢着说,"她不会谋杀我!"

那少妇怔了怔,想说什么,终于,她一甩头,什么话都没有说,打开房门,径自走了出去。

门关上了,江雨薇转过头来,看着她的雇主。

"你对你的女儿相当冷酷啊!"她率直地说。

"女儿?!"老人嗤之以鼻,"我没有那么好的命,从来就没什么女儿!至于美琦,她是我的儿媳妇,她已经等不及我快些死掉了!"江雨薇瞪视着面前的老人。

"你对所有的人都充满了仇恨的吗?"

老人严厉地回视着她。

"怎样?"他反问,"你想批判我吗?"

"我?"江雨薇自嘲地一笑,"我的身份能批判你吗?我有权利批判任何人吗?"

"你已经批判了!"老人冷冷地说,紧盯着她,"你满脸满眼睛里都写着你对我的不赞同,你不喜欢我,对不对?"

"我是职业性的特别护士,在我的工作范围内,并不包括要去喜欢我的雇主。"

"答得好!"他冷哼了一声,盯着她的眼光显得更加锐利与尖刻了,"我不知道我能对你忍耐多久,我已经开始讨厌你了!"

"你还来得及辞掉我。"

"不,"他虚眯着眼睛,慢慢地摇了摇头,"别梦想,我已经用定了你！现在，"他咬咬牙，大声地说，"你还不执行你的工作，在等什么？扶我起来！我不想一辈子坐在轮椅上！"

江雨薇走上前去，把拐杖递给了他，在搀扶他起来的一瞬间，她的眼光接触了他的，她有片刻的恍惚与迷茫。因为，那苛刻的老人的眼光中，竟有某种十分温柔的东西，当她想捕捉点儿什么的时候，那眼光已经变得冰冷而冷酷了。

"把你的肩膀靠近我一点！"他命令地说。

她靠过去，他的手扶住了她的肩，勉强地站了起来，撑住了拐杖，他费力地移动着身子，大声地诅咒。江雨薇搀住了他的胳膊，多么瘦削的手臂，她怔了怔，难道这老人的生命力并不强？但是，那眼睛里的生命力是多么强韧啊！

"别发呆！"老人从喉咙里低吼，他竟没有忽略掉她那微微一怔，"医生已经宣布过了，我顶多再活一年！"

她愕然地抬头望着他，想看出他话里有几分真实性，立即，她从他眼光里知道，他说的是真的了。

"即使一个月，我也不要成为残废！"他盯着她，"知道吗？扶我走吧！让我走得跟一个健康人一样！"

她用力地搀住了他。一时间，她无法说话，也无法思想，她遇到过各种各样的病人，从没有像这个——耿克毅这样撼动她、震慑她的了！她扶着他行走，一步一步。并不走向生存，而是走向死亡。但是她知道，这个老人要"走"下去！而不要"倒"下去！

第二章

江雨薇沉坐在床边的椅子里，凝视着那熟睡中的耿克毅。这是她担任这特别护士的第二天下午。

她已经向黄医生和护士长打听过耿克毅的病情。在耿克毅床头上挂着一个病历牌子，上面只简单地记载着：耿克毅，河北人，六十八岁，男性，病名只简单写着"双腿麻痹"。实际上，他的病是心脏冠状动脉肿大及肝硬化。四天前，他被另一家大医院转送到这儿来，因为他咆哮着说那家医院的设备太差，病房太坏，而这家医院却是全台北著名的"观光医院"。耿克毅在那家医院已经治疗了半个多月，病历也转了过来。一切正像耿克毅自己说的，他，顶多再能活一年。但是，他的双腿却在惊人的进展下复原。黄医生曾经不解地说：

"换了任何人都无法做到的，反正到头来难逃一死，即使恢复了行走的能力，又能走几天呢？"

江雨薇却深深明白，哪怕是一天，是一小时，是一分钟，这老人都要争取"走"的权利。他就是那种人,永不跌倒,永不服输。

现在,老人在熟睡着。整个上午,他被打针、吃药、物理治疗、电疗等已弄得疲倦不堪。何况,他又用了那么多精力来咒骂那些医疗设备和医护人员,咒骂他那不听指使的双腿,咒骂那辆倒霉的轮椅,还有,咒骂他新雇用的"利嘴利舌"的"特别护士"!现在,他累了,他沉睡在一个梦境里,那梦境是不为人知的吗?他的面容并不和平,那紧蹙的眉头,那紧闭的嘴唇,那僵直而绷紧的肌肉……这整张脸孔上都写明了:他在一个噩梦中,或者,在那梦境里,他潜意识所惧怕的死亡正在威胁着他吧。是吗?那坚强的面孔在熟睡中显得多忧郁、多苍凉!

她出神地注视着这张脸孔。若干年来,只有病危的人与有钱的病人才雇用特别护士,因此,她的病人往往最后只有两个去处,一个是病愈出院,一个是被推进"太平间"。如今,这耿克毅,他将走向何处?黄医生说过:

"等他的双腿再进步一些,他可以出院了,以后,只是按时打针吃药与休息。一年内,死亡是随时可能来临的。"

她希望他能早些出院,她希望他被推进太平间的时候,她不用去面对他。奇怪,她看过多少人死亡,看过多少人被病痛折磨得不成人形,最后,仍然被推入太平间。初当护士那些日子,她每面临一次死亡,就会食不下咽,会难过,会呕吐,会陪着家属恸哭……后来,当她见惯了,她不再难过,不再动容了,她了解了一件事:死亡是每个人必须面对的,谁也逃不掉。可是，为什么她对耿克毅将面对的"死亡"竟如此不能接受？为什么？她不了解，她完全不能了解。

耿克毅在床上翻了一个身，轻轻地叹了口气，睡梦中的他不再凶恶了，只像个慈祥与孤独的老人。这是初秋的季节，天气仍然闷热，他的额上微微地沁着汗珠。江雨薇悄悄地站起身来，拿起桌上的一块纱布，轻轻地拭去了他额上的汗。这轻微的触动似乎惊醒了他，他翻了一个身，嘴里吐出了两个模糊的字：

"若成！"

若成？这是什么？一个人名？一个公司？一个符号？江雨薇愣了一下，再看他，他仍然熟睡着，却睡得更加不安稳了，他的面孔扭曲了，他枯瘦的手指紧抓着被单，嘴里急促地吐出一大串模糊不清的吃语，她只能抓住几个诅咒的句子：

"该死的……混球……笨蛋……傻瓜……"

连梦里他也要骂人啊！江雨薇有些失笑。可是，忽然间，他整个身子痉挛了一下，嘴里蓦然冒出一声野兽受伤时所发出的那种狂嗥：

"若成！"

这一声呼喊那么清晰又那么凄厉，江雨薇被吓了一大跳。她扑过去，他却再度睡熟了，面容渐渐平静下来，他又低低地吐出一句温柔的句子：

"小嘉，留下来，别走！"

小嘉？或是小佳？这又是谁啊？她无心探讨，只是呆愣愣地望着面前这老人的脸孔。留下来，别走！这坚强的老人，在梦中也有若干留恋吗？谁在这人生中，又会一无留恋呢？她沉思着，想得痴了。

于是，就在这时候，老人欠伸了一下身子，突然醒了。他睁开了眼睛，有一瞬间的迷茫，他的眼光立刻接触到江雨薇那对直视着他的眸子。他摆了摆头，迷迷糊糊地，嘟嘟囔囔地咒骂了一句：

"你是个什么鬼？"

江雨薇一怔，怎的，才醒过来，就又要骂人啊！而且，他居然忘掉她是谁呢！她深吸了口气，望着他，微微一笑：

"忘了吗？我是你的第十二号。"

"第十二号！"他睁大眼睛，完全清醒了过来，"是了！你就是那个机灵古怪的特别护士！"

她嫣然一笑，转过身子，去浴室里为他取来一条热毛巾。这种特等病房，都像观光旅社般有私用的浴室。

"你睡得很好，"她把毛巾递给他，扶他坐起身来，"足足睡了两小时，睡眠对你是很重要的。"她笑着望望他，"在梦里，你和醒的时候一样爱骂人呢！"

他斜睨着她，怀疑地问：

"我说梦话吗？"

"是的，"她笑容可掬，"像小孩一样。"

"哼！"他打鼻孔里重重地哼了一声，警告似的说，"你最好别说我像小孩子！"

"你的戒条未免太多了！"她说，仍然笑着，一面帮他整理着被褥，"你是我碰到的最凶恶的病人，我不知道你是不是对你周围所有的人都没有好脾气！"

"你想在我身上发掘什么吗？"他紧盯着她，那眼光又重新锐利起来，"别想在我身上找慈祥温柔等文学形容词，我是著名的铁石心肠！"

"你以为是而已。"江雨薇直率地说。

"以为，你是什么意思？"

"每个人都有自己软弱的一面，你一定也有。"

他从浓眉下狞恶地看着她：

"你倒很武断啊！凭什么你认为我有软弱的一面？"

她抬起头来，微笑地望着他：

"你的小嘉。"她轻声说。

他猛地一震，眼光寒冷得像两道利刃，像要穿透她，又像要刺杀她，他厉声地说：

"你怎么知道这个名字？"

她在他的目光下微微一凛，立即，她武装了自己：

"你告诉我的。"

"我告诉你的？"他怒叫。

"是的，你梦里提到的名字。"她勇敢地直视着他。

"梦里？"他怔了怔，微侧着头，不信任似的看着她，逐渐地，那股凶恶的神气从他面容上消失了，他显得无力而苍老了起来。"见鬼！"他诅咒，"连睡眠都会欺骗你！"

"睡梦中才见真情呢！"她冲口而出。

他迅速地抬起眼睛来，再度盯紧了她。"你是个鲁莽的混球！"他咒骂，"我不知道我怎么会选择了你来当我的特别护士!"

"你随时可以辞退我。"

"哼!"他又重重地哼了一声,把头转向了视窗,他望着窗外的阳光,默默地沉思了片刻。然后,他回过头来,注视着她。带着一抹小心翼翼似的神情,他问:"我梦里还说过一些什么吗?"

"骂人话。"她说。

"哈!"他笑了,"很多人都该骂的。"

"还有——若成。"

他惊跳,紧盯着她的眼光迅速地变得凶恶而冷酷,他的脸色苍白了,一伸手,他竟一把抓住了她的手腕,用惊人的大力气捏紧了她,捏得她整个手腕火烧似的痛楚了起来。同时,他的声音暴怒地在她耳边响起:

"谁允许你提这个名字?谁允许你?如果你再敢在我面前提这两个字,我会把你整个人撕裂!你这个混蛋!你这个该死的鬼怪!混球!笨瓜……"

像潮水般,他从嘴里吐出一大堆骂人话,他的脸色那样狰狞,他的眼光那样可怕。江雨薇又惊又怒又恐怖,而更严重的,是她觉得受了侮辱,受了伤害。做了几年的护士,她从没有被人如此辱骂过。她努力地挣脱了他,远远地逃开到一边,她惊怒而颤抖。

"你……你……"她语不成声地说,"是个名副其实的老怪物!我……我……"

她正想说"我不干了!",却传来一阵叩门声。好,准是医生来巡视病房,她正好告诉医生,这个老怪物必定还有精神病,他根本是半个疯子!冲到门边,她打开房门,出乎她意料,门外并非医生,却是两个西装笔挺的中年男人!

"哦,"她咽了一口口水,护士的本能却使她不经思考地说了句,"耿先生不能见客!"

"我们不是客,"个子略高的一个微笑着说,"我们是耿先生的儿子。"

"哦!"江雨薇狠狠地退后了一步,让他们二人走进来,她还没有能从自己的惊恐与尴尬中恢复过来,却又陡然听到耿克毅的一声怪叫:

"哈!我的两个好儿子,你们来干什么?"

"爸爸,"高个子走了过去,弯腰看他,"您还好吗?又在为什么事情生气了?"

"不劳你们问候,"老人冷冷地说,车转身子,用背对着他们,"培中,培华,你们如果对我还有几分了解的话,最好离我远远的,让我安安静静地过几天日子,我不想见到你们,也不想见到你们的太太。"

耿培中——那个高个子,年约四十岁,整齐、漂亮,而又很有气派的男人微笑了一下,掉转了头,他说:

"好吧,培华,我们走吧!看样子我们是自讨没趣!爸,你自己保重吧!"

"放心,我死不了!"耿克毅阴沉沉地说。

"爸,"耿培华开口了,他比他的哥哥矮,他比他哥哥胖,但是,显然他没有他哥哥的好涵养,"你为什么一定要跟我们过不去？"

"走！走！走！"老人头也不回地挥着手，"别来打扰我，我要睡觉了！"

"好！"培华站在床边，愤愤地说，"我们走！我们只会惹人讨厌，或者，若成会使你喜欢！"

比闪电还快，老人迅速地转回了身子，在江雨薇还没弄清楚是怎么回事之前，她听到清脆的一声响，然后，就那么吃惊地看到那老人已给了耿培华一个耳光。耿培中迅速地拉着耿培华退向门口，嘴里喃喃地说：

"培华，你怎么还是这么沉不住气！"

兄弟两个立刻冲出了病房，门又合上了。江雨薇愣在那儿，好一会儿，她只能站着发呆，这兄弟二人，来去匆匆，在病房里停留不到五分钟！这是怎样的一个家庭！怎样的父子关系！足足过去了三分钟，她才回过神来，也才想起自己刚刚受的侮辱。回转头，她看着耿克毅，要辞职的话已经冲到了唇边，但她又被一个崭新的情况所震骇了！

那老人，那冷酷、倔强、不近人情的老人，这时正靠在枕头上，衰弱、苍老、颓丧而悲哀！在那对锐利的眼睛里，竟闪耀着泪光！泪光！这比什么都震骇江雨薇，这么坚强的一个老人会流泪吗？她冲到床边，俯身看他，急急地说：

"耿先生，你还好吗？"

老人震动了一下，抬起眼睛来看她，他的眼光是深沉的、严肃的、疲倦的，而又哀伤的。

"不要辞职，"他轻声地说，"留下来，我们会相处得很好。"他竟看透了她的内心!她垂下头去,用手轻轻地抚平他的床单。"谁……谁说我要辞职的?"她嗫嚅地问。调过眼光来凝视他,她的声音坚定了:"你该起床练习走路了,如果你不想终身坐轮椅的话!"

他盯着她的眼睛,他眼里的泪光已没有了,他又是那个坚强而倔强的老人了。一个欣赏的微笑浮上了他的嘴角,他拍了拍她放在床沿的手,赞叹而惋惜似的说:

"你应该姓耿!"

"怎么?"她不解。

"你该是我的女儿。"他微嘻了一下。

"何必?"她扬扬眉毛,"好让你也有机会对我吹胡子、瞪眼睛吗?"

他瞪视她,她也瞪视他,接着,他们两人都不约而同地笑了起来。

"哈!我实在欣赏你!"老人说,把手交给了她,"扶我起来吧!"

于是,他们有相当融洽的一天,她不再对他提起他的家庭和儿子,也不谈他的"梦话",以及那个神秘的符号"若成"。当晚上来临的时候,夜班的特别护士来接了她的班。(天知道!他每晚要换个不同的特别护士!)她终于走出了二一二号病房。

说不出的疲倦,说不出的感觉,她缓缓地穿过那长长的走廊,走向楼梯。在长廊的尽头,楼梯的旁边,有一张长沙发,一个坐在那长沙发上的年轻人忽然站了起来,拦在她的面前。

她吃了一惊,望着面前的陌生人:瘦高,修长,一对炯炯发光的眸子,满头乌黑的乱发,挺直的鼻子下是张薄而坚定的嘴,下巴上胡子未刮,衬衫的领子未扣,一件破旧的牛仔布夹克,下面是条已发白的牛仔裤。满身的吊儿郎当,满脸的桀骜不驯,却浑身带着股特殊的、男性的气息!

"你——你要干什么?"她疑惑地问。

"你是耿克毅的特别护士吗?"他问。

"是的。"

"我只是要知道,他的病情怎样?"那年轻人问,直率地、肆无忌惮地注视着她。

"你是谁?"

"我是谁没有什么关系!告诉我,"他咬咬牙,眼底掠过一抹阴影,"他会死吗?"

"你……"她犹疑地说,"你应当去问他的主治医生,他比我清楚得多。"

"你一定也知道一些的,是吗?"他粗鲁地说,有份咄咄逼人的力量,"他到底怎样?"

"目前还好,但是,据说,他活不过一年。"他有种控制人的力量,使她不由自主地说了出来。

他一震,迅速地转过了身子,用背对着她,她看到他把手背送到唇边,用牙齿紧啮着自己,他的身子僵直而颤抖,似乎受到一个突如其来的大打击。但是,仅仅几秒钟,他回过头来了,除了脸色苍白之外,他看不出有任何异样。

"谢谢你，小姐。"他说，声调喑哑而鲁莽，"请不要告诉他我问起他。他并不高兴听到我。"

"但是，你是谁？"她迷惑地问。

他凝视着她，那眼光深沉而怪异，充斥着某种寂寞、某种空虚，和某种凄凉。

"我没有名字。"他轻声地说。

"什么？没有名字？"她惊奇地张大了眼睛。

"如果你一定要称呼我什么，我叫若尘，意思就是'像尘土一般'，懂了吗？没有价值，没有分量，仅仅是尘土而已，风一吹就不见了。"他自嘲地笑了一声，再说了句，"好了！谢谢你告诉我！没想到，耿克毅也有倒下来的一天！"

转过身子，他奔下了楼梯，迅速地消失在楼下了。

她呆立着，若尘，若尘，这就是那个神秘的名字，她曾以为是"若成"的。像尘土一般，像尘土一般……这是谁呢？耿家！怪老人！自从她担任这特别护士以来，认识的是一些怎样"特别"的人物呢？

第三章

"昨晚那个特别护士要了我的命！"耿克毅坐在轮椅中咆哮着，"她是一块木头，一个标准的傻蛋，你跟她讲什么她都不懂！我真不知道你们受了几年的护士训练，怎么会训练出这样一批傻瓜蛋来的！前天夜里那个护士也是，我才对她吼了几声，她居然就哭起来了！"江雨薇一面整理着病床，一面微笑地倾听着。站直身子，她回头看着他。

"护士训练只训练我们照顾一些正常人，不是专门训练我们来照顾你的，耿先生。"

"你的意思是说我不算个正常人了？"

"不算。你是个特殊的人。"

"如何特殊了？"

"你自己不知道吗？"她沉吟地注视着他，"你暴躁、易怒、敏锐、固执、跛扈、任性，甚至不近人情。像你这样的人，没有几个能忍受你的，你无法去责备那些护士，她们的工作里是不包括受气的!"

"啊呀,"他翻了翻白眼,"你把我形容成了一个暴君!"

"可能你就是一个暴君,"她深思了一下,"我们每个人都有自己的一个小王国,在自己的小王国里,我们有权做暴君,但是,当你走出了自己的小王国,你就无权做暴君了。"

他紧紧地盯着她,眼光里带着一抹深深的困惑,他就这样盯了她好一会儿,沉默地,研究地。然后,他把轮椅推向窗边,面对着窗子,他低沉地说:

"你是个奇怪的小女人,你有许多奇怪的思想。"

"我并不奇怪,"她轻轻一笑,"我只是比一般女孩坚强些,我不喜欢被打倒。"

"所以,你想打倒我!"

"怎么会?"她挑挑眉,"你是永远不会被打倒的,我只是说,做你的护士是对我工作上的一种挑战……"

"因为没有护士受得了我?"

"是的。"

他从窗前转回过来了,把轮椅推到床边,他看着她熟练地铺床叠被,看着她那忙碌的手整理着室内的一切,然后,他看着那张脸——那张年轻的、坚定的、充满了灵秀之气的脸孔。那对灵活而善于说话的眼睛,那张小巧而善于诡辩的嘴,那修长的眉,那小小的鼻头,和那唇边的小涡儿……他第一次发现,这机灵古怪的小护士竟有张相当动人的脸孔!他不由自主地微笑了。

"告诉我,你在你自己的小王国里,是不是也是个暴君呢?"

"我的小王国?"她一愣,立刻,她的眼睛暗淡了一下,"我的王国太小了,我的领土太贫瘠,我没有时间来做一个暴君。"

"你的王国太小了?你的领土太贫瘠?"他盯住她,"别骗我,一个像你这样丰富的女孩子,必定有个大大的王国。"

她注视他,迅速地领会了他话里的意义,她觉得自己的脸孔在发烧了,她对他点了点头。

"是的,你指的王国在我的内心,是的,我承认我内心里有个大王国。只是,我还不能肯定自己是不是这王国的君主。"

"放心,有一天,会有个年轻的人闯进来,占领你的王国。"他笑了,"或者,已经有人了?"

江雨薇蓦然笑了起来。

"好了,耿先生,我们谈得太远了,我该推你到电疗室去了。"

"现在离电疗还有半小时,"他看了看表,"我们还有足够的时间谈谈天。告诉我,你的男朋友是怎样一个人?"

她停止了工作,面对着他,在床沿上坐了下来。

"好吧,看样子,你对我相当好奇。"她把两手放在裙褶中,眼光一瞬也不瞬地看着他,"你是个商业巨子,耿先生,一个大富豪,但是,我也知道,你是赤手空拳创下的事业。"

"喂,别弄错了,我们要谈的是你而不是我。"他皱起了眉。

"是的，"她点点头，眼珠黝黑，而脸色苍白，"我的父亲和你一样，也是赤手空拳地闯天下，他和你不同的，是你成功了，而他失败了。我的母亲在我幼年时已去世，我和我的两个弟弟，从不知世事的艰苦，以为父亲的事业很成功。当我初中毕业那年，父亲宣告破产，他的工厂被接收了，房子被拍卖了，他不是个能接受打击的人，竟遽而选择了自杀的途径。留下了十五岁的我、两个年幼的弟弟，和永远还不清的债务。"

她停了停，大眼睛依旧一瞬也不瞬地望着面前的老人。耿克毅微蹙着眉，深思地注视着这张年轻的脸孔。

"我没有多少时间可以哀伤，"她接着说下去，"我告诉弟弟们，我们要走得比任何人都稳。我进了护专，晚上帮人抄写，帮人写蜡纸，我的大弟弟每天清晨骑着脚踏车去送报，小弟弟还太小，却懂得给哥哥姐姐烧饭、做便当。我们没有停止念书，过得比谁都苦，却比任何兄弟姐妹更亲爱。这样挨到我毕业，做了护士，又转为特别护士，我应付各种不同的病人，已成了我的专业，我从不休假，经常加夜班，赚的钱比别的护士多。这样，我的弟弟不用再送报了。"她微笑地抬高了她那带点骄傲性的小下巴。"如今，我的两个弟弟，大的在师范大学念教育系三年级，小的今年暑假才刚刚考上台大，中国文学系。"她停止了，凝视他，"好了，你知道了我所有的事。"

他仔细地、深刻地审视着她：

"你仍然和弟弟们住在一起吗？"

"不，他们都住在学校宿舍里，我们没有多余的钱再来租房子住，我呢？我住在医院附近，一栋出租的公寓，我称它护士宿舍。"

他继续盯着她。

"你今年几岁？"

"二十二。"她坦白地说，"我的弟弟们和我呈等差级数，二十岁和十八岁。好，"她的眼光神采奕奕的，"你还有什么想知道的事吗？"

"你还没有告诉我关于你男朋友的事。"

"哈！"她轻笑了一声。微侧着头，她沉思了片刻。"奇怪，我竟没有一个特别知心的男朋友，我想我太忙了，忙得没有时间来恋爱了。"

"但是，总有人追求你吧？"

"哈！"她的笑容更深了，"起码有一打。"

"没有中意的？"

"或者，我会嫁给其中的一个。"她说，"我还不能确定是谁，百分之八十，是个医生。"

"为什么？"

"护士嫁医生，这是天经地义的事情。"她从床沿上站了起来，忽然感到一阵迷惑，怎么回事？自己竟和这老人说了许多自己从未告人的事情。她的笑容收敛了，眼睛变得深邃而朦胧。摇了摇头，她轻叹一声："别说了，这些事与你一点关系也没有。现在，你该去电疗了吧？"

老人没有再抗议，任她推他去电疗，去打针，去物理治疗。这一天,他都显得顺从而忍耐,不发脾气,不咆哮。只是,常常那样深思地望着江雨薇,使她终于按捺不住了,当黄昏来临的时候,她问他:

"你今天相当安静呵?"

"我想,"他深沉地说,"我没有权利在你面前扮演一个暴君,尤其,你肩上还有那么多的负荷。"

她微微一震,迅速地抬眼注视他,她在那老人眼中立刻看出了她第一天想捕捉的那抹温柔与慈祥,这老人,他绝不像他外表那样暴戾啊!她俯身向他,一些话不经思索地冲出了她的口:

"耿先生,别在乎我身上的负荷,那是微不足道的。比起你的负荷来,我那些又算什么?所以,假若你想发脾气的话,你就发作吧,我不会介意的!"

他的眼睛阴沉了下去。

"你怎么知道我有负荷?"他喑哑地问,眉头开始虬结,似乎已经准备要"发作"了。

"我已经担任了你四天的特别护士,我能看,我能听,我能体会,我还能思想。"她把手温柔地盖在他那苍老而枯瘠的手背上,她的眼睛更温柔地注视着他的,"你很不快乐,耿先生。"

"见鬼,"他猝然地诅咒,"你什么都不懂!"

"我是不懂,"她点点头,却固执地重复了一句,"可是我知道,你并不快乐,耿先生。虽然你富有,你成功,你有许多的事业,你有儿子、车子、房子……——切别人所羡慕的东西，但是你不快乐。"

他的眼光变得严厉了起来。"要不要我给你几句忠言？江小姐？"他冷冰冰而阴恻恻地说。

"好的。"

"永远别去探究别人的内心，那是件讨厌的事情，你等于在剥别人的外衣，逼得人和你裸体相对！这是极不礼貌而可恶的！"

"谢谢你告诉我，"她挺直了身子，"我以为我可以去探究，只因为别人先探究了我，我没料到，"她咬咬牙，向房门口走去，"你依然是个暴君！"

他愣住了，仓促地说：

"你要到哪儿去？"

"已经到了我下班的时间了，耿先生。晚班的护士马上会来。"

"慢着！"他恼怒地说，"我们还没有谈完。"

"我是护士，只负责照顾你的病，不负责和你谈话。何况，和一个暴君是没有什么话好谈的！因为，我们不在平等地位，我也没有发表任何意见的自由。"她的手按在门柄上，准备离去。

"喂喂，"他吼叫了起来，"你还不许走！"

"为什么？"她回过头来，"我已经下班了！"

"给你加班费，怎样？"他大叫。

"对不起，"她笑容可掬，"我今天不想加班！"拉开门，她迅速地走了出去，把他的大吼大叫和怒骂声都关进了屋内，把他的骄傲与跋扈也都关进了屋内。

在走廊上,她几乎一头撞在一个男人身上。站定了,她认出这个男人,五十余岁,戴着宽边的眼镜,提着重重的公事包,一脸的精明与能干。这是朱正谋,一个名律师,也是耿克毅私人的律师,他曾在前一天来探望过耿克毅。似乎除了律师的地位之外,他和耿克毅还有颇为不寻常的友谊。

"哦!对不起,江小姐。"他扶住了她。

"你要去看耿先生吗?"江雨薇问。

"是的,有些业务上的事要和他谈,怎么,他仍然禁止访客吗?"

"不,禁止访客的规定昨天就已经取消了,他进步得很快。不过,"她顿了顿,"如果我是你,我不选择这个时间去和他谈业务。"

"为什么?"

"他正在大发脾气呢!"

朱正谋笑了。

"他有不发脾气的时间吗?"他问,镜片后的眼睛闪着光。他显然深深了解耿克毅。

"偶然有的。"

"我无法碰运气去等这个'偶然',是不是?"

江雨薇也笑了。

朱正谋走进了耿克毅的房间,在开门的那一刹那,江雨薇又听到耿克毅的咆哮声:

"管你是个什么鬼,进来吧!"

她摇摇头,微笑了一下。奇怪而孤独的老人哪!一个有着两个儿子、好几个孙子的老人,怎会如此孤独呢?她再度摇了摇头,难解的人类,难解的人生!她走下了楼梯,穿过医院的大厅,走出了医院。今晚,她有一个约会,吴家骏,正确地说,是吴家骏医生,请她去华国夜总会跳舞,这也是可能做她丈夫的人选之一!她急着要回宿舍去换衣服和化妆。

可是,在医院的转角处,她被一个突然从地底冒出来的人物拦住了。

"江小姐!"

低沉的嗓音,阴郁的面孔,破旧的牛仔夹克,洗白了的牛仔裤,乱蓬蓬的头发,深黝黝的眼睛……那个神秘的年轻人!像尘土一般的人物!

"哦,是你!"她怔了怔。

"是的,是我。"他低下头去,用脚踢着地上的一块石子,竭力做出一副漠不关心的神态来,"你的病人怎么样了?"

"你说耿先生?"

"当然,还能有谁?"他鲁莽地说,有几分不耐,眉头不由自主地蹙紧,那神情,那模样……相当熟悉,江雨薇有一瞬间的眩惑。

"他已经好多了,先生。"她说,"大概再过一个星期,他就可以出院了。"

"你是说,"他的眼光闪了闪,"他不会死了?"

"并不是。"她忧郁地说,"这种'痊愈'是暂时性的,一年之内,死亡随时会来临的。"

"难道你们不治好他？"他仰起头来，愤怒地说，他的眼睛里像烧着火焰，"他有的是钱，他买得起最贵重的药，为什么你们不治好他？"

"这是没办法的事，"江雨薇温柔地说，这年轻人激动的面容撼动了她，"医生会尽一切努力去挽救他的，但是，耿先生的病已不是医生的力量可以挽救的了。"

"你是说，他死定了？"他大声地问，面孔扭曲而眼光凌厉。

"我也不敢断言，你应该去问他的医生。"

"你们医生护士都是一群废物！"他粗声地说，喉咙沙哑，"我早知道你们是一点用也没有的！"

"哦，"江雨薇的背脊挺直了，她冷冷地看着面前这鲁莽的年轻人，"你那么关心他，何不自己去治疗他？"

"我？关心他？"那年轻人紧盯着她，他面孔上的肌肉是绷紧的，他的眼睛森冷而刻毒，压低了声音，他一个字一个字地说，"我告诉你，他是我在世界上最恨的一个人！我也是他最恨的一个人！知道了吗？"

江雨薇呆住了。她从没有听过这么仇恨的声音，看到这样怨毒的眼光。她不知道这"像尘土一般"的年轻人与耿克毅是什么关系，但是，人与人之间怎可能有如此深的仇恨呢？但是，这年轻人既然如此恨耿克毅，为何又如此关心他的死活？

"你是耿克毅的什么人？"她惊愕地问。

"仇人！"他不假思索地回答。

"那么，"江雨薇萧索而冰冷地说，"你该高兴才对，你的仇人并没有多久可活了！"

那年轻人瞪大了眼睛，咬紧了牙，他的脸色变得苍白，眼睛涨红了。他恶狠狠地望着江雨薇，似乎想把江雨薇吞进肚子里去，从齿缝中，他迸出了几个字：

"你是个冷血动物！"

说完，他猛地车转身子，大踏步地冲向了对街，自顾自地走了。

江雨薇怔在街角，暮色向她游来，透过那苍茫的暮色，她看不清那年轻人，也看不清所有的事与物，她完全陷进一份深深的困惑与迷惘里。

第四章

日子过得很快,这已经是江雨薇担任耿克毅特别护士的第十天了。

十天中,江雨薇几乎每天都要和耿克毅争吵或冷战,她没看到过如此容易动怒的人。但是,随着时间的流逝,她却在这老人身上越来越发掘出一些崭新的东西,一些属于思想与感情方面的东西,这些东西总能撼动她、困惑她,使她忘掉他的坏脾气,忘掉他的暴躁与不近人情,忘掉他许许多多的缺点,而甘心地去担当这护士的职位。他呢?她也看得出来,他正尽力压抑自己,去迁就他那"机灵古怪"的小护士。

所以,这十天他们总算相处过来了。融洽也罢,不融洽也罢,好也罢,歹也罢,十天总是顺利地过去了。

这天,江雨薇去上班时,她心中是有些怅惘和怔忡的。怅惘的是,明天耿克毅就要出院了,她也必须和这刚刚处熟了的病人分手,再去应付另一个新的病人。耿克毅虽然难缠,虽然暴躁,却不失为一个有见识有机智有思想与幽默感的老人,和他在一起,或者太紧张太忙碌一些,却不会感到枯燥与单调。新的病人呢?她就不能预知了,说不定是个多话的老太婆,说不定是个濒死的癌症患者,也说不定是个肢体不全的车祸受害者……这些,对江雨薇而言,都不见得会比耿克毅更好。使她怔忡的,是她在上班前,又在街道的转角处碰到了那个"若尘"。这回,他跨着一辆破旧的摩托车,带着一副忧郁的眼神,斜倚在一根电杆木上,显然正在等待她的出现。她不由自主地迎上前去,不等他开口,她就先说:

"他已经能够走几步路了,当然还需要拐杖。明天他就出院回家了。"

"若尘"一语不发,仍然看着她,眼底依然带着那忧郁与询问的表情,于是,她又加了一句:

"以后的事,我们只能尽人力,听天命了!"

他点了点头,那对深沉而严肃的眸子仍然停在她脸上,好一会儿,他才低哑地说了一句:

"谢谢你!请……"他咬紧牙关,从齿缝中说,"照顾他!"

说完,他发动了摩托车,如箭离弦般冲了出去,飞快地消失在街道的尽头了。

照顾他?她茫然地想,他明天就出院了,她还怎样照顾他?除非他再被送进来,这样一想,她就陡地打了个冷战,她知道,他再送进来的时候,就不会活着走出去了。她宁愿不要"再"照顾他!她可以眼看一个病人死亡,却不能眼看一个朋友死亡。噢,她居然已经把这老人当作"朋友"了!

至于这若尘,他又把这老人当作什么呢?仇人?天!谁能这样本能地去关心一个仇人啊?那忧郁的眼神,那固执而恳切的神态……天!这男人使她迷惑!使她不安,也使她震撼!

带着这抹怅惘与怔忡的情绪,她走进了老人的病房。

老人正伫立在视窗,出神似的望着窗子外面的街道,听到门响,他猝然回过头来。江雨薇立即一怔,她接触到两道严厉的眼光,看到一张苍白而紧张的脸孔,他盯住了她,迫切而急促地问:

"刚刚是谁和你在街上谈话?"

她愣了愣,"若尘"两个字几乎已经要冲口而出,但她又及时地咽住了,走到老人站立的视窗,她望出去,是的,这儿正好能看到她和若尘谈话的地方,但她不相信老人能看得清楚那是谁。

"啊,一个漠不相关的人,他问我到基隆路怎么走。"她轻描淡写地说,完全不动声色。她不认为"若尘"这名字会带给耿克毅任何的快乐。

"哦,是吗?漠不相关的人?"老人喃喃地问,忽然脱力了,他撑不牢拐杖,差一点摔倒。她慌忙赶过去扶住他,把他搀扶到床边去。老人跌坐在床上,他用手支住额角,一瞬间,他显得衰老而疲倦。"一个漠不相关的人,"他继续喃喃地说,"那么像,我几乎以为是……我几乎以为……"

"以为是谁?"江雨薇紧盯着问,犹豫着是不是要告诉他真相。

"以为是……"老人咬了咬牙,"一个仇人!"

一个仇人！他们倒是异口同声啊！江雨薇再度怔住了。看着耿克毅，她在他脸上又找出了生命力，他的眼睛重新闪出那抹恼怒与坏脾气的光芒。

　　"你的仇人很多吗，耿先生？"江雨薇小心翼翼地问，想着那个有着忧郁的眼神的若尘。

　　"唔，"耿克毅哼了一声，"人类可以有各种理由来彼此相恨。我承认，恨我的人很多，尤其是他。"

　　"他是谁？"她再问。

　　他迅速地抬起头来，恼怒地盯着她。"啊呀，你倒是相当好奇啊！"他冰冷冷地说，"这关你什么事呢？"

　　"当然不关我的事。"她挺直背脊，开始整理床铺，她的脸色也变得冰冷了，"对不起，我往往会忘记了自己的身份。"

　　他瞅了她好一会儿，凝视着她在室内转来转去的背影。室内有一段时间的沉寂，然后，他开了口：

　　"喂喂，江小姐，我们能不能从今天起不再争吵？你看，我们还要相处一段时间，最好现在就讲和，不要以后又成为仇人！"

　　还要相处一段时间？他真是老糊涂了！她笑了，回过头来："你放心，我们不会成为仇人，因为，你明天就要出院了。"

　　"我知道。"他说。

　　"所以，今天是我照顾你的最后一天。"

　　"不是，"他摇摇头，"你将要跟我一起回去。"

　　"什么？"她愕然地喊，"你是什么意思？"

　　"黄医生已经说过了，不论我住院或不住院，我需要一个特别护士,帮我打针及照顾我吃药,我不能天天跑到医院里来,所以,你只好跟我回去!"

江雨薇站定了,她瞪大眼睛,定定地看着面前的老人,慢慢地、清晰地说:

"你征求过我的同意吗?你怎么知道我愿意接受这个工作?"

"你的职业是特别护士,不是吗?"他也盯着她,用慢慢的、清晰的声音问。

"是的。"她点点头。

"在医院里当特别护士与在我家里当特别护士有什么不同?"他再问。

她蹙蹙眉,有些结舌。

"这……我想……"

"别多想!"他打断她,做了一个阻止她说话的手势,"我已经打听过了,干特别护士这一行,你不属于任何一家医院,你有完全自由的权利,选择你的雇主,或者,拒绝工作。所以,没有任何限制可以阻止你接受我的聘请。至于我家,那是一栋相当大的房子,有相当大的花园,你会喜欢的。我已经吩咐家人,给你准备了一间卧房,你除了整理一下行李,明天把你的衣物带来之外,不需要准备别的。当然,你还要去和黄医生联系一下,关于我该吃些什么药,打什么针,这个,事实上,这十天以来,你也相当熟悉了。"

江雨薇继续凝视着耿克毅,她被他语气中那份"武断"所刺伤了。"可是,我想我仍然有权拒绝这份工作吧?"她冷然地说。

"当然，你有权拒绝。"他毫不迟疑地说，"不过，我想我还漏了一个要点，关于你的薪水。我知道，你相当需要钱用，我将给你现在薪水的三倍。"

她瞪视他。

"你想得很周到，"她说，唇边浮起一个冷笑，"大花园，私人的卧室，加三倍的薪金，你想，我就无法拒绝这工作了？"

"聪明的人不会拒绝！"

"但是，我很可能就是你常说的那种人：傻瓜蛋！"

他锐利地看着她。

"你是吗？"他反问。

她困惑了，一种矛盾的情绪抓住了她。是的，这确实是个诱人的工作，她没有理由拒绝的工作。但是，她心底却有这么一股反抗的力量，反抗这老人，反抗这工作，反抗那些金钱与舒适的诱惑。她沉默了，耿克毅仔细地凝视着她。

"不必马上做决定，"他说，"到晚上你再答复我，事实上，这工作未必会做得很长久，你知道。假若我是那样令人讨厌的老人的话，你也不见得要受太久的罪！"

她心中一凛，这老人在暗示她，他的生命并不长久，而在这暗示的背后，他的语气里有某种他不想表露的渴切与要求，这才是她真正无法拒绝的东西。

"我必须想一想，"她说，"你的提议对我太突然，而且，我完全不了解你的家庭。"

"哦，是吗？"他惊叹地说，"我没告诉过你我家的情形吗?"

"你一个字也没说过。"她想着他的儿子们,他的儿媳妇,那都不是一些容易相处的人哪!

"别担心我的儿子和儿媳妇,"他又一眼看透了她,"他们都不和我住在一起,他们有自己的家,我的太太在多年前去世,所以,在我那花园里,只有我和四个佣人!"

"四个佣人!"她惊呼,一个老头儿竟需要四个佣人侍候着,现在,还要加上一个特别护士!

"老赵是司机,老李和李妈是一对夫妇,他们跟了我二十年之久,翠莲专管打扫房屋。你放心,他们都会把你当公主一样奉承的!"

"公主?"她抬抬眉毛,"只怕我没那么好的福气!"她深深了解,富人家里的佣人有时比主人还难弄。

"他们都是些善良的好人!"他再度看透了她!

"能够忍受得了你,想必是修养到家了!"她转身走开去准备针药,"关于这问题,我们再谈吧!"

耿克毅不再说什么,整天,他都没有再提到这问题,他们谁都不谈。但是,江雨薇始终在考虑着,一忽儿,她觉得应该接受,一忽儿,她又有说不出的惶悚,觉得不该接受。这样子,挨到了黄昏的时候,她必须面对这问题了。站在耿克毅面前,她坚定地说:

"耿先生,我很抱歉,我已经决定了,我不愿接受你的聘请。"

他震动了一下,迅速地抬眼看她,他那暴戾的脾气显然又要发作了,他的眼睛凶恶而面貌狰狞。

"为什么?"他阴沉地问。

"不为什么,只是我不愿意。"她固执地说。

"给我理由!"他喊,"什么理由你要拒绝?你嫌待遇不够高?再增加一倍怎样?"

"不是钱的问题。"她摇头。

"什么问题?"他大叫,愤怒使他的脸孔发红。

"我会帮你介绍另外一个护士,"她避重就轻地说,"这么好的条件,你很容易找到个好护士……"

"我不要别的护士!"他厉声喊,"你休想把那些傻瓜蛋弄来给我!我告诉你……"

他的话没有说完,门开了,耿培中和他的妻子——一个身材瘦削、面貌精明的中年女人走了进来。那女人立刻赶过来,用一副夸张的尖喉咙,嚷叫着说:

"啊呀,爸爸,什么事又让您生气了?医生说过,您的病最忌讳生气,您怎么又动气了呢?"站直身子,她的眼光和江雨薇的接触了,"江小姐,"她一本正经地板着脸,"你应该避免让他生气啊!"

"我只负责照顾病人的身体,"江雨薇冷冷地直视着她,"不负责病人的情绪!"

"天哪!"这位"耿夫人"吃惊地尖叫,"这算什么特别护士?看她那副傲慢的样子!怪不得把爸爸气成这样子呢!培中,你管些什么事?给爸爸雇了这样一个人!好人都会给她气病呢!幸好爸爸明天就要出院了,否则……"

"思纹，"耿克毅怒声地打断了那女人的尖叫，"你说够了没有？"思纹，那张善于变化表情的脸倏然变色，又倏然恢复了原状，她讨好地对老人弯下腰去：

"是了，爸爸，我一时太大声了些，"她温柔地说，语气变得那样快，使江雨薇不能不怀疑她是不是演员出身。"您不要生气，爸爸，我们明天来接您出院，关于您出院以后的问题，我和美琦已经研究过了，我们可以轮流来陪伴您，或者……"她悄悄地看了看老人的脸色，"我们也可以搬回来住……"

"哈哈！"老人怪异地笑了一声，望着他的儿子和儿媳妇，"你们怕我死得太慢，是吗？"

"爸，您这是什么话？"耿培中锁紧了眉，"我们是为了您好……"

"为了我好？"耿克毅紧紧地注视着耿培中，"培中，你真是个好儿子，在我生病期间，你已经在我工厂中透支了二十万元之多，培华可以和你媲美，你们都是为了我好吧？反正我死了，钱也带不进棺材的，是吧？"

"爸爸！"培中的脸色变白了，却仍然不失冷静，"我是挪用了一些钱，因为我那建筑公司缺点头寸，一个月之内，我就可以还给你的。"

"好了，别谈这个，"老人阻止了他，"你们今天来，有什么目的吗？"

"我们刚刚去看过黄大夫，"思纹抢着说，"他说您如果出院的话，势必需要一个人照顾，我想和您研究一下，是我回来呢，还是美琦回来？翠莲是个不解事的傻丫头，她是无法照顾您的。"

"够了!"耿克毅冷然地望着儿媳妇,"我不需要你,也不需要美琦,我需要的是一个特别护士!"他把眼光调向江雨薇,询问地说:"江小姐?"

江雨薇一愣,本能地向前跨了一步,还来不及开口,思纹又尖声地嚷了起来:

"啊呀,爸爸,你还受不够这些特别护士的气吗?她们从来就不把病人当人的,尤其这个……"

"耿先生,"江雨薇听到自己的声音,那样坚决,那样稳定,那样热烈而急切地说,"我接受了你的聘请!明天,我将跟你回去,直到你解雇我的时候为止!"

耿克毅的眼睛燃亮了,像个小孩子般绽放了满脸的喜悦,他胜利似的看着儿媳妇:

"你瞧,思纹,我的问题已经解决了!你还是留在你自己的家里,照顾你的丈夫,让他少去酒家舞厅,照顾你的儿子,少当流氓太保吧!"

思纹的脸色雪白,她的嘴唇抖动着,半天之后,她才冒出一句话来:

"我会管我的丈夫,最起码,要他不要像他父亲一样,养出……"

"思纹!"培中立刻喊,打断了思纹的话头,一把握住了她的手腕,"我们走吧!"回过头来,他望着耿克毅:"我们明天来接您出院!爸爸!"

"用不着,"耿克毅说,"老赵会来接我,江小姐会照顾我，你和培华，谁也不用来！"

耿培中忍耐地咬咬牙：

"好吧！随您的便！我们走吧！"

拉着思纹，他们走出了病房，江雨薇接触到思纹临走时的一道刻薄的眼光。她走去把房门关好，听到思纹那尖锐的嗓音，在走廊里响着：

"你爸爸越来越变成了道地的老怪物！他和那个女护士啊，十成有八成有些问题呢！"

她咬咬牙，关好房门，回过头来，望着耿克毅。后者平躺在床上，眼睛闪闪发光地望着她。"谢谢你，江小姐。"他由衷地说，"什么原因使你改变了主意？"因为你是个孤独的暴君！因为你身边竟没有一个真正的亲人！因为你实际上贫无所有！因为你晚景凄凉……她没说出这些理由，却微笑着说了句：

"你答应给我三倍的薪水，不是吗？"

那老人凝视着她，她立刻知道那老人已明白她心中所想的。他对她凄凉地微笑了一下，说：

"你是个聪明而善良的好女孩，雨薇。"

雨薇？这是他第一次直呼她的名字，却叫得那样自然，她悄悄看他，他已经把眼睛闭起来了。他累了！一个憔悴的、苍老的、濒死的、孤独的老人！她觉得自己的眼眶发热，走过去，帮他把棉被盖好，却听到他又低声地自语：

"若尘，是你该回来的时候了！"

若尘？若尘？若尘？她怔在那儿了。他说得那样凄凉，那样惨切，这个若尘，到底是谁？

第五章

车子穿过了台北市区,驶过了圆山大桥,一转弯,向阳明山上开去。老赵纯熟地驾着车子,飞驰在那弯路频繁的山路上。

"哦,耿先生,"江雨薇略略不安地说,"你没有告诉我,你的家在阳明山上。"

"这对你很不方便吗?"耿克毅说,"我答应你,每星期至少有一天休假如何?这样,你就可以和你的医生去约会了!"

"我的医生?"她惊愕地。

"那位吴大夫,X光科的,叫什么?吴家骏吗?"耿克毅不动声色地问。

江雨薇蓦然间脸红了,她有些激怒。

"你仿佛雇了私家侦探来侦察我。"

"哈哈!"老人得意地笑了一声,"这只是凑巧,那天你推我去X光室的时候,那位医生的眼睛始终在透视你,不在透视我。如果你活到我这样的年纪,你就会一眼看出人类的感情来了。"他顿了顿,"怎样?这位医生在你心中的分量如何?"

"我不想谈这个。"江雨薇闷闷地说。看着车窗外面,那些向后急速退开的植物,那些建在半山中的别墅,那些远处的云山,那些山坳里的苍松翠竹……"我在想,"她慢慢地说,"你这暴君有一座怎样的皇宫。"

"你不用想,"老人说,"因为已经到了。"

车子向左转,转入了一条私人的道路,铺着碎石子,道路宽敞,两边都栽着密密的修竹。江雨薇对那些修竹看去,发现那竟是两个竹林,那么,这条路是从竹林中辟出来的了。车子曲折地转了一个弯,停在一个镂花的大铁门前面。江雨薇伸出头去,正好看到铁门边石柱上的镂金大字"风雨园"。她看了老人一眼:

"很少有人把自己的花园取名叫'风雨园'。"

老人不语,他对那跑来开门的男工老李打了个招呼,车子继续开了进去。一阵沁人心脾的花香绕鼻而来,是晚秋最后的几朵茉莉吧!园内有好几丛竹子,主人显有爱竹的癖性,一棵古老的苍松,虬结的枝干,苍劲地直入云中。绕过了这棵老松树,江雨薇的眼前一亮,一个圆形的小喷水池呈现在她面前,喷水池中,雕刻着一个半裸的维纳斯像,水柱喷射在她的身上,再奔泻下来,夕阳的光芒照射着她,颗颗水珠,像颗颗闪亮的水晶球,在她那白皙的肌肤上滑落。她那美好的身段,沐浴在秋日的阳光下,带着一种神秘的光华,仿佛她是活的,仿佛她主宰着这花园,仿佛她有着一份神秘莫测的力量。

　　车子停了,江雨薇眩惑地走下了车,她的眼光仍然无法离开那雕像,她真想走过去触摸她一下,看看她的肌肤是不是柔软的。

　　"美吧?"老人问,"我在欧洲旅行的时候发现了它,花费了一笔巨资把她买来了。看她的眼睛,看她的脸,我常常觉得她是有生命的。她的脸型像极了……"他忽然咽住了。

　　"像极了谁?你的一个爱人?"江雨薇冲口而出。

　　"不错。"老人并未否认,"一个我深爱的人。"

　　"她在哪儿?走了吗?"

　　"走了。"

　　江雨薇看了老人一眼,她不想再去深入地发掘这老人的秘密,一个活到六十八岁的人,原可以有写不完的故事啊!她望了望花园的其他部分,绕着水池,栽满了茉莉与蔷薇,另外,她看到数不清的花与树,山茶、木槿、玫瑰、冬青……天,这确实是个人间仙苑啊!掉转头,她面对着那栋二层楼的建筑,纯白色的外形,加着落地的玻璃窗,这栋房子像个水晶的雕刻品。房子前面有好几级台阶,然后是一排古罗马式的圆形石柱,大门是拱形的,现在,那门大开着,露出里面纯白色的地毯、黑色的沙发,与白黑二色的窗帘。

　　"啊,"江雨薇轻呼,"你确实有个皇宫。"

　　"如果你不介意,"耿克毅微笑地说,"你该认识认识这家里其他的分子。"

江雨薇恍然惊觉，老李、李妈和翠莲都已经出来了，站在花园里等待着。

她已经见过了老赵，那是个憨直而稳重的中年人。现在，她见到了老李夫妇，一对五十余岁的夫妻，老李有张不苟言笑的脸，额上有道疤痕，虽不丑陋，却并不引人喜欢。他冷冷地和江雨薇打了招呼，就一转身消失在树木深处了，他走开时，江雨薇注意到，他的腿是跛的。李妈，她和她的丈夫正相反，胖胖的身材，圆圆的脸，有对易感的眼睛，和满脸慈祥而热情的笑，她热烈地迎接了江雨薇，一再保证地说：

"你会喜欢这儿的，江小姐，你一定会过得惯的，你需要什么，只管告诉我，我会给你准备的。"

翠莲，那个才十八九岁的台湾姑娘，却是美慧而可喜的，她不住地笑，不住地对江雨薇鞠躬如仪，使江雨薇也忍不住笑了起来。

"翠莲，"李妈说，"你也要好好侍候江小姐啊！"

"是的，是的，是的。"翠莲一迭声地说。

江雨薇发现，翠莲实际上是归李妈管的，换言之，李妈在这家庭中有着相当的地位。

"好了，耿先生，"江雨薇看着耿克毅，"你该进房里去了，这花园里的冷风于你并不相宜。"

真的，晚秋的风穿山越岭而来，已带着深深的凉意，那松涛竹籁，簌簌瑟瑟，震人心弦。她搀住了耿克毅，翠莲已识趣地递上了拐杖，他们走上台阶，走进了那大大的白色客厅里。

耿克毅在沙发上沉坐了下来，轻叹了一声：

"啊，回家真好。"

翠莲倒了两杯热气腾腾的茶来，李妈已拎着江雨薇的皮箱，往楼上走去，耿克毅悄悄地看了看那口扁平的小皮箱，说：

"在我家里，你似乎不必穿护士服装。"

"我是护士，不是吗？"

"如果你肯帮忙，就别穿那讨厌的白衣服吧，我不想把我的家变成医院。"

江雨薇淡淡一笑，她不想多说，事实上，她那口小皮箱里没有什么可穿的衣服。她打量着室内，白地毯，黑色的家具，白色的窗帘镶着黑色的荷叶边，大大的壁炉，有宽宽的炉台，炉台也是黑色大理石的，整间屋子都是黑白二色来设计，唯一的点缀，是炉台上的一瓶艳丽的红玫瑰。

"噢，"江雨薇眩惑地说，"我从没想过黑白两色可以把房间布置得这么雅致。"

"设计这房子的是个奇才！"老人赞叹地说。

"是吗？"江雨薇不经心地问。

"你绝不会相信，他设计这房子时只有十八岁！没有受过任何建筑训练，他只是有兴趣而无师自通！"

"哦？"江雨薇掉转头来，"他现在一定是个名建筑师了？"

"不，"老人甩了一下头，似乎想甩掉一件痛苦的回忆，"他现在什么都不是。"

江雨薇对那建筑师失去了兴趣，她的目光被墙上一幅字所吸引了，那是一幅对联，对得并不工整，却很有意味，笔迹遒健而有力，写着：风雨楼中听风雨，夕阳影里看夕阳。

　　这就是耿克毅的心情了？不用问，她也知道这必然出自老人的亲笔。她走向落地长窗前，对外望去，真的，这扇长窗正是朝西的，现在，一轮落日又圆又大，正迅速地向山坳中沉下去。绚丽的、多彩的晚霞烘托着那轮落日，绽放着万道光华。她从窗前回过头来，她全身都沐浴在落日的光辉里，老人怔怔地看着她。

　　"你很适合这栋房子。"他说。

　　"只怕不适合那些风雨。"她说。

　　他微微一笑。"你的反应太敏锐，只怕将来会让你吃亏。"他说，"好了，你想先参观这整栋房子呢，还是先去你自己的卧房看看？"

　　"我要先给你吃药。"她看看表，微微一笑，打开了手上的医药箱，"然后送你进你的卧房里去，你应该小睡一下。"

　　"你是个相当专制的小护士！"

　　她笑着，把药送过去。然后，她扶他走上了楼梯，上楼对这老人是相当吃力的，他开始诅咒起来，骂这鬼楼梯，骂他不听指示的双腿，最后，开始骂起那"建筑师"来。

　　"见鬼！设计的什么房子？难道非要两层楼不可吗？一点头脑也没有！"

　　"你刚刚才说他是天才，"她笑了笑，"何况，他设计时绝对没料到你的腿会出问题，是吧？这房子建了多久了？"

　　"十一年。"

"你瞧！十一年前怎会料到十一年后的事？噢，我欣赏这建筑师！"

真的，二楼的气氛和楼下倏然一变，竟换成了红与白的调子，这儿另有一间大厅，红色的壁纸，红色的地毯，白色的窗帘，白色的沙发，白色的酒柜，屋顶上，还垂吊着一盏红白相间的艺术灯。楼下的"冷"和楼上的"热"，成为了一份鲜明的对比。

"这建筑师是谁？"她的兴趣来了。

"他叫若尘。"老人安安静静地说。

她浑身一震，耿克毅立刻盯住她。

"为什么这名字使你颤抖？"他问。

"你曾为了这名字，差一点捏死了我。"她迅速地回答，"难道你忘了？"

"哦，"他蹙蹙眉，"是吗？"

"我不相信你已经忘了。"她说，环顾四周，"可是，我也并不想去发掘这中间的秘密！因为……"

"这不是你职业范围之内的事，是吗？"老人接口，"你一向把你的职业范围划分得非常清楚。"

她笑了。"告诉我，哪一间是你的卧房？"她问。

这大厅的一面通向了一个大阳台，阳台的对面是一道走廊，走廊两边都是房间，大约总有六七间之多。大厅的再一面是楼梯，正对楼梯的，是另一间合着门的房间。江雨薇指了指这间屋子，猜测地说：

"应该是这间吧？"

"不。"老人拄着拐杖走过去，一下子推开了那扇合着的门，"这是间书房，我不知道你是否爱看书，我家里曾经住过一个书迷，他几乎把全台北的书都搬进这屋子里来了。"

江雨薇站在那房门口，惊愕、眩惑，使她立刻目瞪口呆起来。那是间好宽敞好宽敞的房间，四面的墙壁，除了落地长窗外，几乎都被书柜所占满了，这些书柜都是照墙壁大小定做的，书架的隔层有宽有窄，因此，这些柜子除了书之外，还陈列着一些雕刻品和水晶玻璃的艺术品。江雨薇无法按捺自己了，她大大地喘了口气，说：

"我能进去看看吗？"

"当然。"老人按着墙上的电灯开关，开亮了室内的几盏大玻璃吊灯，因为，暮色已经从那落地长窗中涌了进来，充塞在室内的每个角落里了。江雨薇扶着老人走了进去，老人沉坐进一张安乐椅中，用手托着下巴，他深思地注视着江雨薇。江雨薇呢？她已经抛开了老人，迫不及待地走到那些书橱前了。

立刻，她发现这些书是经过良好的分类与整理的，大部分是艺术、建筑，与文学。当她伸手拿下一本契诃夫的短篇小说选时，她注意到自己染上了满手的灰尘，这些书显然已有多年没有经人碰过了。这是本相当旧的书，书页已发黄，封面也已残破，她翻开第一页，发现扉页上有两行字，字迹漂亮而潇洒，写着：

一九六四年十月十四日于牯岭街旧书店中购得

此书，欣喜若狂。

若尘注

她握着书，呆愣愣地望着这两行字，她眼前立刻浮起了一个人影，破旧的夹克，破旧的牛仔裤，乱蓬蓬的头发下，有对忧郁而阴鸷的眼睛……她无法把这本书和那个忧郁的男人联想到一起，正像她无法把这栋房子和那人联想在一起一样。她慢吞吞地把这本书归于原位，再去看那些书名：《悬崖》《贵族之家》《父与子》《冰岛渔夫》《孤雁泪》《卡拉马佐夫兄弟》《巴黎圣母院》《凯旋门》《春闺梦里人》《拉娜》《妮侬》……天哪！这儿竟是一座小型的图书馆！掠过这一部分，她看到中国文学的部分：《古今小说》《清人说荟》《词话丛编》《百家词》《石点头》《诗经通译》，以及元曲的《琵琶记》《香囊记》《玉钗记》《绣襦记》《青衫记》……全套达五十二本之多。她头晕了，眼花了，从小嗜书如命，却在生活的压力下，从没有机会去接近书本，现在，这儿却有如此一个书库啊！她又抽出了一本《璿玑碎锦》来，惊奇地发现这竟是本中国的文字游戏，在扉页上，她看到那"若尘"似乎和她同样地惊奇，他写着：

以高价购得此书，疑系绝版，中国文字之奇，令人咋舌，作者作者，岂非鬼才乎？

若尘识于一九六三年二月

她看了一两页,里面有宝塔诗,有回文,有方胜,及各种稀奇古怪的、用文字组成的图形。她握紧了这本书,回过头来看着耿克毅,她的脸发红,眼睛发光。

"我能带一本到房里去看吗?"她迫切地问。

"当然。"老人说,深思地望着她,"这房里所有的书,你随时可以拿去看,只要看完了,仍然放回原位就好了。"

江雨薇奔到他面前来。

"我现在才知道,耿先生,"她喘着气说,"你真的有个大大的王国,你的财产,简直是无法估计的!"

耿克毅微笑了一下,那笑容竟相当凄凉。

"我曾经很富有过,"他轻声说,轻得她几乎听不出来,"但是,我失去的已经太多了。"

江雨薇不知他指的"失去"是什么,她也无心再去追究,她太兴奋于这意外的发现,竟使她无心去顾及这老人的心理状况了。扶着老人,她送他走进了他的卧室,那是走廊左边的第一间,宽敞、舒适,铺着蓝色的地毯,有同色的窗帘和床罩。一间蓝色的房间,像湖水,像大海,像蓝天!她走到窗前,向下看去,可以俯瞰台北市的万家灯火,抬起头来,可以看满天的星光璀璨。天哪!她第一次知道人可以生活在怎样诗意的环境里!可是,当她回过头来,却一眼看到墙上的一幅字,写着:

夕阳低尽柳如烟。淡平川。断肠天。今夜十分,霜月更娟娟。怎得人如天上月,虽暂缺,有时圆。

断云飞雨又经年。思凄然。泪涓涓。且做如今，要见也无缘。因甚江头来处雁，飞不到，小楼边。

　　她回头看着耿克毅，研判地、深刻地望着他，似乎要在他那苍老而憔悴的脸庞上找寻一些什么，终于，她慢吞吞地开了口：

　　"人生没有十全十美的，是不是？人也不可能永远富有的，是不是？你确实失去过太多太多的东西，是不是？"

　　老人凝视着她，一语不发。半响，他按了桌上的叫人铃。

　　"我叫翠莲带你到你房间里去。"他说，"晚餐以后，如果我高兴，我会告诉你一些事情，以满足你那充满了疑惑的好奇心。"

　　翠莲来了。她退出了老人的房间，走向斜对面的一间屋子，那是间纯女性的房间，粉红色的壁纸，纯白色的化妆台、衣柜、床头几、书桌、台灯……一切齐全，她无心来惊讶于自己房间的豪华，自从走进风雨园以来，让她惊讶的事物已经太多太多。她走向视窗，向下看，正好面对花园里的喷水池，那大理石的女神正奇妙地沐浴在淡月朦胧中，一粒粒的水珠，在夜色里闪烁着点点幽光。

　　"江小姐，你还需要什么吗？"翠莲问。

　　"不，谢谢你。"

　　翠莲走了。

　　江雨薇仍然伫立在窗口，看着下面的大理石像，看着远处的山月模糊，倾听着鸟鸣蛙鼓，倾听着松涛竹籁。她一直伫立着，沉溺于一份朦胧的眩惑里。然后，她想起了手里紧握着的书本。把书抛在床上，她扭开了床头的小灯，一张纸忽然从书本中轻飘飘地飘了出来，一直飘落到地毯上，她俯身拾起来，那是一张简单的、速写的人像，只有几笔，却勾勒得十分传神，任何人都可以一眼看出来，画中的人物是耿克毅，在画像的旁边，有一行已经模糊不清的铅笔字，写着：

父亲的画像
　　小儿若尘戏绘于一九六三年春

第六章

在晚餐的桌子上,江雨薇再度看到了耿克毅。因为耿克毅上下楼不太方便,这餐桌是设在二楼的大厅中的。厅上的灯几乎完全亮着,经过特别设计的灯光一点也不刺目,相反地,却显得静谧而温柔。在这水红色的光线下,老人的脸色看起来也比在医院中好多了,他面颊红润,而精神奕奕。

"你喜欢你的房间吗,雨薇?"他问。

"对我而言,那是太豪华了!"江雨薇由衷地说,想着那柔软的床,那漂亮的梳妆台,以及那专用的洗手间,"我一生从未住过如此奢华的房子,即使是在我父亲尚未破产时,我也没住过。"

"像你这样的女孩子,是该有个好好的环境,让你来看书,及做梦的。"老人温和地说,打量着江雨薇,她已经换掉了那件讨厌的护士衣,现在,她穿的是件套头高领的黑色毛衣,和一条红色的长裤。衣服是陈旧的,样子也不时髦了,但，却依然美妙地衬托出她那年轻而匀称的身段。

"做梦？"江雨薇淡淡一笑，"你怎么知道我是爱做梦的那种女孩子？"

"在你这年龄，不分男女，都爱做梦。这是做梦的年龄，当我像你这样年轻时，我也爱做梦。"

江雨薇的眼睛暗淡了一下。

"哎，我想我是太忙了，忙得没有时间来做梦了！这些年来，我唯一的梦想，只是如何让两个弟弟吃饱，如何能按期缴出他们的学费。"

"现在，你该可以喘口气了，"老人深思地望着她，拿起一瓶红酒，注满了她面前的一个高脚的小玻璃杯，"只要我活得长一点，你的薪水就拿得久一点，不是吗？来，让我们为了我的'长寿'喝一杯吧！"

"不行！"江雨薇阻止地说，"你不能喝酒！"

"帮帮忙，这只是葡萄酒呀！"老人说，"暂时忘掉你特别护士的身份吧！来，为了欢迎你，为了祝贺我还没死，为了——预祝你的未来，干了这杯！"

"我是从不喝酒的。"

"那么，从今天，你开始喝了！"

"好吧！"江雨薇甩了甩长发，"仅此一杯！"她和老人碰了杯子："为了——你的健康，更为了——你的快乐！"她一仰头，咕嘟一声喝干了面前的杯子。

老人瞪视着她：

"天哪，你真是第一次喝酒！"

"我说过的嘛！"

老人微笑了，他啜了一口酒，开始吃起饭来。江雨薇望着餐桌，四菜一汤，精致玲珑，她吃了一筷子鱼香肉丝，竟是道地的四川菜！

她笑笑，说：

"我以为你是北方人！"

"我是的，但是我爱吃南方菜，李妈是个好厨子，她能做出南北各种的口味，还可以同时做出三桌以上的酒席。以前，当我们家热闹的时候，有一天招待四五十个客人，所有的菜，全是李妈一手包办！"

"为什么现在你不再招待客人了？"江雨薇问，她无法想象，假如没有她，这老人孤独一人进餐的情形。

"自从……"他再啜了口酒，面色萧索，他的声音变得低沉了，"自从他走了之后，家里就不再热闹了。"

她盯着面前这老人。

"何不把'他'找回来？"她用稳定的声音问。

他惊跳，筷子当的一声掉在桌子上，他的目光尖锐地捕捉了她的，他的声音冰冷而颤抖："你在说什么？把谁找回来？"

"你的儿子，耿先生。"她说，在他那凶恶的眼光下，不自禁地有些战栗，但是，她那对勇敢的眸子，却毫不退缩地迎视着他。

"我的儿子！"他怒声地咆哮，"难道你没看过我那两个宝贝儿子？他们除了千方百计从我身上挖钱之外，还会做什么?把他们弄回来,好让我早一点断气吗?"

"我说的不是他们,"江雨薇轻声地说,"是你另外一个儿子。"

"另外一个儿子?"他瞪大了眼睛,"你在说些什么鬼话?"

"不是鬼话,"她低语,声音清晰,"你那个最心爱的儿子——若尘。"

这名字一经吐出了口,她知道就无法收回来了。但是,室内骤然变得那样寂静起来,静得可以听到窗外的风声,可以听到远处的汽笛,可以听到楼下自鸣钟的嘀嗒,还可以听到彼此那沉重的呼吸声。江雨薇紧张地望着餐桌,她猜想自己已经造成了一个不可挽救的错误,她不敢去看那老人,不敢移动身子,这死样的寂静震慑住了她,她觉得背脊发冷而手心冒汗。

时间不知道过去了多久,终于,那老人开口了,他的声音严厉、冷峻,而带着风暴的气息:"抬起头来!江小姐!"

他又称她作江小姐了。她遵命地抬高了下巴。

"看着我!"他命令地低吼。

她转眼看他,他眼色狞恶而面色苍白。

"你知道了一些什么?快说!"他叫,像个审问死囚的法官。她悄悄地取出了那张一直藏在身边的画像,不声不响地递到他的面前。他低头注视那画像,像触电似的,他震动了一下,立即双手紧握着那张薄薄的纸。

"你从什么地方找到它的?"他的声音更严厉了。

"它夹在我取走的那本书里。"她低语。

57

他沉默了，低下头去，他又注视着那张画像。慢慢地，慢慢地，他脸上那份狰恶的神情消失了。他靠进了椅子中，脸色依然苍白，眉梢眼底，却逐渐涌进一抹迷惘与痛苦的神色，他咬了咬牙，又摇了摇头，低声自语：

"是的，我的儿子，一个最心爱也最痛恨的儿子。是的！他是我的儿子！"

"我早该看出来的，"江雨薇那直率的毛病又犯了，完全没有经过思考，话就冲口而出，"他和你那么相像，我早就该看出来的！"

"什么？"老人怪叫，"难道你见过他？！"

"哦……我……"江雨薇吃惊地张开嘴，立即不知所措了起来，"我……我……"

"你在什么地方见过他？说！"老人凌厉地问。

"我……我……"她仍然在犹豫着。

"说呀！你既然已经知道了这么多，还想保什么密？你在什么地方见过他？"

"在……"她垂下眼睛，终于瑟缩地说出口来，"医院里。"

"医院里？"老人惊异地叫。

"是的，医院里，和医院门口，"她的勇气恢复了，抬起眼睛，她直视着耿克毅，"他曾三次去医院打听你的病情，他不愿给你知道，只是远远地等着我！他要求我不要让你知道他来过，但是我说漏了嘴。是的，耿先生，我见过你这个儿子！我不了解你们父子间发生过什么摩擦，但是，我要告诉你……"她推开了面前的饭碗，她几乎什么都没吃过。站起身来,她定定地看着耿克毅,一种她自己也不了解的激动使她眼里充满了泪水。"如果我是你的话,我要把他找回来,因为,他是在这世界上,唯一一个真正关心而爱你的人!"说完,她掉转了身子,迅速地离开了餐桌,冲回到自己的房间里。

她在房中停留到夜深,没有人来理会她,也没有人来打扰她,她似乎被这个世界所遗忘了。整晚,她心神不定而情绪紊乱,她懊恼而颓丧,不知道自己做了些什么事情,不知道自己为何要卷入别人的家庭纠纷里。她愤怒,她不安,她自怨自艾……这样,到深夜,忽然有人轻叩着她的房门。

"是谁?进来!"

进来的是李妈,堆着满脸的笑,她捧进来一个托盘,里面放着两片烤好的面包,一块奶油,两个煎蛋,和一杯热气腾腾的牛奶。

"老爷要我送这个给你,江小姐。"李妈笑吟吟地说,她的眼光那样温和,而又那样诚挚地望着她,"他说你晚饭什么都没吃。"

"哦!"江雨薇意外地看着面前的食物,不知该说些什么好。那烤面包和煎蛋的香味绕鼻而来,使她馋涎欲滴。她这才发现自己已经饥肠辘辘。"快吃吧,待会儿就凉了!"李妈慈祥地说,像个溺爱孩子的母亲。江雨薇身不由己地坐进椅子里,拿起面包,她立刻大口大口地吃了起来,丝毫也没有顾虑到"斯文"及"秀气",她已快要饿昏了。李妈微笑地望着她,又说:"老爷还说,请你吃完了,到他房里去一下,因为他自己不会打针。"

"啊呀!"江雨薇满嘴的蛋,差点儿喷了出来,她居然忘记了自己是个"特别护士"!

"你吃完了,尽管把盘子留在桌上,我会来收的。"李妈退向了房门口,她的眼睛却仍然停留在江雨薇的脸上。在门口,她站立了几秒钟,终于说:"江小姐,我……真高兴你来了。"

"怎么?"她愕然地看着李妈,"如果我不来,你们老爷还是会有另外一个特别护士的。"

"那不同,"李妈摇摇头,眼光深深地、感激地看着江雨薇,"没有人敢对老爷讲那些话,"她热烈地说,"我是说,你吃晚饭时讲的那些话。假若——"她顿了顿,"你能帮老爷把三少爷找回来,那就是再好也没有的事了。"

江雨薇愣愣地看着李妈,怎么!她居然听到了她和耿克毅的对白!帮老爷把三少爷找回来!她怎么帮呢?三少爷!那么他是这家庭中的一分子了,却不叫培中、培华、培宇、培宙什么的,若尘,他有那么奇怪的一个名字!她怔怔地望着面前的煎蛋,李妈已在不知何时退出了屋子。她惶惑地摇摇头,算了!她无法管这些事,她只是一个特别护士而已。

三口两口吃完了面包,喝完了牛奶,她到洗手间去擦了擦脸,就迅速地赶到耿克毅的房里。耿克毅正躺在床上,睁着一对炯炯发光的眸子,静静地望着她。"对不起,耿先生。"她仓促地说,"我为晚餐时的事道歉。"

"你现在吃饱了吗?"耿克毅微笑地问,完全不理会她的

"道歉",仿佛那回事从未发生过。

"是的,饱了。"她的面孔微微发热。走到桌边,她打开了医药箱,取出针管,感谢塑胶针管的发明,她用不着蒸针管针头那一套,否则就麻烦了。准备好了针药,她拿起浸了酒精的药棉。

"来吧!"老人顺从地让她打了针,一直微笑地望着她。

"腿怎样?"她问。

"有些酸痛。"

"有感觉总比麻痹好。"她说。

他一愣,锐利地盯了她一眼。

"你说话总使我觉得是双关的,"他说,"我从没遇见过像你这样的女孩子。"

"躺好!"她命令地,在床沿上坐下来,"我要帮你推拿一下,让你双腿的血液回圈增速。"

他顺从地躺平身子,仍然注视着她。

"你已经开始有女暴君的味道了!"他说。

她忍不住扑哧一笑:"想必'暴君'这疾病是具有传染性的!"

"嗨!"他高兴地说,"你既然笑了,我们就讲和了吧?"

"我并没有跟你吵架呀!"她笑着说,一面帮他按摩双腿,"反正,我只是个护士……"

"好了,好了,"他迅速地打断她,"别又搬出你护士职业范围那一套,我已经听怕了!"

"职业性的话你不爱听,非职业性的谈话又很容易犯你的忌，在你这儿做事未免太难了。"

他轻哼了一声，没有说话，她继续帮他按摩，也不再说话。一时间，室内相当地安静。这蓝色的房间，有一种静幽幽的气息。床旁的小几上，大约是李妈为了欢迎她的主人，插着一瓶万寿菊，这正是菊花盛开的季节。

"你一定会奇怪，为什么我两个大儿子叫培中、培华，而我的小儿子，却取名叫若尘吧？"他忽然开了口，声音很平静，很自然。

她看看他，没有接腔。

"问题在于若尘不是我太太生的，换言之，他是我的私生子，你当然知道所谓私生子的意义了？"

她的手停顿了一刹那，又继续工作下去，她的目光深沉地停在他的脸上。

"若尘的母亲是我的女秘书，一个娇小玲珑、如诗如梦般的女孩子，她从没有对我要求过什么，她没有要我离婚，她没有要我娶她，她甚至不收受我的金钱。只是，当若尘出世，她才哭泣着说，这孩子的命运，将像尘土一般，于是，她给他取名叫若尘。若尘，"老人眯起了眼睛，"一个那么漂亮、聪明、倔强而自负的孩子！他几乎是我的再生，是我的影子，天知道！我有多喜爱那孩子！"他停了停，又说下去，"若尘六岁那年，有天和同学打架，打得遍体鳞伤，满头是血，回家来，他问他母亲，'你是不是一个婊子？'我从没看过晓嘉那样伤心过，她整晚抱着若尘流泪。第二天，她把若尘交给了我，请求我按法律的手续收养这孩子，'给他一个姓！'我领养了自己的亲生子。晓嘉说,'照顾他,对我发誓你会终身照顾这孩子!'我发了誓,天知道,我那时应该离婚,应该娶晓嘉,但是,那时我的事业刚刚成功,社会地位把我冲昏了头,我怕舆论,我怕流言,我怕我太太会自杀,我怕太多太多的东西!于是,我只能安抚晓嘉,劝慰晓嘉,拖延晓嘉……这样,有一天,晓嘉悄然而去了,她只给我留了一张字条,上面题着一阕词:

　　新欢君未成,往事无人记,行雨共行云,如梦还如醉。
　　相见又难言,欲住浑无计,眉翠莫频低,我已无多泪。

"就这样,晓嘉去了,不久,我听说她嫁给一个旅日华侨。当她走后,我才知道我爱她有多深,我才知道她这一去,我的生命也结束了一大半,我也才知道,这些年来,我多对不起她。那些日子,我如疯如狂,如醉如痴,只想把她找回来,当我绝望之后,我把所有的爱心都放在若尘的身上,我爱这孩子甚过爱世界上的一切!"

老人停止了,他的眼睛凝注着天花板,眼光深黝黝地闪着光,他那平日显得冷酷的脸庞,现在却罩在一层沉挚的悲哀里。

"若尘慢慢长大,他遗传了我的倔强与自负,也遗传了他母亲的聪明与多情,他爱文学,爱艺术,十几岁能作诗填词，能绘图设计，他成了我生活的重心。他爱朋友，爱交际，爽朗好客，一掷千金。只要他在家里，家里永远充满了笑闹，充满了生气，充满了活力与青春的气息。我们父子间的感情融洽得无以复加，我承认，我有些变态地宠他，但是，谁能不宠这样的孩子呢？"

他又停了，江雨薇拿起桌上的一杯水，递到他的唇边，他饮了一口，躺下来，又继续说了下去：

"在我家里，我严禁任何人提起若尘的身世，但是，若尘却相当明白，他不知道他母亲是离我而去，只当他母亲已经死了。他拒绝喊我太太为妈，却待我太太相当恭敬。他在我家，成为非常奇异的一分子，而我却绝未料到，我对他的宠爱，会把他变成了我太太以及培中、培华的眼中钉，他们开始造他的谣，开始背后批评他，开始说他来路不明，及各种闲言闲语。他十八岁，帮我建了这座风雨园，他那横溢的天才，使我作了一个最不智的决定，我带他去我的纺织工厂，我介绍他和我手下的人认识，为了坚定他的身份，我甚至在他二十岁那年，就让他在公司中挂上了副经理的职位，而培中、培华呢？我却未作任何安排。结果，这事引起了我太太和培中、培华那样不满，他们开始联合起来对付若尘。那时，若尘疯狂地迷上了文学，他买书，看书，吞噬着知识，一面在大学里攻读文学。他那么忙，我常常不知他在忙些什么，等有一天我调查他的工作情形时，才知道他竟在公司中挪用了一百万元的巨款。"他喘了口气，萧索地摇了摇头，"这件事激怒了我，我开始严酷地责备他，你知道，我的脾气一向暴躁。培中又在一旁煽动，使我的火气更旺，若尘和我争吵，说他根本不知道钱的事，但我暴怒中不听他解释。培中一直在一边添油加醋地说些风言风语，于是，若尘对我大喊：

"'我是个来路不明的杂种，你们早已看我不顺眼，现在又污蔑我偷了你的钱，我告诉你，我恨你的钱！恨你的姓！恨我自己的身世！我已经恨了二十一年了！从此，我不要再见到你们！不要见任何姓耿的人！'

"他一怒而去，那是他第一次离家出走。你可以想象，我那暴怒的个性，如何容忍这样的冲撞，尤其，冲撞我的，竟是我最宠爱的儿子！可是，半个月以后，我查了出来，那笔一百万元的款项，竟是我太太和培中、培华联合起来的杰作，我那倒霉的私生儿子，根本毫不知情！"

老人叹了一口长气。江雨薇听呆了，她已忘了帮他按摩，只是痴痴地看着老人的脸。

"后来呢？"

"咳，"老人轻唷了一声，"我太骄傲了，骄傲得不屑于向我的儿子认错，我把所有的火气出在我的两个大儿子身上，我强迫他们去把若尘找回来。培中、培华惧怕了，他们找到了若尘，若尘却拒绝回来，无论怎么说，他坚决拒绝。若尘既不回家，我在暴怒之余，赶走了我太太，赶走了培中、培华，我登报要和他们脱离关系，我这一登报却把若尘逼回家来了，我至今记得他站在我面前的样子，听到他当时说话的声音：

"'爸爸，你对于我和我母亲，已经造成了一个悲剧，别

再对培中母子,造成另一个悲剧吧!'

"唉!若尘既已归来,我还能说什么呢?我叫回了培中、培华,也和我太太言归于好。我以为,经过这一次事情,培中、培华会和若尘亲爱起来了。谁知道,事情正相反,他们间的仇恨却更深,不但如此,若尘和我之间的那层亲密的父子关系,也从此破坏了!若尘,那固执、倔强、任性而骄傲的个性,太像我,因而,他也不会原谅我!而且,紧接着,另一件事又发生了。"

老人移动了一下身子,江雨薇慌忙用枕头垫在老人的身子后面,让他半坐起来。她急切地盯着他:

"又发生了什么事?"

"那年冬天,我突然接到一封来自日本的信,竟是晓嘉的绝笔,她死在京都附近的一家疗养院里,死于肺病。原来,她到日本后的第三年,就被那男人所遗弃了。骄傲的她,流落日本,居然丝毫不给我消息。她潦倒,穷困,做过各种事情,最后贫病交迫地死在疗养院中。我说不出我的感觉,我亲自到了日本,收了她的骨灰回来,而若尘,他呆了,傻了,最后,竟疯狂般地对我大吼:

"'原来我的母亲一直活着,你竟忍心置她于不顾,你竟让她贫病而死!你是个没有良心的人!你是个衣冠禽兽!'

"那时的我,正陷在一份深切的自责和锥心的惨痛中,我没料到若尘会对他的父亲说出这样的话,我立刻挥手给了他两耳光,于是,他第二次离开了我。

"这一次,他足足离开了一年之久,因为他于第二年暑假大学毕业，毕业后他就直接去受军训了。在这一年中间，培华结婚了，培中是早在风雨园造好之前就结了婚，我不喜欢这两个儿媳妇，正像我不喜欢培中、培华一样。当培中的第三个孩子出世，我再也受不了他们，我给了他们一人一笔钱，叫他们搬出去住，培华为此事大为愤怒，我们父子展开了一场激烈的争吵，培华竟对我叫：

"'你赶走我们，就为了那个杂种，是吗？那个来路不明的耿若尘！'

"我又挥手打了培华。第二天，培中、培华搬走了，而我，住进了台大医院，那是我第一次发病。

"我曾经昏迷了一个星期之久，醒来的时候，若尘正守在我的床边，忧郁地望着我。"

老人再度停止了，他唇边浮起一个凄凉的微笑，眼里竟隐现泪光。江雨薇悄悄地看了看手表：十二点一刻！夜已经这么深了，窗外，台北的灯火已经阑珊，而天上的星光却仍然璀璨。她小心地说：

"说到这儿为止吧，明天，你再告诉我下面的故事，你应该休息了。"

"不，不，"老人急急地说，"我要你听完它，趁我愿意讲的时候，而且，这故事也已近尾声了。"

"好吧！"江雨薇柔声说，"后来怎样？"

"若尘又回到了风雨园，但是，他变了！他变得忧郁，变得暴躁，变得懒散而不事振作。我知道，他恨我，他恨透了我，他时时刻刻想背叛我，离开我，我们开始天天争吵，时时争吵，我们不再是亲密的父子，而成了怒眼相对的仇人。同时，培中、培华对于他的归来，做了一个最可恶的结论，说他是为了我的遗产。这更激怒了他，他酗酒，他买醉，他常醉醺醺地对我咆哮：

"'为什么我不能离开你？是什么鬼拴住了我？'

"我知道他不离开的原因，我知道拴住他的那个鬼就是我，因为他是晓嘉的儿子，晓嘉和我的儿子，他背叛不了他和我之间的那一线血脉。可是，听到他这样的吼叫是让人无法忍耐的，看到他的颓丧和堕落是让人更不能忍耐的。我开始咒骂他，他也咒骂我，我们把彼此当作仇人。咳，"老人轻叹，"你听说过这样的父子关系吗？"

江雨薇轻轻地摇了摇头。

"接着，"老人再说下去，"我的太太去世了。风雨园中剩下了我和若尘。那些时候我很孤独，有一阵，我以为我和若尘的情感会恢复，我们已经试着彼此去接近对方了，但是，若尘却恋爱了！"

老人咬了咬牙，江雨薇注意地倾听着。

"那个女人名叫纪霭霞，我永远不会忘记这名字。她比若尘大三岁，是个风尘女子。当若尘第一次把这女人带到我面前来，我就知道她的目的了。我警告若尘别接近她，我告诉他这个女人不安好心，对他也没有真情。但是，若尘不相信我，而且，他激怒得那样厉害，他说我侮辱了他的女友，轻视了他们伟大的爱情，他诅咒我心肠狠毒，诅咒我是个冷血的赚钱机器！诅咒我眼中只认得名与利，因此才害得他母亲贫病而死！他攻中了我的要害，我们开始彼此怒吼，彼此大骂，彼此诅咒……我是真的再也不能忍受他了，我狂叫着叫他滚出去，永远不要来见我，永远不许走进风雨园，永远不要让我听到他的名字！于是，他走了！这回，他是真的走了！从此，再也没有回来过！"

江雨薇深深地凝视着老人。

"这是多久以前的事？"她问。

"四年前！"

"那么，他已经离开四年了。"江雨薇惊叹着，"这四年中，你都不知道他的消息吗？"

老人调回眼光来，注视着江雨薇。

"他毕竟是我的儿子，是不是？"他凄然地说，自嘲地微笑了一下，摇摇头，"不，我知道他的消息！"

"他仍然和那女人在一起吗？"她问。

"那女人只和他同居了一年，当她弄清楚绝不可能从我这儿获得任何东西以后，她走了！最可笑的事是，她和若尘分手之前，居然还来敲诈我，问我肯付她多少钱，让她对若尘放手。我告诉她，我不付一分钱，她尽可和若尘同居下去。于是，她离开了若尘，现在，她是某公司董事长的继室。"

江雨薇呆呆地看着老人。

"对了，"她说，"这就是若尘再也不愿回来的真正原因，他太骄傲了，他太自负了，他受不起这么重的打击，他心爱的女人欺骗了他，而你又早把事情料中，他无法回来再面对你，尤其，要面对你的骄傲。"

耿克毅一瞬也不瞬地盯着江雨薇。

"你说的不错,"他点点头,"我和他,我们都太骄傲了,都太自负了,我们都说过太绝情的话,因此,我们再也不能相容了。"他凄然一笑,"好了,今晚,你听到了一个富豪的家庭丑史,如果你有心从事写作,这倒是一个很好的小说资料。一个父亲,他有三个儿子,同时,也有三个仇人!"

江雨薇站起身来。

"不,耿先生,"她由衷地说,"他不是你的仇人,他绝不是。"

"你指若尘?"

"是的,"江雨薇扶他躺下来,取了一粒镇定剂,她服侍他吃下去,"你们所需要的,只是彼此收敛一下自己的骄傲,我有预感,他将归来。"

"是吗?"老人眩惑地问。

"如果他再回来了,请帮你自己一个忙,别再将他赶走!"她退回房门口,"好了,明天见,耿先生。"她走出了老人的房间,慢吞吞地回到自己的房里。脑中昏昏乱乱的,充满了老人和若尘的名字。躺在床上,她望着屋顶的吊灯,知道自己将有一个无眠的夜。

第七章

　　早上，江雨薇帮老人打过针，做过例行的按摩之后没多久，耿克毅的老友朱正谋就来了。江雨薇不便于停留在旁边听他们谈公事，而且，花园里的阳光耀眼，茉莉花的香味绕鼻，使她不能不走进那浓荫遍布的花园里。

　　秋日的阳光温暖而舒适，扑面的风带着股温柔的、醉人的气息。她在花园里缓缓地迈着步子，心中仍然朦朦胧胧地想着耿克毅和他的儿子们。花园里有许多巨大的松树，有好几丛幽竹，松树与竹林间，有小小的幽径，她不知不觉地走进了一条幽径，接着，她闻到一股浓郁的桂花香。怎的，这正是桂子飘香的季节吗？她追随着这股香味走了过去，穿出了那小小的竹林，这儿却别有天地，菊花、玫瑰，和紫藤的凉棚，构成了另一个小花园。那紫藤花的凉棚是拱形的，里面有石桌石椅。成串深红色的紫藤花，正迎着阳光绽放。在凉棚旁边，一棵好大好大的桂花树，正累累然地开满了金色的花穗。

"啊呀!"她自言自语,"这花园还是重重叠叠的呢!"她真没料到这花园如此之大。

走到桂花树边,她摘下一撮花穗,放在手心中,她不自禁地轻嗅着那扑鼻的花香。走进凉棚,她在石椅上坐了下来。阳光从花叶的缝隙中筛落,斜斜地散射在她的身上和发际。她把那撮桂花放在石桌上,深深地靠进石椅里,她抬头看了看花树与云天,又看看周遭的树木与花园,再轻嗅着那玫瑰与桂花的香气,一时间,她有置身幻境的感觉。一种懒洋洋的、松散的情绪对她包围了过来,她不由自主地陷进那份静谧的舒适里。

应该带本书来看的,她模糊地想着。想到书,她就不禁联想到那本《璚玑碎锦》,想到《璚玑碎锦》,她就不禁想到那张画像,想到那张画像,她就不能不想到那"像尘土般"的耿若尘,把头仰靠在石椅的靠背上,她出神地沉思起来。

一阵花叶的簌簌声惊醒了她,坐正身子,她看到老李正从树隙中钻出来,一跛一跛地,他走向了花棚。他手里握着一个大大的花剪,眼光直直地瞪视着她。

"哦?"江雨薇有些惊悸,老李那张有着刀疤的脸,看起来是相当狰狞的。而且,由他那悄悄出现的姿态来看,他似乎在一直窥探着她,这使她相当地不安。老李,他并不像他太太那样平易近人啊。"你在修剪花木吗?"她问,完全是没话找话说。

"我在找你!"不料,老李却低沉地说了一句。

"找我？"江雨薇吃了一惊。

"是的，"老李点了点头，走了过来，很快地，他从他外衣口袋中摸出一张字条，递到她面前来，"这个给你！"他简捷地说。

"这是什么？"江雨薇愕然地问，下意识地接过来，打开一看，只见上面用歪斜的字迹写着：

和平东路三段九百九十巷两百零八弄十九号

江雨薇完全糊涂了，她瞪视着老李。

"这是干什么？"她问。

"上面是三少爷的地址，"老李很快地说，"你别让老爷知道是我给你的！"他转身就想走。

"喂喂，等一下！"江雨薇喊。

老李站住了。

"你给我这个做什么？"江雨薇问。

老李惊讶地望着她，好像她问了一个很可笑的问题。

"你要帮我们把三少爷找回来，不是吗？"他问，"没有他的地址，你怎么找他呢？"

"你——"她失措而又惶恐，"你怎么认为我会去找他？又怎么认为他会听我的呢？"

"我老婆说你会去找他，"老李瞪大了眼睛，"为了老爷，你应该去找他回来！"

"我应该？！"江雨薇蹙蹙眉，"我为什么应该呢？"

老李挺直地站在那儿，粗壮得像一个铁塔，他那两道浓黑而带点煞气的眉毛锁拢了，他的眼睛有些阴沉地望着她。

"因为你是个好心的姑娘。"他说。

"是吗？"江雨薇更困惑了。

"老爷辛苦了一生，只剩下个三少爷，如果三少爷肯回来，老爷就……"他顿了顿，居然说出一句成语来，"就死而无憾了！"

"你们老爷不是还有两个儿子吗？"江雨薇试探地问，她不知道在老李他们的心目中，培中、培华的地位又算什么。

"他只有一个儿子，"老李阴沉沉地说，"只有三少爷才真正对老爷好，也只有三少爷，才真正对我们好。"他的眼睛发亮了，一种深挚的热情燃烧在他的眼睛里，使他那张丑陋的脸都显得漂亮了起来。"他是个好人，江小姐，他是世界上最可爱的男孩子，我看着他长大的！"

"那么，"江雨薇摇着她手里的字条，"你既然知道了他的地址，为什么你不去找他回来呢？"

老李黯然地垂下了他的眼睛。

"我找过的，小姐。可是，三少爷把我赶回来了，他不会听我的！"

"那么，他又怎么会听我的呢？"

老李充满信心地看着她。

"老爷都听了你，不是吗？"他愉快地说，"能让老爷心服的人，一定也能让三少爷心服的！"

"哦！"江雨薇抬眼看看天，什么怪理论呀？她开始觉得自己被搅得糊里糊涂了！而且，她发现自己拿这个面貌冷峻而心肠热烈的老佣人根本没有办法。她低叹了一声，正想解释说自己只是个护士，并不想介入耿家父子的纠纷里。但是，那老李没有等她的解释，他匆匆向后面的竹林退去，一面说：

"谢谢你，江小姐！不要把那地址弄丢了！"

"喂喂，"她叫，"等一等！"

但是，老李已经不见了！

江雨薇伫立在花棚下，手里紧握着那张字条，她那么困惑，又那么迷茫，而且，还有种束手无策与无可奈何的感觉。她来耿家，为了做一个护士，可是，耿家这些家人以为她来做什么的呢？她摇了摇头，再叹口气，把字条收进衣服口袋里，她开始循原路向房子的方向走去。

她在喷水池前遇见朱正谋，他正自己驾着他的那辆道奇，准备离开，看到她，他把头从车窗里伸出来：

"过得惯吗，江小姐？"他笑嘻嘻地问。

"是的，很好！"她也笑着说。

"你会喜欢风雨园，"朱正谋点点头，"这是个可爱的花园，是不是？"

"是的。"

"好好地做下去，"朱正谋鼓励似的对她说，"当你和耿克毅混熟了，你就会发现他并不很难相处，别被他的坏脾气吓倒，嗯？"

江雨薇笑了，她喜欢这个面貌和蔼的律师。

"谢谢你，朱律师。"她说，"我会记住你的话。"

朱正谋发动了车子，走了。江雨薇仍然停留在喷水池旁边，望着那大理石雕刻的维纳斯像，她又开始出起神来。不知过了多久，一声汽车喇叭惊动了她，有辆黑色的小轿车开了进来，停在大门前，老赵走过去打开车门。一位矮矮胖胖的男人走了出来，戴着眼镜，花白的头发，拎着皮包，他对老赵说了一句什么，就走进大门里去了。看样子，耿克毅今天是相当忙呢！

江雨薇走了过去。

"你好，老赵！"她说。

"您好，江小姐！"老赵恭恭敬敬地答了一句。

"这是谁？"她不经心地问。

"老爷那纺织公司的经理，唐经理，他是老爷最信任的人。"

"哦，"江雨薇耸耸肩，"你们老爷刚刚出院，就忙成这样子，谈不完的公事，办不完的事情，这样下去，非把身体再弄垮不成。"

"老爷需要一个得力的帮手。"老赵说，热心地看了江雨薇一眼，"除非三少爷肯回来！"

江雨薇瞪视着老赵。

"什么意思？"她喃喃地问。

"老李已经告诉我了，"老赵傻呵呵地说，"我随时准备开你去。"

"开我去？"她莫名其妙地望着老赵。

"我是说，开车送你去。"老赵慌忙解释，"那地方很不容易找！"他压低了声音，"当然，我们会瞒住老爷的。你只告诉老爷，要我送你进城就行了！"

天哪！这件麻烦事似乎是套定在她脖子上了！她深吸了口气，烦恼地摇摇头，就抛开了老赵，径自走进那白色的客厅里。唐经理不在这儿，显然，他在二楼耿克毅的房里。她走到唱机旁边，那儿有一堆唱片，她翻看了一下，安迪·威廉姆斯，披头士，汤姆·钟斯……都是他们早期的歌曲，那么，这些唱片该有四年以上的历史了？换言之，这是那个耿若尘的唱片！那要命的、该死的"三少爷"！

"江小姐！"她回过头去，李妈笑吟吟地望着她。"告诉我，你爱吃什么菜，我去帮你做！"她热心地、讨好地说，那笑容是发自内心的。

"别专门为我弄，"她有些不安，"我什么菜都吃，真的！"

"你是什么地方的人，江小姐？"李妈问。

"湖南。"

"那么，你一定爱吃辣的！"李妈胜利似的说，"我去帮你炒一个辣子鸡丁，再来个豆豉鱼头！"

"啊呀！李妈，"江雨薇更加不安了，"你真的不必为我特别弄菜！这样会使我很过意不去。"

"我高兴弄嘛！"李妈笑着说，"做菜就要人爱吃呀！以前，三少爷总是吃得盘子碗都底朝天，他常对我说：'李妈，如果我变成大胖子，就要你负责！'那时他才结实呢！这些年他在外面，"她悄悄摇头，低低叹息，"真不知道弄成什么样子了！唉！"她抬头看了江雨薇一眼，那眼光是颇含深意的，"好了，我得赶着去做菜了！"

李妈走开了，江雨薇是更加怔忡了。怎么回事？自己像陷进了一个泥淖，越陷越深了！这些下人们对他们的三少爷，倒是相当团结、相当崇拜啊！可是，这些关她什么事呢？与她有什么关联呢？她怎么被陷进这件事里去的呢？她又凭什么该管这件事呢？她是越想越头疼，越想越糊涂了。

过了好一会儿，她慢慢地走上了楼梯。唐经理还在耿克毅的房里谈话。她看看手表，现在不是吃药的时间，也不该打针，但她依然敲了敲耿克毅的房门，伸进头去说：

"耿先生，别把你自己弄得太累了！少赚点钱没关系，身体才是最重要的呢！"

"要命！"耿克毅低低诅咒，"这个女暴君又来管闲事了！"望着唐经理，他介绍说，"这是我的特别护士，江雨薇小姐，这是唐经理！"

江雨薇对唐经理点了点头：

"别让他太累了！唐经理！"

"是的，是的。"唐经理慌忙说。

"女暴君！"耿克毅喃喃地又说了句，江雨薇对他嫣然一笑，就把房门关上，退出去了。

她没有回到自己房里，她走进了那间宽大的书房。

这儿是一个宝库，这儿是一个图书的博物馆，这儿充满了诱人的东西，像磁石般可以把铁吸住。她一跨进去，就像跨进了一个神秘的仙境，简直无法退出来了。她迷失在那些画册中间，迷失在那些诗词歌赋和小说里，她不住地拿起这本翻翻，又换另一本翻翻。她经常在那些书中发现被勾画过的句子，或是几句简短的评语，她知道，这些都是耿若尘的手笔。她真不能想象，一个人怎能看得了这么多的书？然后，在一本《左拉短篇小说选》中间，她发现了一张字条，上面凌乱地写着：

最近，我找出了我自己的毛病所在，我同时有两个敌人：一个是我的自尊心，一个是我的自卑感。它们并存在我的意识里，捉弄我，烦扰我，使我永不得安宁。谁能知道，自尊与自卑往往是同时存在的呢？而且，有时，它们甚至会混合在一起，变成同一件事。于是，自尊就成了自卑，自卑也就成了自尊了！

她望着这张字条，一时间，她有些迷糊，她觉得自尊与自卑是完全矛盾的两件事，根本不能混为一谈的。可是，接着，她再仔细地一深思，却忽然发现了这几句话颇有深意，而发人深省！她记得有个自命为天才却潦倒终身的人，当他的一位好友调侃他："你不是天才吗？怎么狼狈到如此地步？"那位"天才"竟挥拳狠揍了他一顿，说他伤了他的"自尊"，这种打人的举动是出自自尊还是自卑呢？穷人忌讳别人说他寒酸，没受过教育的人忌讳别人说他是文盲……这都是自卑与自尊混合起来的实例。她想呆了。握着这本书与字条，她走到书桌前面，坐进安乐椅中，呆呆地沉思起来。

楼下的钟敲了十二响，她惊跳起来，怎么，就这么一眨眼，一个上午已经过去了！带着书与字条，她走出书房，来到自己的房里。

一进房，她就愣了愣，翠莲正在房里。看到江雨薇，她立即展开满脸的笑，高兴地嚷：

"江小姐！你来试试看，这些衣裳是不是合身？"

江雨薇看过去，这才发现满床都堆满了衣服，她走到床边，诧异地拿起一两件看看，都是全新的洋装，从毛衣、长裤、短裙、套装，到风衣、大衣、斗篷，及媚嬉的长装，几乎应有尽有，她惊奇地叫："怎么？这儿要开服装店吗？"

"才不是呢！"翠莲笑嘻嘻地说，"是老爷叫唐经理带来给你穿的！他要我来帮你挂起来！"

"什么？给我穿？"她瞪大眼睛，"为什么要给我穿？我有自己的衣裳！"

翠莲微笑地摇摇头。

"大概他不喜欢看你穿护士衣服吧！"她说，又拿了件在江雨薇身上比了比，"哎呀，你一定合身的，这些衣裳像是为你定做的呢！"

江雨薇怔了几秒钟，然后，她抛下手里的书，像一阵风般卷进了耿克毅的房间。唐经理已经走了，耿克毅正独自坐在一张躺椅里。

"耿先生，"她叫着说，"那些衣裳是怎么回事？"她急促地问，语气颇有点兴师问罪的味道。

"哦，衣服吗？"老人瞅了她一眼，慢吞吞地说，"女孩子都喜欢漂亮衣服的，不是吗？那些衣服是我奉送给你的，不包括在薪水之内。"

江雨薇有被侮辱的感觉。

"你觉得我穿得太破了,是不是?有损你那豪富之家的面子是不是?"

"啊呀,"老人说,"这也伤害了你吗?"

"是的,"江雨薇板着脸,"我没有任何理由接受你的礼物,我有权利穿得随便,或是穿我的护士衣服,你高兴也罢,不高兴也罢,我拒绝你的——施舍。"

"慢着!"老人喊,眉毛皱拢了,"你为什么用施舍两个字?"

"这是你给我的感觉。"

老人瞅了她好一会儿。

"听我说,雨薇,"他压制着自己的火气,"这些衣服是我自己厂里的产品,我有一个纺织厂,同时有个成衣部,专门做好了成衣,外销欧美。你的身材,大约穿美国号码的七号和九号,我要唐经理带来这两个号码的秋冬新装,对我,这是毫不费力也不花钱的事情,对你,我以为会博你一笑。我无意于伤害你,你贫穷,并不是你的耻辱,你没衣服穿,是很明显的事情!我不懂你为什么如此拘泥小节,去维护你那不需要维护的自尊!"

自尊!这两个字在她脑中一闪,使她倏然间想起了耿若尘的那张字条:自尊与自卑的混合!是了!她现在所面临的,不就是这种局面吗?她的拒绝,是为了维护她的自尊,还是因为她自卑,怕老人看不起她呢?她咬着嘴唇,深思着,接着,她就忍不住地大笑了起来。

"好,好,耿先生,你们父子两个说服了我!我接受了这些衣裳!"她转身退去,"等我吃午饭,耿先生,我将穿一件新衣服给你看!"

"我们父子?"耿克毅莫名其妙地问。可是,江雨薇已经跑走了,他怎么也弄不清楚他儿子怎会参与到这衣服事件里来了。

江雨薇穿了件翠绿色的长袖洋装来吃饭,衣领和袖口都缀着宽荷叶边,为了配合她的新衣,她淡淡地搽了胭脂和口红,轻盈地走到餐桌边,她盈盈一笑,浑身散发着青春的气息。耿克毅对她赞许地点点头:

"如果我比现在年轻三十岁,我会追你!"他说。

"那时你不会要我,"江雨薇笑容可掬,"那时你有你的——维纳斯。"

老人的眼睛暗淡了一下。

"真的。"他说,"我只是怀疑,谁有福气能得到你!"

"得到我是福气吗?"她反问,"一个女暴君?"

老人纵声大笑了。在一旁服侍的李妈感动得几乎流下泪来,有许多年许多年,她没有看到她的主人这样开心过了。

江雨薇吃了很多辣子鸡丁,吃了很多豆豉鱼头。午餐后,她回到房里,一股扑鼻的清香迎着她,她看过去,在她书桌上面,竟插着一瓶桂花!!满屋子都散发着桂花那股幽香。她惊愕地走过去,望着那花瓶。一声门响,她回过头来,李妈含笑地站在门口:

"我那当家的说,你喜欢桂花,江小姐,所以,我们就给你插了一瓶。这园里有的是花儿，你喜欢什么，只管吩咐一声就好了！"

"哦！"江雨薇那样感动，"你们实在太好了！"

"我们应该的，江小姐，"李妈在她的围裙里搓着手，竭力想表示她心中的感情，"你使这个家又有笑声了，江小姐，你是个好姑娘。"是吗？是吗？是吗？她从没有被人这样重视过。眨眨眼睛，她说："李妈，过来，我告诉你！"

李妈走了过来。她压低声音说：

"告诉老李，告诉老赵，下星期我休假的时候，我会去看那个人！"

李妈扬起了眉毛，眼睛闪着光，她掩饰不住她唇边那个喜悦的笑，对江雨薇深深地一颔首，匆匆地走了。

江雨薇一下子仰躺在床上，瞪着天花板，她喃喃地说：

"江雨薇，江雨薇，你卷进这旋涡，是休想再卷出来了！"

第八章

一个星期匆匆过去了。

这星期中没什么值得大书特书的事情：老人的腿已几乎完全康复，他能拄着拐杖上下楼了，也能在花园里散散步，晒晒太阳了。黄医生来出诊过一次，对老人的进步感到满意，对他肝脏及心脏的情况却不表满意，他仍维持原来的看法，老人不会活过一年。耿克毅似乎并不关心自己的生死，他照常每天接见唐经理，吩咐业务，每隔一天和朱正谋小聚一次。这星期里唯一使风雨园中充满风雨气息的一天是星期六，培中和培华两家都携眷而来了。

那是令人烦扰的一天，那是充满大呼小叫的一天，培中的太太思纹一进门就教训了翠莲一顿，说她没有把窗隙擦干净，一直把翠莲骂哭了。培华和老李争吵了起来，因为老李最近把培华小时手植的一棵夹竹桃连根拔掉了，这争吵逼使那一向沉默的老李竟冒出一句话来：

"反正风雨园不会是你的，二少爷！"

于是，这就翻天覆地地引起一场咒骂，培华说老李"不敬"，老李掉头而去，根本不理。美琦阴阳怪气地劝解，不知怎的又惹怒了思纹。于是，思纹和美琦也开始彼此冷嘲热讽。偏偏这时培中的小儿子凯凯和培华的大儿子斌斌又打起架来了，大人就借着喝骂孩子，彼此攻击。一时间，大的吵，小的叫，闹得简直不成体统。耿克毅呢？自从培中、培华一进门，他就关在自己卧房里，说是需要睡觉，而避不见面。这时，听到楼下闹得实在不像话了，他才拄着拐杖走下楼来，他的出现那样具有权威性，使满房间的争吵声都在刹那间平息了，连孩子们都没有声音了。老人严肃地站在那儿，眼光凌厉地从培中、培华、思纹、美琦⋯⋯的脸上一一扫过，冷冰冰地说了句：

"你们的探访该结束了！"

"爸爸！"培中惊愕地喊。

"够了！"老人做了个阻止发言的手势，"别说什么，我了解你们的'孝心'，不过，我的护士认为我需要安静休息，是吗，雨薇？"江雨薇只得点头。"所以，你们还是带着孩子回去吧！"

"爸爸，"培华把握时机说，"您的身体不好，别太累着，公司里需不需要我去帮忙？"

"用不着，"老人的声音更冷涩了，"我还管理得了我的事业！你们去吧！"

"爸爸！"培中又开了口，"我觉得唐经理不见得靠得住……"

老人仰起头来，陡然发出一声暴喝：

"你们有完没完？能不能让我耳边清静一点？如果你们还懂得一点为人子的道理，现在就给我滚得远远的！听到了吗？你们走吧！统统走！马上走！"

思纹首先尖叫了一声：

"好吧！我们走！我们统统走！凯凯、中中、云云，我们回家去了！快穿上大衣，别在这儿招人讨厌，有哪个祖父当你们是孙儿呢？只怕是群来历不明的野孩子啊！"

老人气得发抖，他用拐杖指着培中：

"把这个女巫婆给我带出去！让我永远不要见到她！你们还不滚？一定要气死我吗？"

培中一把掐住了思纹的胳膊，对老人强笑：

"爸爸，您别生气，何必和妇人家生气呢？"

几分钟内，培中、培华这两个家庭就离开了凤雨园，当他们的车子都开出了大门，老人才一下子颓然地倒在沙发上了。江雨薇赶过去，按了按他的脉搏，立刻上楼拿了针药下来，帮老人打了一针，她用药棉揉着那针孔，一面温和而低柔地说：

"何苦呢，耿先生？何必要和他们生气？"

李妈也端了杯开水过来，颤巍巍地说：

"真的，老爷，如果您少跟他们生点气，也不至于把身体弄得这样糟啊！"

老人乏力地仰躺在沙发上，合上了眼睛，他看起来心灰意冷而又筋疲力竭。

"儿子，儿子，"他喃喃自语，"这就是我的儿子们！这竟然是我的儿子！"江雨薇把手盖在老人那枯瘦的手背上，她紧紧地、安慰地紧压了那只手一下，什么话都没有说。站起身来，她和李妈交换了了解的一瞥，她知道，刻不容缓地，她应该去做那件艰苦的工作了！

星期天，是江雨薇休假的日子。早上，她帮老人打过针，又详细地吩咐李妈老人吃药的时间，要她记得提醒老人。然后，她穿了件黑色滚红边的洋装，和同色的外套，准备出去了。耿克毅上下地打量着她，问：

"告诉我，你准备如何消磨这一天？"

"我要分别去两个大学，看我的弟弟，然后……"她笑笑，沉吟着没说出口。

"那个 X 光科的吗？"老人锐利地问。

江雨薇蓦地一笑。"或者。"她说。

"小心点，"老人警告地说，"男人是很危险的动物。"

"谢谢你，我会记住。"

"让老赵送你去。晚上，你在什么地方，打个电话回来，让老赵去接你，这山上太冷僻，不适合女孩子走夜路，而且，最好尽早回来！"

"一切遵命。"江雨薇微笑地应着。

老人没有再说话，只是目送江雨薇退出房间。

一坐进老赵的车子，江雨薇就从外衣的口袋里掏出了老李给她的字条，她毫不迟疑地说：

"和平东路，老赵，你知道的地方！"

"你不是先要去看你的弟弟们吗，江小姐？"

"弟弟有的是时间可以看，"江雨薇轻叹，"下个星期也不晚，这件事呢，却越早越好！"

老赵点点头，不再说话，他开足了马力，向山下驶去。江雨薇靠在车中，望着车窗外的树木丛林，她轻咬着嘴唇，心中七上八下而忐忑不安，她不知道自己到底要干些什么，也不知道见了那个耿若尘之后，该说些什么。多么鲁莽啊！自己怎么会决定来做这件事呢？

车子驶进了台北市区，转进新生北路，然后新生南路，再左转，上了和平东路，路面由宽而变窄，越开下去，道路就越窄了，路旁的建筑，也由高楼大厦转而为低矮的木造房屋，房子层层叠叠地拥挤在一堆，孩子们在路边嬉戏，街道的柏油路面早已残破，人们在房门口洗衣淘米，因此，街边是一片泥泞。

在一条窄窄的巷子前面，车子停了，老赵回过头来：

"就是这条巷子，江小姐，车子开不进去了，你走进去到巷底，有个更窄的弄子，转进去左边第四家就是了，那是间小小的木屋子。"江雨薇下了车，迟疑地看看这巷子：

"你以前来过吗，老赵？"

"和老李来过一次，不会错的，江小姐。"

"好吧，你回去吧，告诉老爷，你送我到师范大学的，知道吗？"

"我在这儿等十分钟，万一他不在家，我好送你去别的地方。"老赵周到地说。

"这样也好,十分钟我不出来,你就走吧!"

她走进了那条小巷子,这真是名副其实的"小巷子",街边有些小杂货店、菜摊子、鱼肉贩子,因此,整条巷子弥漫着鱼腥味和说不出来的一股霉腐的味道。江雨薇对这味道并不陌生,她住过比这儿更糟的地方,使她惊奇的,是耿若尘居然会住在这儿!那个充满奇花异卉的风雨园中的小主人!

她终于找到了那个小弄,也终于找到了那个门牌号码!她望着那房子,事实上,这不是房子,这只是别人后门搭出来的一个屋披,房门所对的,是别人后门的垃圾箱和养鸡棚,一股浓厚的垃圾气味充塞在空气里。

江雨薇在门前伫立了两秒钟,终于,她深吸了口气,在脑中准备了一遍自己要说的话,然后,她鼓足勇气,叩了房门。

门里寂然无声,他不在家。她想着,有些失望,却有更大的一种如释重负的感觉。再叩了叩门,她准备离去,却蓦然间,从门里冒出了一声低吼:

"管你是个什么鬼,进来吧!"

她一怔,倏忽间,以为门里是耿克毅,但是,立即她醒悟了过来,这是耿克毅的儿子!一个那么"酷似"的儿子啊!

推开门,她跨了进去,一阵油彩颜料和松节油的气味扑鼻而来,好呛鼻子,她不自禁地打了个喷嚏。定睛细看,她才看到屋里堆满了大大小小的画板和画布,一个高大的男人——她所熟悉的那个耿若尘,只穿着件汗衫,下面依然是那条洗白了的牛仔裤,正握着画笔和调色板,在一张画布上涂抹着。听到门响,他回过头来看着她,眉头蹙得紧紧的。

"你是谁?"他问。

"我不相信你已经忘了。"她说,打量了一下室内,一张木板床,上面乱七八糟地堆着棉被、衣服、画布、稿纸、颜料等东西。一张书桌上,也堆得毫无空隙。她注意到有一套《徐志摩全集》,几册文学名著,还有很多稿纸。房里除了这张床和书桌之外,所剩下来的空隙已经无几,何况,还有那么多画板、画框,使整个房间凌乱得无法想象,她不自禁地想起风雨园里那间宽宽大大的书房,和那些分类整齐的书籍。

"哦,"耿若尘把画笔抛在桌上,转过身来,死死地盯着她,"我记起来了,你是那个特别护士。"

"是的。"

他的脸色变得苍白,他的眼神紧张。

"你不是来告诉我什么……"

"哦,不,不!"她慌忙说,"他现在还很好,已经能走路了,一切都算不错。"

他紧盯着她。

"听说你已经住进风雨园去照顾他了?"他问,声音冷淡而严肃——另一个耿克毅,一个年轻的耿克毅。

"是的。"

"好了,你找我干什么?"他咄咄逼人地问。

"我……我……"江雨薇突然张口结舌起来,"我想和你谈谈。"

"谈吧!"他简明地说,把一张藤椅子用脚钩到她面前,

"请坐！别想我给你煮咖啡或是泡茶，我这儿什么都没有！好了，你要谈什么，开始吧！"

江雨薇用舌头润了润嘴唇，局促地在那椅子上坐了下来，她的手紧握着手提包，感到浑身的不自在。她的声音干而涩：

"耿先生……"

"见鬼！"他立即打断她，"我叫耿若尘！"

"是的，耿若尘，"她慌忙说，"我……我……"

"你到底要说些什么？"他吼了一句，"能不能干干脆脆地说出来？"

"啊呀，"江雨薇冲口而出，"你比你的父亲还要凶！我真不知道像你这样的人，为什么大家要把你当宝贝！还要千方百计地把你弄回去！"

"你是什么意思？"他恶狠狠地问，眼睛瞪得好大好大，直直地盯着她。

"我的意思是，希望你回去！"她恼怒地叫了起来，耿若尘那盛气凌人的态度激怒了她，那对闪闪逼人的眸子更使她有无所遁形的感觉，她准备了许久的话都忘到九霄云外去了，这句最直接的言语就毫不经思索地冲出口来。

"回去？！"他的眼睛瞪得更大了，他的声音阴沉而严厉。"谁派你来的？"他气势汹汹地问，"谁叫你来找我的？我父亲吗？"

"哈，你父亲！"她愤怒了，她代耿克毅不平，那两个儿子是那样地猥琐与卑劣，这个儿子又是如此地张狂与跋扈。"你休想！他根本不会叫你回去，你自己也知道这个，他凭什么要叫你回去呢?"

"那么,"他怒吼,"是谁要我回去?"

"是我!"她大声说。一说出口,她自己就呆住了,怎么回事?她为什么要这样说?她为什么如此不平静?她为什么要把这件事揽在自己身上?但是,她已经揽上这件事了,不是吗?

"是你?"耿若尘一个字一个字地问,惊异使他的声音都变了。"你要我回去?"他不相信似的问,"我有没有听错?"

"你没有听错,耿若尘。"她的声音坚定了,她的勇气恢复了,她浑身的血液都在亢奋地奔流,她的眼睛一瞬也不瞬地迎视着他,"是我要你回去,回到你父亲的身边去!回到风雨园里去!"

"为什么?"

"因为你是你父亲的儿子!"她重重地说,"因为他爱你,因为他想你,因为他要你!"

"你怎么知道?"他粗声问,"他说的?"

"他什么也没说,他不会说,他永远不会说,因为他太骄傲了!骄傲得不屑于去向他的儿子乞求感情,尤其在他生命行将结束的时候!"

他浑身一震。

"你是说,他快死了?"

"他随时都可能死亡,他挨不过明年的秋天。"江雨薇深深地凝视着耿若尘,"但是,我要你回去并不是因为他快死了,而是因为他孤独,他寂寞,他需要你!需要这个他认为唯一算是他儿子的人!"

他又一震。

"你是什么意思?"他问,喉咙粗嘎。

"你和我一样清楚,耿若尘!"她直率地、坦白地、毫不保留地说,"他讨厌培中、培华,他打心眼儿里轻视那两个儿子,他真正喜欢的,只有一个你!可是你背叛他,你仇视他,你故意要让他难过,你折磨他,你,耿若尘,你根本不配他来爱你!"

他的背脊挺直了,他的眼睛里冒着火。

"你是个什么鬼?"他叫,"你懂得些什么?你这个自作聪明的傻瓜!他恨我!你知道吗?他一向恨我,你知道吗?我们在一起的时候,就是两只斗鸡,我们会斗得彼此头破血流,你明白了没有?我不回去,我永远不会回去,因为我恨他!"

"你恨他?!"江雨薇呼吸急促而声音高亢,"你才是自作聪明的傻瓜!你才是什么都不懂!你真恨他?事实上,你爱他!就和他爱你一样!"

"哈!"他怪吼,"我自己的事,我不知道,你倒知道了?"

"是的,我知道!"江雨薇高高地仰着下巴,"你们彼此仇视,你们彼此争斗,你们彼此挑剔,只因为你们的个性太相像!只因为你们都骄傲,都自负,都不屑于向对方低头!尤其,最重要的一点,你们都太爱对方,而感情的触角是最敏锐的,于是,你们总是会误伤到对方的触角,这就是你们的问题!"

耿若尘紧紧地盯着她,像要把她吞进肚子里去。

93

"哈！"他再怪叫了一声，"你说得倒真是头头是道！你以为你是调解人间仇恨的上帝吗？你对于我们的事根本不清楚，我奉劝你，少管闲事！"

"我已经管了！就管定了！"她执拗地怒喊，"你以为我不知道你的心理吗？你自卑，因为你是个私生子！你把这责任归之于你父亲！事实上，你心里根本明白，爱情下的结晶是比法律下的结晶更神圣！但你故意要找一个仇视你父亲的借口，这就成了你的口实！"

他俯近了她，他的眼睛里充满了火气，他的脸色变得像铁一般青，他的声音低沉而带着威胁性："好，好，"他喘着气，"你连我是私生子也知道了，你还知道些什么？"

"我知道你被一个女人所骗，竟然没有面目再去见你父亲！我知道你胆小而畏缩，倒下去就爬不起来！我知道你恨你父亲，因为他料事如神！我知道你没有骨气，不能面对现实！我知道……"

"住口！"他厉声大叫，声音凄厉而狂暴，几乎震破了她的耳膜，"在我把你丢出这房子之前，你最好自己滚出去！"

"很好！"她一下子站起身来，"不用你赶，我也准备走了，和你这种人没有道理好讲，因为你不会接受真实！我懊悔我跑这一趟，早知道你是这样一个人，我根本就不该来的！"她上上下下地打量他，"天知道，你也值得你父亲夜夜失眠，做梦都叫你的名字！原来是这样一个没心少肺的——混球！"她不知不觉地引用了老人的口语，"好吧！让开，算我没来过！"

他挡在她的面前。

"你不是要把我丢出去吗?"她挑高了眉毛,"你拦在这儿做什么?反正我已经来过了,说过我要说的话了,你回去也罢,你不回去也罢,我只要告诉你,你两个哥哥随时准备把你父亲切作两半!你就躲在这儿画你的抽象画吧!把那孤独的老人丢到九霄云外去吧,反正他也快死了,你现在回去,别人说不定还会嘲笑你是要遗产去的呢!"她瞟了那些画布一眼,"顺便告诉你一句,你这些抽象画烂透了!只能放在中山北路的三流画廊里骗骗外国人!我真奇怪,一个有那么高天才的人怎会沦落到如此地步!"她冲过去,从他身边一下子冲到门口,但他比她还快,他伸手支在门上,迅速地拦住了她。

"站住!"他大喊。

她停住,抬起眼睛来,他们相对怒目而视。

"你还要做什么?"她问。

"你怎么有胆量对我说这些话?"他狠狠地注视她,"你又有什么资格对我说这些话?"

"我是我自己的主人,我高兴说什么就说什么,高兴做什么就做什么。"她盯着他,"别让你过强的自尊心与莫须有的自卑感淹没了你的本性吧!不要以为你父亲代表的是权力与金钱,他只是个孤独的老人而已!你所要做的,不是向你的父亲低头,而是向你自己低头!尤其是,向你自己的错误低头!"

一转身,她冲出了那间杂乱的小房间,很快地向小弄的出口走去,一直转出了那巷子,她似乎仍然感到耿若尘那灼灼逼人的眼睛在她身后逼视着她。

第九章

星期一过去了。

星期二过去了。

星期三又过去了。

江雨薇从没度过如此漫长的、期待的日子,她曾希望自己那篇发自肺腑的言语能唤回那个浪子,但是,随着时间一天一天地消逝,她知道自己失败了。午夜梦回,她也曾痛心疾首地懊悔过,为什么在那小屋中,自己表现得那么凶悍?那么不给他留余地?假若她能温温柔柔地向他劝解,细细地分析,婉转地说服,或者,他会听从她,或者,他会为情所动,而回到风雨园来。像他那种人,天生是吃软不吃硬的,而她,却把一切事情都弄糟了。

她叹息,她懊丧,她不安而神魂不定。这些,没有逃过耿克毅的眼睛,他锐利地望着她,打量她,问:

"怎么?难道你和那个 X 光吵架了?"

她哑然失笑："帮帮忙，别叫他 X 光好吗？人家有名有姓的。吴家骏，吴大夫。"

"对于我，叫他 X 光仍然顺口些。"他凝视她，"好吧，就算是吴大夫吧，他带给你什么烦恼？"

"他没有带任何烦恼给我，"江雨薇直率地说，"他还没有到达能带给我烦恼的地步！"

"是吗？"老人更仔细地打量她，"那么，是什么东西使你不安？"

"你怎么知道我不安了？"

"别想在我面前隐藏心事，我看过的人太多了，自从星期天你出去以后，就没有快乐过。怎么？是你弟弟们的功课不好吗？或者，你需要钱用？"

"不，不，耿先生，"她急急地说，"我弟弟们很好，肯上进，肯用功，大弟弟已拿到奖学金，小弟弟刚进大学，但也是风头人物了。"她微笑，"不，耿先生，我的一切都很好，你不用为我操心。"

"答应我，"老人深沉地望着她，"如果你有烦恼，告诉我，让我帮你解决。"

"一定！"她说。转开头去，天知道！她不为自己烦恼，却为了这老人啊！她不由自主地又叹了口气。

"瞧，"老人迅速说，"这又是为什么？"

"我……"她凝思片刻，"我昨晚在念百家词，看到两句话，使我颇有同感。"

"哪两句？"老人很感兴味。

97

"心似双丝网,中有千千结。"她清晰地念。

老人沉思了一会儿。

"对了。这是安陆词,张先的句子。前面似乎还有句子说,天不老,情难绝。是吗?"

"是的。"

老人再沉思了一会儿。

"这与你的叹气有关吗?"

"我只是想,我们每个人的心都像双丝网,而有千千万万的结,如果能把这些心结一个个地打开,人就可以没有烦恼了,但是,谁能打开这些结呢?"

老人看着她:

"你心中有结吗?"他问。

"你有吗?"她反问。

"是的,我有。"老人承认。

"谁能没有呢?"她低叹,"我们是人,就有人类的感情,爱、恨、憎、欲……都是织网造结的东西。"

老人蹙蹙眉,沉默了。那一整天,他都非常沉默,似乎一直在思考一个复杂的问题。而星期四,就又这样无声无息地过去了。

星期五早晨,李妈又采了一大把新鲜桂花到雨薇房里来,雨薇望着她把桂花插好,叹口气说:

"李妈,我想我失败了!白白辜负了你们的期待,我把事情弄得一团糟。"

李妈对她温和地微笑。

"这本来是件很难的事，江小姐。"她安慰地说，"三少爷那牛脾气，和老爷一样强，一样硬，从小，他就是毫不转圜的。"

"可是，你们都喜欢他！"

"是的，因为他是热情的，是真心的，他爱我们每一个，我们也都爱他！他和老爷一样，都不大肯表示心里的感情，但是，我们却能体会到。二十几年前，我那当家的是老爷工厂里的搬运工人，有天在工作时被卡车撞了。没有人说他活得了，老爷把他送进医院，花了不知道多少钱来救他。他活了，脸上留下大疤，脚跛了，不能做工了，老爷连他和我都带进家来，一直留到现在。这就是老爷，他不说什么，但他为别人做得多，为自己做得少，谁知道，"她叹口气，"到了老年，他却连个儿子都保不住！"她退向门口，又回过头来，"不过，江小姐，我仍然没有放弃希望，三少爷像他父亲，他是重感情的，总有一天，他会回来的！"

这是江雨薇第一次知道老李走进耿家的经过，也是第一次明白为什么这夫妇二人对耿克毅如此忠心。想必那老赵也会有类似的故事吧？！再也料不到，那看起来不近人情、性情乖僻的老人，竟有一颗温柔的心！本来嘛，江雨薇在这些日子的接触里，不是也被这老人收服了吗？

可是，那三少爷会回来吗？

早上过去了，中午又过去了。晚餐的时候，李妈做了一锅红烧牛肉，烧得那样香，使整个风雨园里都弥漫着肉香。老人的腿已经康复得差不多了，所以，他们在楼下的餐厅里吃晚饭。才坐定，有人按门铃，老人不耐地锁起了眉头：

"希望不是培中或培华！"他烦恼地说，问江雨薇，"今天不是星期六吧？"

"不，今天是星期五。"

"或者是朱律师。"李妈说。

远远地，传来铁栅门被拉开的声响，接着，一阵摩托车的声音一直传到大门前。在他们认识的人里，只有一个是骑摩托车的！老人的筷子掉落到桌子上，眼睛闪亮而面色苍白。江雨薇挺直了腰，把筷子轻轻地放下，注意地侧耳倾听。正在一旁开汽水瓶的李妈停止了动作，像入定般地呆立在桌边。

大门被蓦然间冲开，一个瘦高个子的男人大踏步地跨了进来，牛仔夹克，牛仔裤，满头乱发，亮晶晶的眼睛……他依然是那副桀骜不驯的样子，依然是一脸的高傲与倔强。

"嗨！"他站在餐桌前面，"李妈，添一副碗筷，你烧牛肉的本领显然没有退步，我现在饿得可以吃得下整只的牛！"

李妈顿了几秒钟，接着，像突然从梦中惊醒般，她慌忙放下汽水瓶，急急地去布置碗筷，嘴里颠三倒四地、昏昏乱乱地说：

"是了，碗筷，添一副碗筷，对了，红酒，要一瓶红酒，对了，得再加一个菜，是了，炸肉丸子，从小就爱吃炸肉丸子……"她匆匆忙忙地跑走了，满眼睛都是泪水。

这儿，耿若尘调过眼光来，注视着他的父亲，他们父子二人的目光接触在一起了。室内好安静，好安静，好安静……江雨薇听得到自己的心跳声。

终于，老人开了口，冷冰冰地。

"你从什么地方来的？"他问。

"不是天堂，也不是地狱。"那年轻人静静地回答，"我流浪了一段时间，现在，我回家了。"

"为什么？"老人继续问，像审问一个犯人。

"因为我累了。"他坦然地答。

"你带了些什么东西回来？"老人再问。

"风霜、尘土、疲倦，和……"他紧盯着老人，"需要我继续说下去吗？我的财产并不多！"

老人推开自己身边的椅子，他的手微微颤抖着。

"坐下来！"他说，"我想你需要好好地吃一顿！"

耿若尘毫不客气地坐了下来，他正坐在江雨薇的对面，他的目光立即捉住了江雨薇的。

"我想你们见过……"老人说。

"是的！"耿若尘紧盯着江雨薇，"我们见过，我不知道你从什么地方发掘到这个机灵古怪的护士，她以为她自己是天神派到人间的执法者！"

老人敏锐地看看江雨薇，再转头看着他的儿子。

"她在你的戏里扮演了什么角色吗？"他敏捷地问。

江雨薇迅速地咳嗽了一声，站起身来，她不想让老人知道她所做的事情，于是，她急急地说：

"我来拿酒杯吧，你们要喝什么酒？红酒吗？我想，我今晚可以陪你们喝一点！"

她走到酒柜前面，取来酒杯和酒瓶，在她开瓶及倒酒的时间内,她发现那父子二人都紧盯着她。她不安地耸了一下肩,注满老人的杯子,再注满耿若尘的。耿若尘把眼光从她身上转到老人的脸上:

"你问我她扮演了什么角色吗?"他咬字清楚地说,"她是那个帮我拿火炬的人。"

"哦?"耿克毅皱皱眉,"怎么讲?"

"有个古老的传说,"耿若尘啜了一口酒,"当一个流浪者在长途的旅行与跋涉之后,他常常会走进一个黑暗的森林,然后,他会在林中转来转去,一直找不到出路,荆棘会刺破他的手足,藤蔓会绊住他的脚步。这时,会出现一个手持火炬的女人,带领他走出那暗密的丛林。"

"哦?"老人注视着江雨薇。

"故事并没有完,"耿若尘继续说,"这女人或者是神,或者是鬼,丛林之外,或者是天堂,或者是地狱,这……之后的事就没有人知道了!"

江雨薇懊恼地抬起头来,把长发抛向了脑后。

"好了!你的故事该说完了。"她恼怒地说,"天堂也好,地狱也好,你已经投进来了,不是吗?现在,我不知道你们两个有没有兴趣吃饭,至于我呢,我已经饿得要死掉了!"

"慢点,"老人举起了他的酒杯,他的声音变得十分温柔,"让我们好好地喝杯酒吧!雨薇,"他深深凝视她,"干了你的杯子,如何?"掉转头,他望着他的儿子,眼光热烈:"你一向有好酒量,若尘!"一仰头,他喝干了自己的杯子。

江雨薇毫不考虑地,就一口干了那杯酒,再看耿若尘,他的杯子也已空了。酒,迅速地染红了三个人的脸,耿若尘抢过瓶子来,重新注满了三人的杯子,他举起杯子,突然豪放地高呼:"浪子回头金不换,是吗?爸爸,为你的浪子喝一杯吧!至于你,"他望着江雨薇,"我该称呼你什么?女神?女妖?女鬼?"

"女暴君?!"那做父亲的冲口而出。

"什么?女暴君?"耿若尘大叫,斜睨着江雨薇,接着,他就爆发性地大笑了起来,一面笑,一面用手拍着老人的肩膀,他兴高采烈地喊,"太好了!女暴君!她是个名副其实的女暴君!她对我说过任何人都不敢说的话,除非是个女暴君!啊呀!爸爸,你的幽默感仍然不减当年!"

"儿子,"老人也开始笑了,而且一笑就不可止,他和耿若尘一样地疯疯癫癫,"你的豪放也不减当年呀!"

他们彼此大笑,拍彼此的肩,彼此喝酒。江雨薇望着这一幕父子重逢的戏,一幕相当夸张的戏,两人都有些做作,两人都表现得像个小丑,但是,不知怎的,她觉得自己的眼眶发热,有些不争气的、潮湿的东西涌进了她的眼眶里,模糊了她的视线。悄悄地,她推开了自己的椅子,想无声无息地退开。可是,比闪电还快,那耿若尘跳起来,跨前一步,一把抓住了她的手腕,回头对耿克毅说:

"她想溜走,爸爸,我们让她溜走吗?"

"不,"老人大大地摇着头,"我们不能让她溜走,我们要灌醉她!"

"听到了吗?"耿若尘凝视着她,发现了她眼里的泪光,他倏然间放开了手,像有什么东西烫了他一样。"哦哦,"他吃惊地嚷,"你可别哭啊!我们并不是骂你,是吗?"他求救似的望着老人,"爸爸,我们怎么把她弄哭了?"

江雨薇重重地甩了一下头。

"谁说我哭来着?"她用手揉揉眼睛,一串泪珠扑簌簌地滚落下来,她却含着泪笑了。"我是在笑,"她大声说,"你们看不清楚!"

"儿子,"老人说,"她在笑,你看错了!"

"是吗?"耿若尘举起杯子,"那么,我们喝酒吧,还等什么?"三人都干了杯子,三人又倒满酒。李妈捧着一碟炸肉丸子出来,看到这幅又笑又闹的画面,她呆了,傻了,放下盘子,她匆匆说:

"三少爷,我去帮你整理房间!"

"去吧!"耿若尘挥手,"别忘了给我……"

"泡杯浓茶!"李妈接口。

"哈!"耿若尘爽朗地大笑,"李妈,我现在抱你一抱,你会不会难为情?"

"啊呀!"李妈笑着逃上楼梯,"不行了!你已经是大人了呢!"李妈走了,耿若尘目送她消失在楼梯口,他回过头来,他的眼光又和耿克毅的接触了。这回,笑容从他的唇边隐没了,慢慢地,一份深深切切的挚情充塞进了那对深邃的眸子里,慢慢地,他的表情诚挚而面色凝重,慢慢地,他把他的手伸给他的父亲。

"爸爸,"他不再扮小丑了,他低语着,"你愿意接纳一个迷失的儿子吗？"

耿克毅也不再笑了，他用同样深挚的目光迎视着他的儿子，他的声音低沉而温柔：

"若尘，我等了你四年了。"

他们父子紧握住了手。耿克毅这时才说了句：

"欢迎你回来，儿子！"

"从此，不再流浪了。"耿若尘说。

江雨薇再度悄悄地站起身来，这次，耿若尘没有拉住她，他全心都在他父亲的身上。江雨薇知道，现在，他们父子必定要有一段长时间的单独相处，他们有许多话要谈，从漫长的过去，到谁也无法预测还有多久可相聚的未来。她轻轻地从桌前退开，轻轻地走上楼，轻轻地回到自己房里，再轻轻地关上房门。

仰躺在床上，她用手枕着头，模糊地想起今天才和老人谈起过的那几句词：

天不老，情难绝。心似双丝网，中有千千结。

一个"心结"已经解开了。她微笑着，望着窗外天边的繁星。人类的心灵里，到底有多少"结"呢？像那些星星一样多吗？成千成万的！为什么呢？只为了那句"天不老，情难绝"！这，就是人生吗？

第十章

　　第二天早上,老人起身得很晚,江雨薇不愿为了打针而叫醒他,她知道,睡眠对他和针药同样地重要,何况,他又度过了那么激动的一个夜晚。

　　踏着晨曦,踏着朝露,踏着深秋小径上的落叶,她利用清晨那一段闲暇,在花园中缓缓地踱着步子。在车库旁边,她看到老赵和老李两个,正在专心地擦拭那辆破烂不堪的摩托车,他们擦得那么起劲,那么用力,好像恨不得凭他们的擦拭,就能把那辆车子变成一辆新车似的。江雨薇掠过了他们,心中在轻叹着,那耿若尘,他是怎么拥有这一份人情的财富的呢?当她从车房边的小径转进去时,她听到老赵在对老李说:

　　"咱们这个江小姐,可真行!"

　　"我知道她办得到!"是老李简单明了的声音,"如果她能长留在咱们这儿,就好了。"

江雨薇觉得自己的面孔微微发热,她不该偷听这些家人们的谈话啊!她走进了小径,踏在那松松脆脆的竹叶上,发出簌簌的轻响。以前,她不知道竹子也会落叶的。俯下身来,她拾起一片夹在竹叶中的红色叶片,无意识地拨弄着。红叶,这儿也有红叶!抬起头来,她看到一棵不知名的大树,那树梢上的叶子已快落完了,仅存的,是几片黄叶,和若干红叶。

冬天来了!这样想着,她就觉得身上颇有点凉意,真的,今天太阳一直没露面,早上的风是寒意深深的,她再看了看天,远处的云层堆积着,暗沉沉的。

"要下雨了!"

她自语着,算了算日子,本来吗,已经是十二月初了。往年的这个时候,雨季都已经开始了,今年算是雨季来得特别晚,事实上,早就立过冬了!她走出小径,那儿栽着一排玫瑰花,台湾的玫瑰似乎越到冬天开得越好,她走过去,摘下一枝红玫瑰来。再走过去,就是那紫藤花架,她没有走入花棚,而停留在那棵桂花树前。

桂花,已经没有前一回那样茂盛了,满地都是黄色的花穗。她站着,陷入一份朦朦胧胧的沉思里。一阵寒风扑面而来,竟夹带着几丝细雨,她不自禁地打了个寒战。那桂花在这阵寒风下一阵簌动,又飘下无数落花来。空中,有只鸟儿在嘹唳着,她仰起头来,一对鸟儿正掠空飞过,而更多的雨丝坠在她的发上额前。

"好呀!"

有个声音突然发自她的近处,她一惊,循声而视,这才发现,那紫藤花架下竟站着一个人,靠在那花棚的支柱上。他双手插在口袋里,依然穿着他的牛仔夹克,双目炯炯然地凝视着她。

她正想开口招呼,耿若尘叹了口气。

"很好的一幅画面,"他说,"像古人的词:落花人独立,微雨燕双飞。"

她怔了怔,是的,落花人独立,微雨燕双飞!前人写词,后人描景。天下之事,千古皆同!她看着他,他向她大踏步地走了过来。

"早,江小姐。"他说。

"早,耿先生。"她也说。

"不知道我的名字吗?"他蹙蹙眉,"似乎必须我再介绍一遍?"

"那么,是你不知道我的名字了?"她针锋相对,"该我来自我介绍,是不是?"

"不要这样,"耿若尘走近她,凝视着她的眼睛,"我们彼此都太熟悉了,是不是?熟到可以指着对方大骂的地步了,是不是?不用再对我介绍你自己,我早已领教过你的强悍。雨薇,雨中的蔷薇,你有一个完全不符合你个性的名字,这名字对你而言,太柔弱了!"

又和他父亲同一论调!但,他这篇坦白的话,却使她的胸中一阵发热,她知道自己的面孔必然发红了。

"你也有个不符合你的名字,知道吗?"她迎视着他,"你骄傲得像一块石头,却不像尘土啊!"

"说得好,"他点点头,侧目斜睨了她一眼,"你为什么当了护士?"

"怎么?"她不解地问,"为什么不能当护士?"

"你该去当律师,一个年轻漂亮而口齿犀利的女律师,你一定会胜诉所有的案子!"

"是吗?"她笑笑,"谁会雇用我?"

"我会是你第一个客人!"

她笑了起来,他也笑了起来,一层融洽的气氛开始在他们之间弥漫。细雨仍然在飘飞着,如轻粉般飘飘冉冉地落下来,缀在她的头发上,缀在她的毛衣上。

"我很想告诉你一些我心里的话,雨薇,"他开了口,沉吟地低着头,用脚踢弄着脚下的石块,"关于那天我那小木屋里,你说的话。"

"哦,"她迅速地应了一声,脸更红了,"别提那天吧,好吗?那天我很激动,我说了许多不应该说的话!"

"不!"他抬起眼睛来,正视她,"我用了四整天的时间来反复思索你所说的话。一开始,我承认我相当恼怒,但是,现在,我只能说:我谢谢你!"

她凝视着他的眼睛。

"是吗?"她低问。

"是的。"他严肃地点点头,"我曾经在外面流浪了四年,这四年,我消沉,我堕落,我颓废,我怨天尤人,我愤世嫉俗,我觉得全世界都对不起我,举世皆是我的敌人……"他耸耸肩,"我不知道你懂不懂这种心情?"

"我想，我懂的。"她说，想起父亲刚死的那段日子，债主的催逼，世人的嘲笑，姐弟三人的孤苦无依……那时，自己何尝没有这样的想法？觉得命运乖蹇，举世皆敌？所幸的，是那时自己必须站起来照顾两个弟弟，没有时间来怨天尤人，否则，焉知道自己不会成为一个小太妹？

"四年中，我从来没有振作过。我过一天算一天，过一月算一月，过一年算一年。我懒得去工作，懒得找职业，我的生活，只靠写写骂人文章，或者，画画'只配放在中山北路三流画廊里骗骗外国人'的烂画！"

她再一次脸红。

"别提了！"她说，"不要把那些话放在心上，我那时是安心想气你，事实上，你的画并不那样恶劣……"

"何必再解释？"耿若尘皱起眉头，鲁莽地打断了她，"你是对的！我那些抽象画烂透了！连具象都还没学到家，却要去画抽象！你猜为什么？因为买画的人十个有八个不懂得画，因为我画得容易，脱手也容易！那不是我的事业，只是我谋生的工具而已。"

"可是，你如果安心画，你可以画得很好！"

"你又说对了！"他歪歪头，仍然带着他那股骄傲的气质，"像我父亲说的，只要我安心做任何事，我都会做得很好！"

她深深地望着他。

"这以后，你又预备做什么呢？"

他咬住嘴唇，沉思了一会儿。

"我还不知道，"他犹疑地说，"我想，我不会在风雨园停留很久……"

"嗨!"她挑高了眉毛,"我仿佛记得,你昨天才答应了你父亲,从此,你不再流浪了。"

"但是,"他压低了声音,"你告诉我的,他不会活很久了!你难道不认识我那两个哥哥?等到父亲归天,我也就该走了!目前,我只是回家陪伴老父,让他能……"他低语,"愉快地度过这最后的一段时间。"

她以不赞成的眼光紧盯着他。

"慢慢来吧,"她说,"我不认为你父亲只需要你的'陪伴',他更需要的,是他生命的延续,与他事业的延续!"

"哦,"他惊愕地,"你以为我可能……"

"我不以为什么,"她打断他,一阵寒意袭来,她猛地打了个喷嚏,"我只是觉得,你一辈子摆脱不掉你的骄傲,当你的理智与骄傲相冲突的时候,你永远选择后者,而放弃前者。"

他盯住她。

"我不懂你的意思。"

"或者,以后你会懂。"她笑笑,又打了个喷嚏。

他猛地惊觉过来。

"嗨,"他叫着说,"虽然你是特别护士,但我看你并不见得会照顾自己啊!瞧,你的头发都要滴下水来了!"他脱下自己的夹克,披在她的肩上,"雨大起来了,我们该进屋里去了!"

真的,雨丝已经加大了,那寒风吹在脸上,尤其显得凛

洌。江雨薇拉紧了耿若尘的夹克,她说:

"我们跑进去吧!"

他们跑过了小径,穿过了花园,绕过了喷水池,一下子冲进屋里。一进屋,江雨薇就慌忙收住了步子,因为,耿克毅正安静地坐在沙发中,面对着他们。

"嗨,爸爸!"耿若尘愉快地叫,"昨晚睡得好吗?"

"很好。"老人说,锐利地看着他们,他的气色良好而神情愉快,"外面在下雨吗?"

"是的。"江雨薇把夹克还给耿若尘,呵了呵冻僵了的双手,"这天气说冷就冷了,今天起码比昨天低了十度。"她看着老人,"你应该多穿点!"

"你倒是应该先去把头发弄弄干!"老人微笑地说。

"是的,"她笑应着,"然后给你打针!"

她跑上楼去,轻盈得像一只小燕子。耿若尘的眼光不能不紧追着她,当她消失在楼梯顶之后,耿若尘掉过头来,望着他的父亲。

"她是个很奇妙的女人,不是吗?"耿若尘说。

老人深深地注视着儿子。

"别转她的念头,若尘。"他静静地说。

"为什么?"

"因为她已名花有主,一个医生,X光科的,相当不错的一个年轻人!"

"哦!"耿若尘沉吟了一下,轻咬着嘴唇,忽然甩了甩头,"哎,天气真的冷了,不是吗?"他抬高了声音,"我去找老李,把壁炉生起来。噢,"他望望那壁炉,"烟囱还通吧?"

"通的!"

耿若尘凝视着他父亲:

"我永远记得冬夜里,和你坐在壁炉前谈天的情况!每次总是谈到三更半夜!"

"我们有很多谈不完的材料,不是吗?"老人问。

耿若尘微笑地点了点头,一转身跑出去找老李了。

江雨薇带着针药下楼来的时候,壁炉里已生起了一炉熊熊的炉火,那火光把白色的地毯都映照成了粉红色,老人坐在炉边,耿若尘拿着火钳在拨火,一面和老人低语着什么,两人都在微笑着,火光映在他们的脸上身上,燃亮了他们的眼睛,江雨薇深吸了口气:

"喂!"她喊,"我能不能加入你们?"

耿若尘回过头来,斜睨着她:

"只怕你不愿加入!"

"为什么?我一直冷得在发抖!"她跑过来,卷起老人的衣袖,熟练地帮他打了针。

"谁教你一清早跑出去吹风淋雨呢?"

"谁教你们盖了这样一座诱人的园子呢?"

"喂,爸爸,"耿若尘故意地皱紧眉头,"你这个特别护士是个抬杠专家呢!"

"你现在才知道吗?"老人笑着说。

江雨薇在地毯上坐了下来,双手抱着膝。她穿了件水红色的套头毛衣,纯白色的喇叭裤,半潮湿的头发随便地披在

脑后,浑身散放着一股清雅宜人的青春气息。炉火烤红了她的脸,她伸了个懒腰,懒洋洋地说:

"哎,我现在才知道金钱的意义,许多时候,精神上的享受必须用金钱来买,一本好书,一杯好茶,一盆炉火,以及片刻的休闲,都需要金钱才办得到。所以,在现在这个社会里,与世无争、甘于淡泊、不求名利……这些话都是唱高调的废话!"

"你说了一些重要的东西,"老人点点头,深思地说,"就是这样,在现在这个社会里,无论什么,都需要你自己去争取。成功是件很难的事,失败却随时等在你身边。人不怕失败,就怕失败了大唱高调,用各种借口来原谅自己。"

耿若尘没说话,火光在他眼睛里闪烁。

江雨薇把下巴搁在膝上,眼光迷迷蒙蒙地望着那蓝色的火舌。耿克毅也静默了,他舒适地靠在椅子中,陷入一份深深的沉思里。李妈走了进来,打破了室内的静谧:

"哎,老爷少爷小姐们,你们到底吃不吃早饭呀?!这样的冷天,稀饭可不经放,待会儿就冰冷了!要聊天,要烤火,还有的是时间呢!"

江雨薇从地毯上跳了起来。

"哎呀,"她惊奇地叫着说,"原来我还没吃早饭吗?怪不得我的肚子饿得咕咕叫呢!"

老人忍不住笑了,他摇摇头,低语了一句:

"到底是孩子!"

耿若尘也笑了,望着李妈说:

"李妈……"

"你别说！"李妈阻止了他，"你爱吃的皮蛋拌豆腐，已经拌好了放在桌上了！"

耿若尘用手搔了搔头发。

"真奇怪，"他笑着说，"这些年，没有李妈，我不知道是怎么活过来的！"

大家在桌前坐了下来。热腾腾的清粥，清爽爽的小菜：榨菜炒肉丝、凉拌海蜇皮、脆炸丁香鱼、皮蛋拌豆腐……都是耿若尘爱吃的菜，他们吃了起来，一面吃，一面热心地谈着话，耿若尘兴高采烈地对父亲说：

"我发现我那些书又被重新整理过了。"

"那你要问雨薇，"老人说，"她除了照顾我之外，几乎把所有的时间都花在你那些书上！"

"哦？"耿若尘望着雨薇，"我不知道你也爱看书，我那个宝库如何？"

"一个真正的宝库，"江雨薇正色说，"这风雨园里面的财富太多了，只有傻瓜才会抛弃它们！"

"嗨，"耿若尘怪叫，"爸爸，你的特别护士又在绕着弯子骂人了！"

"谁教你要去当一阵子傻瓜呢？"老人笑得好愉快。

"帮帮忙，别再提了吧！"耿若尘故意做出一副可怜兮兮的样子来，"我的脸皮薄，你们再嘲笑我，我就要叫老李了！"

"叫老李干吗？"江雨薇惊异地问。

"拿铲子！"

"拿铲子干吗?"

"挖地洞。"

"挖地洞干吗?"

"好钻进去呀!"耿若尘张大眼睛说。

江雨薇扑哧一声笑了出来,一口热粥呛进了气管里,她慌忙从桌前跳开,又是笑,又是咳,又是擦眼泪,又是叫肚痛,翠莲和李妈都笑着赶了过来,帮雨薇拍着背脊,老人也笑出了眼泪,一面指着耿若尘说:

"你这孩子,还是这样调皮!"

"这完全是因为染色体的关系!"耿若尘又冒出一句莫名其妙的话来。

"怎么讲?"老人问。

"染色体是人体的遗传基因!"耿若尘说。

刚止住笑的雨薇又是一阵大笑,老人也咧开了嘴,咯咯地笑个不停,雨薇又赶去帮老人捶背,怕他岔着了气。一时间,室内又是笑,又是叫,又是咳,又是闹,再加上那熊熊的炉火,把整间房间都衬托得热烘烘的。

就在这时,一阵门铃响,大家笑得热闹,谁也没有去注意那门铃声。可是,随着铁栅门的打开,就是一串汽车喇叭声,有一辆或两辆汽车驶了进来。听到那熟悉的喇叭声,老人蓦然间停止了笑,而且变色了,放下筷子,他望着雨薇:

"今天是星期几?"

"星期六。"

"天哪!"老人用手拍拍额角,自语地说,"难道这定期的拜访必不能免吗？难道我刚刚快活一点，就一定要来杀风景吗？难道就不能让我过过太平的日子吗？"

耿若尘盯着江雨薇：

"这是——"他犹豫地说。

"不错，"江雨薇点点头，"你的两个哥哥、两个嫂嫂，和五个侄儿女们！"

"见鬼！"耿若尘眼望着天，低低地诅咒，他的脸色也变白了。

室内的快活气氛在霎时间消失无踪，大家都安静了，都僵住了，就在这突然降临的寂静里，大门前传来一阵喧闹的人声，中间夹着思纹那尖嗓子的怪叫：

"哟呵！爸爸！您的孙儿孙女们又来给您请安来了！哎呀，老李，你抱云云下来，老赵，你站着发呆干吗？还不把给老爷的东西搬下车来！哎呀，凯凯！别去爬那喷水池，掉下去淹死你！啊哟，美琦，你还不管管你家斌斌，他又在扯云云的头发了！……"

"天啊！"耿克毅跌进了沙发里，望着雨薇，"儿孙满堂，我好幸福是不是？"雨薇沉默着没说话，老人又加了句："你去帮我准备点镇定剂吧！没有镇定剂，我今天的日子是绝过不去了！"

第十一章

思纹的尖叫声似乎还没完,一大群人已拥进了客厅,李妈看到凯凯那泥泞的鞋子踩上了白色的地毯,就低低地发出一连串不满的叽咕。翠莲慌忙逃开,生怕又被那似主人又非主人的思纹再臭骂一顿。老人沉坐在他的椅子里,板着脸,一语不发。耿若尘已吃完了饭(事实上,他根本没吃什么),他斜靠着壁炉站着,手中拿着一个酒杯,若有所思地望着那群拥进来的人们,他脸上是一副阴沉欲雨的神情。江雨薇退到远远的一边,不知道自己是应该离去,还是应该留着。

"哎呀,"思纹边叫边说,"已经生了火吗?真暖和啊,到底是爸爸会享受……"抬起头来,她猛地发现了耿若尘,立即惊愕得目瞪口呆起来,"什么?什么?"她张口结舌地怪叫着,回过头去,"培中!你瞧瞧,这……这……这是谁呀?"

耿若尘离开了壁炉,他轻轻地耸了耸肩,对那群人举了举手里的杯子:"惊奇吗?"他冷冰冰地说,"那个早该死去的人居然会还魂?!"

"哈!若尘!"培中的眼光闪了闪,他是这群人里最会用心机的一个,他立刻掩饰住了自己脸上的惊愕与恼怒,"你什么时候回来的?"

"昨天。"耿若尘简捷地说,轻晃着酒杯,他颇有股满不在乎的潇洒劲儿。

"我早就知道,"培华按捺不住自己的情绪,他尖刻地接了口,"是你该露面的时候了!"

"是吗?"耿若尘淡淡地问,扫了培华一眼,"你更胖了,培华,"他冷冰冰地加了句,"成为标准的'脑满肠肥'了!"

"怎样?"培华反唇相讥,"我并没有流落在外,也没有饱尝失恋滋味,更没有被女人玩弄,或是在陋巷中苟延残喘,我为什么该瘦呢?"

"够了!"老人从椅子上跳了起来,铁青着脸,望着培中、培华,"你们是来探望我的,还是来找若尘吵架的?"

"让他讲,爸爸!"耿若尘说,平静地注视着培华。可是,他的太阳穴,却泄露了他内心的秘密,那儿有根青筋在暴涨着,而且跳动着。"培华,显然这些年来,你过得相当不错了?"

"嘿嘿!"培华冷笑,"总之比你强!"

"不错,不错,"耿若尘掉头看着培中,"培中,你也不坏吧?"

"我很好,谢谢你关心。"培中板着脸说。

"好极,好极了!"耿若尘走到老人身边去,"爸爸,你应该骄傲，你有两个好儿子，他们有好事业，有好家庭，有好儿女，还有良好的品格。爸爸，你知道，人生没有十全十美的事情，你既然有了这么好的两个儿子，就必定会有个不争气的孩子，来冲淡你的福气，我就是你那个坏儿子！一个浪荡子！"他凝视着老人，"爸爸，你这个浪子一无是处，满身缺点，他的劣迹已经罄竹难书。他比那两个好儿子唯一所多的，只是一颗良心，但是，良心是没有什么用处的，既不能吃，也不能喝，对于这样一个浪子，你怎么办呢？"

老人迎视着耿若尘，他的眼光中充满了赞许、宠爱、骄傲，和某种难解的快乐。

"唔，若尘，"他沉吟地说，故意地蹙拢眉头，但是笑意却明显地浮上了他的嘴角，"你给了我一个大难题，这样的一个坏儿子吗？我想……我只好把他留在我身边，慢慢地管教他，熏陶他。"

"那两个好儿子呢？"耿若尘问，"你就不管他们了吗？"

"哦哦，"老人歪着头沉思，眼里却掠过一抹狡黠的光芒，"好儿子自己管得了自己，又能干，又聪明，还要我这个老爸爸做什么？"

"啊呀！"思纹又尖叫了起来，她显然对若尘父子这一篇对白完全没有了解，却抓住了老人最后的几句话，"哪有这种事？好儿子不管，去管坏儿子……"

"思纹！"培中锁起了眉，他气得脸色苍白，及时喝阻了妻子，"你最好住口，少说话！你这个疯婆子！"

"啊呀！啊呀！"思纹又转移目标到她丈夫身上，气得发抖,"你怎么骂起我来了?我什么地方得罪你了?我做错什么了?我怎么是疯婆子?你说!你说!我帮你生儿育女,做老妈子,现在我老了,你就骂我是疯婆子!你不要以为你做的那些偷鸡摸狗的事情我不知道,你在外面包舞女,逛酒家……"

"你住不住口!"培中怒吼了一声,一把扭住了思纹的手腕,"你这个笨蛋!现在是我们吵架的时间和地点吗?你弄弄清楚!……"

"哎哟!"思纹更加杀猪似的叫了起来,"你要杀人呀?你这个死没良心的……"

"我说,纹姐,你就别吵了!"美琦细声细气地、阴恻恻地开了口,"你难道还不明白,有人想把我们挤出耿家的大门呢!"

思纹呆了呆,这才醒悟过来,立刻又开始了尖叫:

"凭什么呢?难道咱们的孩子是偷汉子生下来的吗?难道他们就不是耿家的种吗?……"

"思纹!"培中的脸色铁青,恶狠眼地瞪着她,"你再说这些莫名其妙的话,当心我揍你!"

思纹被吓住了,说了一半的话整个咽了下去,张大了嘴,涨红了脸,活像个大傻瓜。

美琦又阴恻恻地说:"倒不是咱们的孩子来路不正,只怕是咱们孩子的父亲来路不正呢!"

"美琦!"老人怒喊,走了过去,他盯着他的儿媳妇,"你的话什么意思,解释解释看!"

"我哪有说话的余地啊!"美琦嗲声说,"培中、培华都没有说话的余地，何况我们当儿媳妇的呢！"

"好！"老人说，"你既然知道你没有说话的余地，你就免开尊口吧！"

"爸爸！"培华抢前了一步，"您的意思是只认若尘，不认我们了，是不是？"

"有什么认与不认的？"老人激怒地说，"你们自己看看，你们有没有一分做儿子的样子？哪一次你们来风雨园，不是吵闹得天翻地覆？你们如果要多来几次，我不短命才怪！"

"很好，"培华说，"我们既然如此不受欢迎，我们就走吧！不过，我还有几句话要说，"他掉头看着耿若尘，"若尘，算你胜了，四年来，你对父亲的一切都置之不顾，现在，你知道父亲所剩的时光无几，你就赶回来献殷勤了！这正是你一贯的作风！既然今天晓得回来，为什么当初要发誓不回风雨园呢？嘿嘿，本来吗，"他冷笑连连，"你怎么舍得这份家产啊？"

耿若尘的面色变得惨白，太阳穴上那根青筋在急速地跳动，他把酒杯放在炉台上，向前跨了几步，在大家都还没有弄清楚是怎么回事之前，他已经对着培华的下巴挥去了一拳，培华站立不稳，整个身子摔倒在地上，带翻了茶几，又带翻了花瓶，花瓶里的水淋了他一头一脸。思纹尖叫起来：

"要杀人啊！救命啊！"

在一边旁观的斌斌开始大哭起来，叫着说：

"爸爸死掉了！爸爸死掉了！"

美琦反手给了斌斌一个耳光，骂着说：

"你哭什么丧？小杂种！"

斌斌哭得更大声了。

耿若尘扑过去，一把抓住培华胸前的衣服，把他提了起来，培华怕再挨打，急急地说：

"我是文明人，我不跟你这种野人打架！"

耿若尘用力地把他再推回到地上去，甩甩手，恶狠狠地瞪着他说："我真想杀掉你！如果不是看在爸爸面子上，如果你不是窝囊得让我恶心的话，我今天就会杀掉你！你想留住这条命的话，你就给我滚出去！"

"好，好，"培中说，"培华，识时务者为俊杰，我们走吧！再不走，被这样莫名其妙地谋杀掉，说不定再被毁尸灭迹，那才冤枉呢！"他狠狠地瞪了耿若尘一眼，"若尘，守住你的财产吧！等你成了大富翁的时候，说不定那个纪霭霞会从她的董事长身边，再投回你的怀抱里来，那时，你就人财两得了！哈哈！"他退后一步，"你有种，就别用拳头逞强！这到底还是个法治世界呢！"拍拍手，他大叫着，"孩子们！上车去！"

"我不，"六岁的凯凯说，一对眼睛骨碌碌地转着，"我要看叔叔和人打架。"他走到耿若尘身边，崇拜地问："你刚才用的是不是空手道？"

"小鬼！你给我去死去！"思纹尖叫着，一把扯住凯凯的耳朵，把他从耿若尘身边拖走，于是，凯凯就杀猪似的尖叫起来，一面叫，一面喊："我让那个人用空手道打你！"他始终没弄清楚若尘也是他叔叔。

123

"打我?"思纹用另一只手左右开弓地给了凯凯几耳光,"我先打死你!你这个小王八!小混蛋!小杂种……"在一连串的咒骂声与哭叫声中,她拉着凯凯跑到大门外去了。

培华从地上爬了起来,拉了拉西装上衣,拂了拂满头滴着水的头发,他一面退后,一面对耿若尘说:

"我会记住你的,若尘,我会跟你算这笔账的!大家等着瞧吧!"

美琦拖着哭哭啼啼的斌斌,也往屋外走去,同时,仍然用她那温温柔柔、细声细气的声音说:

"十个私生子,有九个心肠歹!"

然后,他们统统退到了室外,接着,一阵汽车喇叭的喧嚣,两辆车子都故作惊人之举似的,大声按喇叭,大声发动马达,大声倒车,又大声地冲出了风雨园。这一切,恍如千军万马般杀了来,又仿佛千军万马般杀了去。终于,室内是安静了。

是的,终于,室内是安静了,安静得没有一点声音,只有大家在沉重地呼吸,只有那老式的大钟发出规律的嘀嗒。然后,李妈悄悄地走了过来,轻手轻脚地收拾那花瓶的残骸和地毯上的余水。翠莲也挨了进来,静静地收拾着餐桌上的碗筷。

老人跌坐在沙发中,他用手捧着头,坐在那儿一语不发。

耿若尘斜倚着壁炉站着,他的脸色依旧惨白,他的眼睛一眨也不眨地望着李妈收拾房间,谁也不知道他在想什么,也没人敢去招惹他。他只是定定地站着,直着眼睛,竖着眉,一动也不动。

终于，李妈和翠莲收拾好了东西，都退出去了。室内更安静了。

这种寂静是恼人的，这种寂静有风雨将至的气息，这种寂静令人窒息而神经紧张。江雨薇从她缩着的角落里挨了出来，正想说两句什么轻松的话，来打破这紧张而窒闷的空气。可是，蓦然间，耿若尘回过头来了，他的脸色由惨白而变得通红，他的眼睛里布满了血丝，他额上一根根的青筋都暴涨了起来。他一下子冲到老人的身边，跪在老人前面，他用双手用力地抓住老人的两只胳膊，摇晃着他，震撼着他，嘴里发出野兽负伤后的那种狂嗥：

"爸爸！你帮帮忙，你不许死！你要活下去！活下去！活下去！"老人用手抓住了儿子的头发，他揉弄这乱发，他凝视着那张年轻而充满了激情的面孔，他的眼里逐渐蓄满了泪，他的声音沉痛而悲切："儿子，生死有命，一切由不了你自己啊！可是，孩子，你帮我争口气吧！你帮我争口气吧！别让人家说我耿克毅，死后连个好儿子都没有！"

"但是，爸爸，在听了培中、培华那些话后，你叫我怎么待下去？怎么留下去？"他狂叫着。

"你想中他们的计吗，儿子？"老人深深地凝视着若尘，"他们会想尽各种办法来赶走你的，你明知道的。若尘！别中他们的计！"他恳切地看着他，语重而心长，"记住，若尘，假若你能帮我争口气，则我虽死犹生，假若你不能帮我争这口气，我是虽生犹死啊！"

耿若尘仰着脸,热切地望着他父亲,然后,他猝然间把头扑伏在父亲的膝上,发出一阵沉痛的啜泣和痉挛,他低声喊着:

"爸爸,告诉我该怎么做吧!告诉我该怎么做!"

老人用颤抖的手紧揽着儿子的头,他举首向天,喃喃而语:

"有你这样靠近我,我已经很满足了!这么多年来,这是我们父子第一次这样亲近,不是吗?"他脸上绽放出一层虔诚的光辉,"这些日子,我常觉得你母亲在我身边,若尘,她是世界上最可爱的女子!我常想,在我生命将结束的时候,还能和你这样相聚,我是够幸福了!一个风烛残年的老人,还能苛求什么呢?你是好孩子,我知道,你必定不会让你的两个哥哥,践踏在我的尸骨上高歌吧?若尘,若尘,坚强起来!若尘,若尘,帮助我吧!"

耿若尘抬起了头,他眼里还闪着泪光,但他的脸孔上已带着某种坚定的信念、某种热烈的爱心、某种不畏艰巨与困难的坚强,他低声而恳挚地说:

"你放心,爸爸,你放心!你这个儿子,或者很任性,或者很坏,或者是个浪子,但是,他不是个临阵畏缩的逃兵!"

"我知道,"老人注视着他,"我一直都知道!"

江雨薇走了过来,她悄悄地拭去了颊上的泪珠,她为什么会流泪,她自己也不知道。只觉得自从走进风雨园以来,不,是自从担任老人的"特别"护士以来,自己就变得"特别"脆弱了。她走过去,哑声说:

"好了,耿先生,你应该吃药,然后小睡一下了!"

耿克毅抬头看着她，微笑地说：

"对了！雨薇，你得帮助我活长一点！"他站了起来，跄踉地跟着她，向楼上走去。

雨薇搀扶他上楼的时候，发现他是更瘦了！职业的本能告诉她，或者，她不需要担任他太久的"特别护士"了。

她服侍老人吃了药，再服侍他躺下，当她要退出的时候，老人叫住了她：

"雨薇！"

"是的。"她站住了。

老人深深地望着她。

"你是个好护士，"他说，"也是个好女孩，我必须要对你说一句话：谢谢你！"

"为什么？"她说，"我做的都是我该做的。"

"不。"老人点点头，"你知道我指的是什么，我谢谢你帮我把若尘找回来，你不知道，这件事对我的意义有多大！"

"我知道。"雨薇低语。

"好了，去吧！"老人说，"我想睡了。"

雨薇退出了老人的房间，关好房门，她回到楼下。

耿若尘正仰躺在沙发中，他面前放着一个酒瓶，手里紧握着一个酒杯。江雨薇对那瓶酒看看，已经空了小半瓶了！她赶了过去，一阵莫名其妙的激动和怒气控制了她，她抢下了那个酒杯和酒瓶，哑声说："难道酗酒就是你振作的第一步吗？"

耿若尘愕然地瞪着她。

127

"你不能再逃避了，耿若尘，"她轻声地，一字一字地说，"你刚刚许诺过，你不做一个逃兵！那么，站起来吧，站起来，为你父亲做一点什么，因为，他真的没有多久可以活了！"

耿若尘紧盯着她。

"把酒瓶拿走吧！"他喑哑地说，"并且，时时提醒我，时时指示我。"他低叹了一声，"你是个好心的女暴君啊！陛下！"

第十二章

接下来,有一段相当平静的日子。

自从在风雨园中大闹一场之后,培中和培华就一直没有再出现过了,这对老人是件相当好的事情,他少生很多气,少费很多神。随着天气逐渐转冷,他的精神却越来越好了。黄医生仍然每星期来诊视,他认为老人的病况进入一段休眠状态里,没有好转,却也没有继续恶化,对这种绝症而言,不恶化就是好消息,江雨薇和耿若尘都暗中庆幸,希望老人或者会发生什么"奇迹",而挽救了他的生命,在医学史上,这种例子并非没有。

耿若尘开始去纺织公司研究业务了,江雨薇知道,他是相当勉强的,他对那纺织公司根本没有兴趣,他的去,完全是为了讨老人高兴。可是,有一天晚上,江雨薇和耿克毅父子都在围炉闲话。那晚,江雨薇穿了件橘红色的套装,慵慵懒懒地坐在壁炉前的地毯上,耿若尘忽然拿了一张纸,抓了一支炭笔，开始随手给江雨薇画一张速写，画好了，他觉得那套服装不够洒脱，就把它改成一件松散的家常服，在腰上加了一条纱巾似的飘带。画好了，他递给江雨薇说：

"怎样？像不像你？"

江雨薇看了半天。

"很好，比我本人漂亮，"她笑着，"你实在有绘画上的天才，应该正式学画。"

"不成，现在开始学已经太晚，"若尘说，"我真该学室内设计或是建筑。"

"把那张画给我看看。"老人说。

江雨薇递了过去，老人竟对那张简单的速写产生了浓厚的兴趣，他左看右看，若有所思地研究了好久，忽然把那张速写折叠起来，放进口袋里，说：

"给我吧！"

江雨薇并没注意这件事，她想老人爱子心切，对儿子的一笔一画都相当珍惜，这事并没什么特别意义。耿若尘更没把这事放在心上。但是，第二天，这张画到了唐经理手里，一星期后，一件崭新的、用软呢材料做成的家常洋装，腰上有丝巾做配饰，喇叭袖，宽下摆，说不出的潇洒漂亮——这衣服被送到风雨园来，江雨薇做了第一个试穿的模特儿。耿若尘惊异地说：

"什么？这就是我画的那件衣服吗？"

"是呀，"老人说，"你看，什么地方需要改？"

那件衣服是浅蓝色，腰上的纱带也是同色。

"要用蓝灰色的衣料，领子改成大翻领，"耿若尘一本正经地说，"纱带却用宝蓝色，这样，才能显出纱带的特色来。如果用黄色的衣料，就要用橘色的纱带，总之，腰带的颜色一定要比衣服艳才好看。"

过了一个月，唐经理兴高采烈地跑来说："订单！订单！订单！都是订单，美国方面喜欢这类的服装，他们要求大量供应，并且要求看看其他的款式，赶快请令郎再设计几件！"

这是一个偶然、一个惊奇，完全出乎耿若尘的意料，但是，这却引发了他的兴趣，他开始热心于纺织公司的事了，他研究衣料的品质，研究衣服的款式，研究如何利用最低成本，做出最漂亮而新颖的服装来。他经常逗留在工厂里，经常拿着炭笔勾画，他变得忙碌而积极起来。

"相信吗？"老人骄傲而自负地对江雨薇说，"他会成为一个第一流的服装设计师！"

江雨薇成了这些服装的模特儿，成品的第一件，永远是由她穿出来，在父子二人面前走步，旋转，前进，退后，坐下，举手，抬足，滑一个舞步……父子二人就兴味盎然地看着她，热心地讨论，热心地争执，江雨薇常说：

"我要另收时装模特儿费，我告诉你们，干时装模特儿是比特别护士赚钱多的！"

"你改行倒也不错，"耿若尘笑着说，"知道吗？雨薇，你有一副相当标准而美好的身材！"

"不许改行！"老人笑着接口，"我对第十三号没有兴趣！"

"第十三号？"耿若尘不解地问。

于是，老人开始告诉他，在江雨薇之前，他赶走了十一个特别护士，以及这第十二号如何用"女暴君"式的手腕，一下子将他征服的故事。耿若尘听得哈哈大笑，笑得那样开心，那样得意，他拍着老人的肩说：

"这个女暴君的确有征服人的力量，不是吗？"

江雨薇听得脸红，耿若尘那对炯炯迫人的眸子，更看得她心慌。但是，她是多么喜爱那份围炉谈天的气氛，和那种属于家庭的温馨呀！她甚至开始怀疑，等她必须离开风雨园的时候，她将如何去适应外界呢？尤其，如何去适应医院里那种充满血腥、药水、喊叫的生活呢？

就这样，春天在不知不觉中来临了。

雨季仍然没有过去，天空中总是飘着那绵绵不断的雨。江雨薇常怀疑自己有爱雨的毛病，和她名字中那个"雨"字一定有关系。她喜欢在细雨中散步，她喜欢听雨声，她更爱着雨雾里的早晨和黄昏。

这天，依然下着雨，却正好是江雨薇休假的日子。

她在外面逗留了一整天，和两个弟弟团聚在一块儿，听他们叙述大学生活，听他们的趣事，也听他们谈"女生"，天！只是那样一眨眼，他们就到了交女朋友的年龄了。晚上，她请他们去吃沙茶火锅，围着炉子，大弟弟立德忽然很正经地、很诚恳地冒出一句话来：

"姐，这些年来，我们亏了你，才都念了大学，总算是苦出头了。现在，我和立群都兼了家教，也可以独立了。你呢？姐姐，已经过了年了，你是二十三了，假若有合适的人选,别为我们耽误了你的终身大事啊!"

唉!立德能讲出这篇话来,证明他已经不再是个孩子了!但是,这句话却勾起了江雨薇多少心事,在她接触的这些人里,谁是最佳人选呢?追求她的人倒是不少,无奈每一个都缺少了一点东西,一点可以燃起火花来的东西,他们无法使她发光发热,无法使她"燃烧"。可是,退一步想,难道人生真有那种"惊天地,泣鬼神"般的爱情吗?真有小说家笔下那种缠绵悱恻、荡气回肠的感情吗?"问世间,情为何物,直教人生死相许?"不,她还没有经历过这种滋味,这种"生死相许"的感情。或者,她是小说看得太多了,诗词念得太多了,而"走火入魔"了?或者,人生根本没这种感情,只是诗人墨客善于描写罢了!总之,立德有句话是对的,她已经二十三了,年华易逝,青春几何?她真该为自己的"终身大事"想想了!尤其在她对未来的"特别护士"这种职业已感困惑的时候。

于是,这晚,她接受了那 X 光科吴大夫的邀请,他们去了华国,跳舞至深夜。谈了许多医院的趣事,谈了很多医生的痛苦,谈了很多病人的烦恼……但是,无光,也无热。那医生善于透视人体,却并不善于透视感情。

半夜两点钟,吴大夫叫了计程车送她回到风雨园,这是她休假日回来最晚的一天。在门口,她和吴大夫告别,用自备的钥匙开了铁门旁边的小门,走进去,她把门关好,迎着细雨,向房子走去。

雨丝扑在面颊上,凉凉的,天气仍然寒冷,她把围巾缠好,慢慢地踱着步子,慢慢地想着心事。两旁的竹林,不住地发出簌簌瑟瑟的声响,空气里弥漫着淡淡的花香,是玫瑰和栀子混合的香味,园里有一株栀子花,这几天正在盛开着。

她走着,高跟鞋踩在水泥路上,发出清脆的声响,房子的二楼上,有间屋子还亮着灯光,那是谁的窗子?她注意地看了看,是耿若尘的,那么,他居然还没睡!她放轻了脚步,不想惊动任何人,但是,蓦然间,一个人影从她身边的竹林里冒了出来,一下子拦在她前面,她张开嘴,正想惊呼,那人开了口:

"别害怕,是我!"

那是耿若尘!她深吸了口气,拍拍胸口:

"你干吗?好端端吓我一跳!"她抱怨着,惊魂未定,心脏仍然在剧跳着。

"干吗?"他重复她的话,"只为了迎接你,夜游的女神。"

"啊?迎接我?"她有些莫名其妙。

"我看到你进来的。"他说,拉住她的手腕,"不要进屋子,我们在花园里走走,谈谈。"

"现在吗?"她惊愕地,"你知道现在几点钟?"

"只要你知道现在是几点钟就好了!"他闷闷地说。

"怎么?"她挑高了眉毛,"你父亲并不限制我回来的时间,何况,我也没耽误我的工作。"

"工作,工作,工作!"他的语气里夹着愤懑,"你做了许多你工作以外的事情,但是,只要我们的谈话里一牵涉你不愿谈的题目,你就搬出你的工作来搪塞了!"

"哦,"江雨薇瞪大眼睛,"你今天晚上是怎么了?安心要找我麻烦吗?"

"岂敢!只要求你和我谈几分钟,你既然能陪别人玩到深更半夜,总不至于对我吝啬这几分钟吧!"

江雨薇静了片刻,夜色里,她无法看清耿若尘的表情,只能看到他那对闪闪发光的眼睛,她咬咬嘴唇,微侧了侧头,说:

"你的语气真奇怪,简直像个吃醋的丈夫,抓到了夜归的妻子似的!耿若尘,你没喝酒吧?"

"喝酒!"他冷哼了一声,"你每天像个监护神似的看着我,我还敢喝酒吗?难道你没注意到,我是在竭力振作吗?我天天去工厂,我设计服装,我管理产品的品质,我拟商业信件⋯⋯我不是在努力工作吗?"

"真的,"她微笑起来,你做得很好。好了,别发火吧!"她挽住了他的手,像个大姐姐在哄小弟弟似的,"我们在花园里走走!你告诉我,你今天碰到了些什么不愉快的事?"

"我没碰到任何不愉快的事!"

"那么,你是怎么了?"她不解地注视他,她的手碰到了他的外衣,那已经几乎完全潮湿了。"啊呀!"她叫,"你在花园里淋了多久的雨了?"

"很久了,一两个小时吧!"他闷闷地答。

"你发神经吗?"

"你不是也爱淋雨吗?"他问。

"并没有爱到发神经的地步!"她说,拉住他的手,强迫地说,"快进屋里去!否则,非生病不可!"

他反过手来,迅速地,他的手就紧握住了她的。他的眼睛在暗夜里紧盯着她的:

"不要对我用护士的口气说话,我并不是你的病人!懂吗?"

她站住,困惑地摇摇头。

"我不懂,你到底要干什么?"

"刚刚是谁送你回来的?那个高个子的男人是谁?你的男朋友吗?那个X光吗?"

"是的!"她仰了仰头,"怎样呢?"

"你很爱他吗?"他的手把她握得更紧,握得她发痛。

"你发疯了吗?你弄疼了我!"她迅速地抽出自己的手来,"你在干什么?你管我爱不爱他?这关你什么事?"她恼怒地甩了甩长发,"我不陪你在这儿发神经,我要回屋里去了。"

他一下子拦在她前面,他的手握住了她的手腕。

"你是傻瓜吗?"他的头逼近了她,"嫁给一个医生有什么好?他们整天和药瓶药罐细菌打交道,他们不能带给你丝毫心灵的感受,我敢打赌你那个X光……"

"喂喂,耿若尘!"雨薇心中的不满在扩大,她讨厌别人批评她的朋友,尤其耿若尘又用了那么一种高高在上的语气,好像全世界的人都不屑一顾似的。她愤愤然地说:"请别批评我的朋友!也请不要过问我的私事!嫁不嫁医生是我的事情,你根本管不着!"

"我管不着吗?"他又掐紧了她的手腕,他的呼吸热热地吹在她的脸上,"你也管不着我的事,可是你管过了!现在,轮到我管你的事了!我告诉你,我不喜欢你那个 X 光,我也不喜欢你这么晚回来……"

"对不起,我无法顾虑你的喜欢与不喜欢!"她想挣脱他,但他握得更紧,他的手像一道铁钳般紧紧地钳住了她,"你放开我,你凭什么管我?你凭什么干涉我?……"

"凭什么吗?"他的喉咙沙哑,呼吸紧迫,"就凭这个!"

说完,他用力地把她的身子往自己怀中一带,她站立不稳,雨夜的小径上又滑不留足,她整个身子都扑进了他的怀里。迅速地,他就用两只手紧紧地圈住了她。她挣扎着,却怎么都挣扎不出他那两道铁似的胳膊。张开嘴,她想骂,可是,还来不及说任何话,她的嘴唇已被另一个灼热的嘴唇堵住了。

这一切来得太突然,太出乎她的意料,她根本丝毫心理上的准备都没有。因此,当她的嘴唇被骤然捕捉的那一刹那,她心中没有罗曼蒂克,没有爱情,没有光与热,没有一切小说家笔下所描写的那种飘飘然、醺醺然、如痴如醉的感觉。所有的,只是愤怒、惊骇、不满,和一份受伤的、被侮辱的、被占便宜的感觉。她拼命挣扎,拼命撑拒,但是,对方却太强了,他把她紧压在胸口,他的手从她背后支住了她的头,她完全没有动弹的余地。最后,她放弃了徒劳的挣扎,她让他吻,但是,她的眼睛却瞪得大大的,充满了仇恨地紧盯着他。

他终于放松了她,睁开眼睛来,他那两道眼光又清又亮,炯炯然地凝视着她。这眼光倒使她心中骤然涌上一阵迷茫的、心痛的感觉。可是,很快地,这感觉又被那愤怒与惊骇压了下去,她立即把握机会,推开了他,然后,她扬起手来,狠狠地给了他一个耳光。

"你这卑鄙的、下流的东西!"她怒骂起来,"你以为我是什么人?你以为你父亲花了钱雇用我,你就有权利占我便宜吗?你这个富家少爷!你这个花花公子!你这个名副其实的浪子!我告诉你,你转错脑筋了!我不是你玩弄的对象,我也不是你的纪霭霞!你如果再对我有一丝一毫不礼貌的举动,我马上离开风雨园!"

耿若尘呆了,傻了,他瞪大了眼睛,直直地挺立在夜色中。江雨薇说完了要说的话,一甩头,抛开了他,迅速地冲向屋子里去了!

她回到了自己的房间,站在镜子前面,她看到自己涨红了的面颊和淋湿了的头发,看到自己那对乌黑的、燃烧着火似的眼睛,和自己那红艳艳的嘴唇,她的手轻抚在自己的唇上。她的心脏仍然在狂跳,她的情绪仍然像根绷紧了的弦。一时间,她无法思想,也无法回忆。刚刚发生的事,对她已经像一个梦境一般,她竟无法肯定那一切是不是真的发生过。

终于,她脱下淋湿了的大衣,走到浴室里,放了一盆热热的水,躺进浴缸中,她泡在热水里,尽量去驱除身上的寒意,洗完澡,换上睡衣,用块大毛巾包住湿头发,她回到卧室里,坐在梳妆台前面。

夜很静谧,只有冷雨敲窗,发出轻声的淅沥,夜风穿梭,发出断续的低鸣。她坐着,一面侧耳倾听。耿若尘的卧房就在她的隔壁,如果他回到房里,她必然会听到他的脚步和房门声。但是,什么声音都没有,她有些忐忑,有些不安,有些恼人的牵挂,春宵夜寒,冷雨凄风,那傻瓜预备在花园里淋一夜的雨吗?

走到窗前,她掀起窗帘的一角,对外面望去,她只能朦胧地看到那喷水池中的闪光,和那大理石的雕像,再往远处看,就只有树木幢幢,和一片模糊的暗影。天哪,夜深风寒,苍苔露冷,他真要在外面待一夜吗?

恼人的!烦人的!她管他呢?拉好窗帘,她打开了电热器,往床上一躺,睡吧,睡吧,明天一早要起来给老人打针,十点多钟黄大夫要来出诊。睡吧,睡吧,别管那傻瓜!他淋他的雨,干我什么事?睡吧,睡吧,别去想刚刚发生的事情,一个出名的浪子,占一个特别护士的便宜,如此而已!可是……她猛然从床上坐起来,双手抱着膝,瞪大眼睛望着那小几上的台灯,他可能是认真的吗?他可能动了真情吗?哦,不,不,江雨薇,江雨薇,你别傻吧!他已经饱经各种女人,怎会喜欢你这个嫩秧秧的小护士?而且,即使他是真心的,你要他吗?

你要他吗?她问着自己,接下来再紧跟着的一个问题,就是:你爱他吗?她把下巴放在膝上,开始深思起来:不行!他是个富家之子,看老人的情形,将来承继这份偌大家产的,一定是他无疑,而自己只是个孤苦无依的小女人,将来大家会怎么说她呢?为钱"上嫁"耿若尘!小护士高攀贵公子！不，不，不行！而且……而且……不害羞啊，别人向你求过婚吗？只不过强吻了你一下而已。记住，他只是个浪子！一个劣迹昭彰的浪子！你如果聪明一点，千万别上他的当！逃开他，像逃开一条毒蛇一样！现在，你该睡了！

她重新躺下来，把头深深地埋在枕上。该死！他怎么还不回房里来呢？他以为他是那个雕像，禁得起风吹雨淋吗？该死，怎么又想起他了呢？

她似乎朦朦胧胧地睡着了一会儿，然后，就忽然浑身一震似的惊醒了，看看窗子，刚刚露出一点曙光来，天还没有全亮呢！侧耳倾听，她知道自己惊醒的原因了！那脚步声正穿过走廊，走向隔壁屋里去。天哪！这傻瓜真的淋了一夜的雨！她掀开棉被，走下床来，披了一件晨褛，她走到门口，把房门开了一条缝，看过去，耿若尘的房门是洞开的，他正发出一连串乒乒乓乓的声音。然后，她听到他在敲着桌子，高声地念着什么东西。她把门开大了一些，仔细倾听，却正是她所喜爱的那阕词：

数声鹈鴂，又报芳菲歇。惜春更把残红折。雨轻风色暴，梅子青时节。永丰柳，无人尽日花飞雪！
莫把么弦拨，怨极弦能说。天不老，情难绝。心似双丝网，中有千千结。夜过也，东窗未白孤灯灭！

她听着，他在反反复复地念这同一阕词，他是念得痴了，而她是听得痴了。终于，她回过神来，把房门关好，她背靠在门上，呆望着窗子，反复吟味着："莫把幺弦拨，怨极弦能说。天不老，情难绝。心似双丝网，中有千千结。夜过也，东窗未白孤灯灭！"

是的，这正是"夜过也，东窗未白孤灯灭"的时候。

第十三章

　　早餐的时候，耿若尘没有下楼来吃饭。李妈奉耿克毅的命令上楼去叫他，她的回话是：

　　"三少爷说他不吃了，他要睡觉。"

　　老人皱皱眉头，看了江雨薇一眼，问：

　　"你知道这是怎么一回事吗？"

　　江雨薇不由自主地红了脸，老人干吗偏偏要问她呢？她耸了耸肩，眼光转向了别处，支吾着说：

　　"大概是'春眠不觉晓'吧！"

　　"唔，"老人哼了声，"年轻人，养成这种晚起的习惯可不好，唐经理还在工厂里等他呢！"他拿起了筷子，望着江雨薇，"你昨晚回来很晚吗？"

　　"是的！"她仓促地回答。

　　"和那个 X 光吗？"

　　天！又要来一遍吗？江雨薇轻蹙一下眉，很快地说："是的,我们去华国跳舞,回来时已经快两点了!"

"哦!"老人应了声,没再说别的。江雨薇拿起筷子,不由自主地打了个呵欠,老人锐利地看看她。"似乎没有人睡眠是够的!"他说,笑了笑,"你们这些年轻人,还没有我这个老病夫的精神好!"你怎么知道人家一夜没有睡呢!江雨薇想着,心不在焉地夹着稀饭,心不在焉地拨着菜,老人盯着她:"你的筷子在酱油碟子里呢!"他提醒她。

她蓦然间收回了筷子,脸涨得通红。"小心点,"老人笑笑,"别把稀饭吃到鼻子里去了!那可不好受。"江雨薇的脸更红了。

一餐饭草草结束。江雨薇一直在怔忡着,她不知道经过昨夜那件事以后,她如何再面对耿若尘。见到他之后,她该用什么态度,装作若无其事,还是冷冰冰的,还是干脆躲开他?她一直心慌意乱,一直做错事情,打翻了茶杯,又烫着了手。十点钟,黄医生来了,给老人做了例行的诊视之后,他满意地点点头:

"一切还不错,继续吃药打针吧!"

李妈从楼上跑了下来。

"黄大夫!"她说,"您最好也帮我们少爷看看!"

江雨薇震动了一下,老人迅速地抬起头来。"他怎么了?"老人问。

"在发烧呢!"

好,毕竟是病了!江雨薇咬住了嘴唇:早知道你不是铁打的,早知道你不是铜头铁臂,早知道你不是石头雕像,偏偏去淋一夜的雨！又在这春寒料峭的季节！你根本是去找死，你这个傻瓜！混球！

"江小姐！"黄大夫唤醒了江雨薇，"你跟我一起来看看！"

"哦，我……"江雨薇的眼睛瞪得大大的。

"怎么了，江小姐？"黄大夫不解地问。

"哦，哦，没什么，没什么。"江雨薇慌忙说，拎起了黄大夫的医药箱，"我们去吧！"

老人关心地站了起来。

"您最好别去，"黄大夫说，"我不想让您传染上任何疾病。"

"应该没什么严重的，"老人说，"顶多是感冒，加上一点心病罢了！"

江雨薇有点儿心惊胆战，更加神情不属了。她怀疑，老人是不是有千里眼以及顺风耳，已经知道了昨夜发生的事情。

他们走进了耿若尘的房间，耿若尘正清醒地躺在床上，两个眼睛瞪得大大的，头枕着双手。看到了他们，他把手从脑后抽了出来，粗声说：

"我什么事都没有，黄大夫，别听李妈胡说八道！"

"试试温度再说吧！"黄大夫笑笑说。

江雨薇把消好毒的温度计送到他的面前，他的眼光停在她脸上了，一对阴沉的、执拗的、怪异的眼光！江雨薇的心脏不由自主地加速了跳动，那温度计在她的指尖轻颤，她不敢说什么，只是恳求似的望着他。于是，他张开了嘴，衔住了那温度计。江雨薇职业性地握住了他的手腕，数他的脉搏，那脉搏跳得如此快速，如此不规律，她不禁暗暗地蹙了蹙眉，量完脉搏，她看着黄大夫：

"一百零八。"

黄大夫点点头。她抽出了温度计，看了看，眉头紧皱了起来，天！三十九度五！他还逞强说没生病呢！她把温度计递给黄大夫。黄大夫看了，立即拿出听筒，解开耿若尘上衣的扣子，耿若尘烦恼地挥了挥手：

"如果我在发热，也只是暂时性的，一会儿就好，用不着这样劳师动众！"

江雨薇深深地看了他一眼，是吗？你的发热也是暂时性的吗？你指的是感情，还是身体呢？转过身子，她不愿再面对他，她觉得自己的呼吸反常地沉重起来。

黄医生诊视完了，他站起身来，招手叫江雨薇跟他一起出去。下了楼，他对老人说：

"重感冒，发烧很高，必须好好保养，否则有转成肺炎的可能。"拿起处方笺，他很快地开了几种药，告诉江雨薇，"一种是针药，买来就给他注射，另外两种是口服，四小时一次，夜里要照时间服用，不能断，明天如果不退烧，你再打电话给我！"

江雨薇点点头。

黄医生走了，耿克毅立刻叫老赵开车去买药。他看了江雨薇一眼："雨薇，"他说，诚恳地，"请你照顾他！"

江雨薇心慌意乱地看了老人一眼，这句话里有别的意思吗？天哪！她甩了甩头，今天自己是怎么了？总是把每个人

145

的话都听成了好几重意思。江雨薇呀江雨薇,她在心中喊着自己的名字,你别被他那一吻弄得神经兮兮吧!你必须振作起来,记住你只是个特别护士而已!

药买来了。江雨薇拿了药,走进耿若尘的房间。

"哦,你又来了!"耿若尘盯着她,没好气地说,"我这房间,不怕辱没了你的高贵吗?怎么敢劳动你进来?像我这样卑鄙下流的人,也值得你来看视吗?"

江雨薇走了过去,忍着气,她把针管中注满了药水,望着他:"我是个护士,"她轻声说,"我奉你父亲的命令来照顾你!现在,我必须给你打一针。"她挽着他的衣袖。

"哈!"他怪叫,"奉我父亲的命令而来!想必是强迫你来的吧!何苦呢?古人不愿为五斗米而折腰,你今天就宁愿为一些看护费而降低身份了!"

她手里的针管差点掉到地下去。抬起眼睛来,她看着他。不,不,别跟他生气,他正发着高烧,他不知道自己在说些什么!你别动气,千万别动气!护士训练的第一课,就是教你不和你的病人生气。她咬紧牙关,帮他用酒精消毒,再注射进针药。

注射完了,她用手揉着他。他挣脱开她:

"够了!"他冷冰冰地说,"你不必这样勉强,你不必这样受罪,你出去吧!"

"你还要吃药,"她说,声音不受控制地颤抖着,"等你吃完药,我就走!"

"我不吃你手里的药!"他负气地嚷,像个任性的孩子,眼睛血红,"你去叫翠莲来!"

"好,"她转过身子,颤声说,"我去叫翠莲!"

他的手一把抓住了她的手腕,那只手是火烧火烫的,她不由自主地转回身子来,望着他。两滴泪珠冲出了眼眶,滑落了下去。他吃惊了,眉头紧锁了起来,他把她拉近到床边来,抬起身子,仔细地审视着她的面庞:

"你哭了?为什么?"他的声音立刻变得温柔起来,烦恼地摇了摇头,"我现在头昏脑涨,我说了些什么话?我又冒犯了你吗?"他忽然发现自己正紧握着她,就慌忙甩开了手,把自己的手藏到棉被里去,好像那只手是个罪魁祸首似的,嘴里喃喃地说:"对不起,雨薇,真的对不起。我以后不会再这样做了!"

她俯下身子,按住他的肩膀,把他的身体压下去,让他躺平在枕头上,她把棉被拉拢来,盖好他,小心翼翼地问:

"我现在可以给你吃药吗?"

他眼神昏乱地望着她:

"你答应不生气吗?"他问。

"是的。"

"好的,我吃药。"他忽然驯服得像个孩子。

她拿了冷开水和药片,坐在床沿上,扶起他的头,把药片送进他嘴里,他吃了药,躺平了。他的眼光始终停留在她脸上,这时,他抬起手来,轻轻地抚摸着她的面颊,他的声音低而温柔,温柔得像在说梦话:

"不要再流泪,雨薇。不要再生我的气,雨薇。我自己也知道，我是多么卑微、多么恶劣的人，我原不配对你说那些话，我保证……保证不会再发生了！如果……如果我做错了什么……"他蹙眉，声音断续而模糊，那针药的药力在他身体里发作，"如果我做错了什么，你告诉我，请你告诉我……但是，千万别流泪，千万别生气……"他的手垂了下来，声音轻得像耳语，"我只是个浪子，一个浪子……浪子……浪子……"声音停止了，眼睛合上了，他睡熟了。

江雨薇继续坐在那儿，望着他，泪水模糊了她的视线，她把手压在他额上，那么烫！她吸了吸鼻子，抬手拭去面颊上的泪珠，但是，新的泪珠又那么快地涌了出来，使她不知道该把自己怎么办了。终于，她站起身来，往屋外走去，她一头撞在正走进来的耿克毅身上。

"怎么了？"耿克毅惊愕地望着她，脸上微微变色了，"他病得很重吗？你为什么……"

"不是，耿先生，"她匆匆说，"他已经睡着了，你放心，他不要紧的，我会照顾他！"

老人皱着眉审视她：

"可是……"

她拭了拭眼睛：

"别管我！"她轻声说，"我只是情绪不好！"

抛下了老人，她很快地跑进自己的房里去了。

和衣倒在床上，她止不住泪水奔流，怎么了？为什么要哭呢？为了他昨夜那一吻？还是为了今晨他给她的侮辱？还是为了他刚刚的那份温柔？她弄不清楚自己的情绪。拭干了眼泪,她平躺在床上,仰视着天花板,她开始试图分析,试图整理自己那份凌乱的情绪,她回忆昨夜花园里的一幕,再想到今天他那种鲁莽,以及随后的那份温柔。为什么?他鲁莽的时候令她心碎,他温柔时又令她心酸。为什么?她问着自己,不停地问着自己。然后,一个最大最大的问题就对她笼罩过来了,一下子占据了她整个的心灵:

"难道这就是恋爱?难道你已经爱上了他?"

她被这大胆的思想震慑了!睁大了眼睛,她惊惶地望着屋顶的吊灯,可能吗?不像她预料的充满了光与热,却充满了心痛与心酸,可能吗?这就是爱情?可能吗?可能?她开始回想第一次见到他时,他站在医院的长廊上,曾经怎样地吸引过她,然后,她想到每次和他的相遇,想到那小屋中的长谈,再想到最近这三个月以来的朝夕相处……她穿他设计的衣服在他面前旋转,她念他所熟悉的诗词,背诵给他听,她和他共同应付培中培华,她和他共同讨老人欢心,以及无数次园中的漫步,无数次雨下的谈心……怎么?自己竟从没想过,可能会和他相爱!

这新发现的思想使她如此震骇,也如此心惊,她躺在那儿,动也不能动了!然后,她想起自己昨夜对他说过的那些话,那些冷酷而毫不容情的话,她不自禁地倒抽了一口冷气!

"江雨薇,"她低语,"你竟没有给他留一点余地!他不会忘记那些话了,永远不会!"

可是,难道那些话不是实情吗?难道他不是个浪子吗?

难道他不曾和一个风尘女子同居吗?她从床上坐了起来,把头埋在手心里,手指插进了头发中。不,不,她不要这份爱情,如果这是爱情的话!她不要!她不要做一个风尘女子的替身,而且,最主要的,他爱她吗?他爱她吗?他爱她吗?他爱她吗?她一连问了自己三遍。可怜,白白活了二十三岁,她竟不知道什么是爱情!什么是爱与被爱!只因为她没有爱过,也没有被爱过。如今,这恼人的思想啊!这恼人的困惑!她摇摇头,站起身来,走到镜子前面,她望着镜子里那张反常的脸孔,那凌乱的发丝,那苍白的面颊,那被泪水洗亮了的眼睛,她用手指划着镜面,指着镜子中的自己,低声说:

"无论如何,江雨薇!不要让这具有魔力般的风雨园把你迷住,不要去做那些无聊的梦吧!他是个百万家财的承继者,你是个孤苦无依的小护士,认清你自己吧!江雨薇,要站得直,要走得稳,不要被迷惑!他仅仅是对你逢场作戏而已!"

抓起一把梳子,她开始梳着自己的头发,又到浴室去洗干净了脸,重匀了脂粉,她看起来又容光焕发了!

"对于你想不透的问题,你最好不要去想!"她自语着,对镜子微笑了一下。天!她笑得多么不自然!她心中的结仍然没有打开,蓦然间,她又想起那几句句子:

　　天不老,情难绝。心似双丝网,中有千千结!

她呆了呆,然后,抓起一支笔来,她试着把这词糅合了

自己的意思,写成了另一首小诗:

> 问天何时老?
> 问情何时绝?
> 我心深深处,
> 中有千千结。
> 千结万结解不开,
> 风风雨雨满园来,
> 此愁此恨何时了?
> 我心我情谁能晓?
> 自从当日入重门,
> 风也无言月无痕,
> 唯有心事重重结,
> 谁是系铃解铃人?

她还想继续写下去,可是,她感到心中一阵震荡,面颊上就火烧火热起来。不害羞啊!竟写出这种东西!抛下了笔,她看看手表,快十二点了,是吃中饭的时间了。

她下了楼,已经保持了心情的平静。李妈早将午餐的桌子摆好了,老人正坐在沙发椅中,闷闷地想着心事。看到雨薇走下楼来,他小心翼翼地望了望她,似乎怕得罪了她,又似乎在探索什么似的,江雨薇感到一阵歉然,于是,她立刻对老人展开了一个愉快的笑容。

"若尘还在睡吧?"她问。

"是的，我刚刚让李妈去看过！"老人说。

"好极了！"她轻快地跳到餐桌边去，"放心，耿先生，他只是昨夜淋了雨，受了凉，刚刚那针针药会让他大睡一觉，然后他就没事了！像他那样的身体，这点儿小病根本没什么关系！"她看看桌面，欢呼一声，"哎呀，有我爱吃的砂锅鱼头，我饿了！马上吃饭好吗？"她的好心情影响了老人，他们坐下来，开始愉快地吃饭，老人仍然不时悄悄地打量着她，最后，终于忍不住地问了一句：

"雨薇，我那个鲁莽的儿子得罪了你吗？"

江雨薇没料到他会直接问出来，不禁一愣，但她立即恢复了自然，若无其事地说：

"是有些小小的不愉快，但是已经过去了！"

"那就好了！"老人释然地说，"别和他认真，雨薇，他常常是言语无心的！"

是吗？别和他"认真"吗？他是"言语无心"的吗？世界上知子莫若父，那么，他确实对她是"无心"的了？握着筷子，她勉强提起的好心情又从窗口飞走，瞪视着饭桌，她重新又发起怔来了。

饭后，到了耿若尘应该吃药的时间了，江雨薇再度来到耿若尘的房里。

他仍然在熟睡着，睡得很香，睡得很沉，她轻轻地用手拂开他额前的短发，试了试热度，谢谢天！热度已经退了，而且，他在发汗了。她走到浴室，取来一条干净的毛巾，拭去了他额上的汗珠，然后，她凝视着他，那张熟睡的、年轻的面孔,那两道挺秀的浓眉,那静静地合着的双眼,那直直的鼻梁和薄薄的嘴,天!他是相当漂亮的!她从没有这样仔细地观察一张男性的脸,可是,这男人,他真是相当漂亮的!

她出了一会儿神,然后,她轻轻地摇着他:

"醒一醒!你该吃药了!醒一醒!"

他翻了个身,叽咕了几句什么,仍然睡着。她再摇撼他,低唤着:

"醒来!耿若尘,吃药了!"

他低叹了一声,朦胧地张开眼睛来,恍恍惚惚地望着江雨薇,接着,他一甩头,忽然间完全清醒了。

"是你?雨薇?"他问。

"是的,"她努力对他微笑,"你该吃药了。"她拿了药丸和杯子过来,"吃完了再睡,好吗?"

他顺从地吃了药,然后,他仰躺着,望着她。她坐在床沿上,把他的枕头抚平,再把他的棉被盖好,然后,她对他微微一笑:

"继续睡吧!"她说,"到该吃药的时间,我会再来叫你的!"她站起身子。

"等一等,雨薇。"他低声喊。

她站住了。

他看着她,他的眼睛是清醒的,他的脸色是诚恳的,他的语气温柔而又谦卑:

"我为昨天夜里的事情道歉!"他低语,"很郑重很真心地道歉,请你不要再记在心上,请你原谅我,还……谢谢你为我做的一切！"

她摇摇头。

"别提了，"她的声音软弱而无力，"我已经不介意了，而且……我也要请你原谅，"她的声音更低了，"我说了一些很不该说的话。"

"不，不，"他急声说，"你说得很好，你是对的，你一直是对的。"他叹口气，咬咬牙，"还有一句话，雨薇……"

"什么话？"她温柔地问，语气中竟带着某种期待与鼓励。

"祝福你和你的那位医生！"

天！她深抽了一口冷气，转过身子，她很快地走出了耿若尘的房间，关上了房门。她把背靠在门框上，手压在胸口，呆呆地站着。她和她的医生！天哪！那个该死的 X 光科！

第十四章

三天后，耿若尘的病就好了，他又恢复了他那活力充沛的样子，他变得忙碌了，变得积极了，变得喜欢去工厂参观，喜欢逗留在外面了。他停留在风雨园中的时间越来越少，但是，他并非在外游荡，而是热心地把他的时间都投资到服装设计上以及产品的品质改良上去了。

老人对他的改变觉得那么欣慰，那么开心，他常对雨薇说：

"你瞧！他不是一个值得父亲为之骄傲的儿子吗？"

江雨薇不说什么，因为，她发现，耿若尘不知是在有意还是无意地躲避她。随着他的忙碌，他们能见面的时间变得非常少。而且，即使见面了，他和以前也判若两人。他不再飞扬浮躁，不再盛气凌人，不再高谈阔论，也不再冷嘲热讽。他客气，他有礼貌，他殷勤地向她问候，他和她谈天气，谈花季，谈风，谈雨，谈一切最空泛的东西……然后礼貌地告别，回家后再礼貌地招呼她。那么彬彬有礼，像个谦谦君子！可是，她却觉得如同失落了什么贵重的东西一般。一种她自己也无法解释的、惆怅、空虚、迷惘的情绪，把她紧紧地包围住了。每天，她期望见到他，可是见到他之后，在他那份谦恭的应酬话之后，她又宁愿没有见到过他了。于是，她常想，她仍然喜欢他以前的样子：那骄傲、自负、桀骜不驯的耿若尘！

然后，春天不知不觉地过去，夏天来了。

随着天气的转热，老人的身体状况越来越坏，他在急速地衰弱下去。黄医生已经不止一次提出，要老人住进医院里去，但是，老人坚决地拒绝了。

"我还能行动，我还能说话，为什么要去住那个该死的医院？等我不能行动的时候，你们再把我抬到医院里去吧！"

黄医生无可奈何，只能嘱咐江雨薇密切注意，江雨薇深深明白，老人已在勉强拖延他生命中最后的一段日子了。这加重了江雨薇的心事，半年来，她住在风雨园，她服侍这暴躁的老人，她也参与他的喜与乐，参与他的秘密，参与他的心事。经过这样长的一段时间，她觉得，老人与她之间，已早非一个病人与护士的关系，而接近一种父女般的感情。但，老人将去了！她一开始就知道他迟早要去的，她也目睹过无数次的死亡，可是，她却那么害怕面对这一次"生命的落幕"。

老人自己，似乎比谁都更明白将要来临的事情。这些日子，他反而非常忙碌，朱正谋律师和唐经理几乎每天都要来，每次，他们就关在老人的房里，带着重重的公事包，和老人一磋商就是好几个小时之久。有次，江雨薇实在忍不住了，当朱正谋临走时，她对他说：

"何苦呢？朱律师，别拿那些业务来烦他吧，他走的时候，什么都带不走的，你们就让他多活几天吧！"

"你知道他的个性的，不是吗？"朱正谋说，"如果他不把一切安排好，他是至死也不会安心的！"

于是，江雨薇明白，老人是在结算账务，订立遗嘱了。这使她更加难受，也开始对生命本身起了怀疑，一个人从呱呱坠地，经过成长，经过学习，经过奋斗，直到打下了天下，建立了事业，他的生命也就走到了尽头，剩下的是什么呢？带不走的财产，无尽的牵挂，以及一张遗嘱而已。人生，人生，人生是什么呢？

六月初，老人变得更加暴躁和易怒了。这天晚上，为了床单不够柔软，他竟和李妈都大发了脾气，当然，李妈也明白老人的情况，可是，她仍然偷偷地流泪了。江雨薇给老人注射了镇静剂，她知道，这些日子，老人常被突然袭击的疼痛弄得浑身痉挛，但他却强忍着，只为了不愿意住医院。那晚，照顾老人睡熟之后，她在那沉重的心事的压迫下，走到了花园里。

这晚的月色很好，应该是阴历十五六吧，月亮圆而大，使星星都失色了。她踏着月光，望着地上的花影扶疏，竹影参差，踩着那铺着石板的小径，闻着那绕鼻而来的花香……她心情惆怅，神志迷茫，风雨园啊风雨园！此时无风无雨，唯有花好月圆，但是，明天呢？明天的明天呢？明天的明天的明天呢？谁能预料？谁能知道？

穿花拂柳，她走出小径，来到那紫藤花下。在那石椅上，已经有一个人先坐在那儿了。耿若尘！他坐着，用双手扶着头，他的整个面孔都埋在掌心中。

她轻悄地走了过去，停在他的面前。

"是你吗，雨薇？"他低低地问，并没有抬起头来。

"是的。"

"告诉我，他还能活多久？"他喑哑地问。

"我们谁都不知道。"她轻声说。

"总之，时间快到了，是吗？"他把手放下来，抬眼看她，眼神是忧郁的、悲切的。

"是的。"她再说，恳挚地回视着他。

"假若我告诉你，我很害怕，我害怕他死去，因为他是我的支柱，我怕他倒了，我也再站不起来了，假若我这样告诉你，你会笑我吗？你会轻视我吗？"

她凝视他。在这一瞬间，她忽然有个冲动，想把这男人揽在怀里，想抱紧那颗乱发蓬蓬的头，想吻住那两片忧郁的嘴唇，想把自己的烦恼和悲苦与他的混合在一起，从彼此那儿得到一些慰藉。但是，她什么都不敢做，自从雨夜那一吻后，他和她已经保持了太远的距离，她竟无力于把这距离拉近了。她只能站在那儿，默默地、愁苦地，而又了解地注视着他。

"你懂的，是吗？"他说，低低叹息，"你能了解的，是吗？我父亲太强了，和他比起来，我是多么渺小，多么懦弱，像你说的，我仅仅是个花花公子而已。"

"不。"她在他对面坐了下来，紧紧地盯着他，她的眼光热切而坦白，"不，若尘，你不比你父亲渺小，你也不比你父亲懦弱！你将要面对现实，接替你父亲的事业，你永远会是个强者！"

"是吗？"他怀疑地问。

"是的，你是的！"她急急地说，"不要让你的自卑感戏弄了你！不要太低估你自己！是的，我承认，你父亲是个强者，但你绝不比他弱！你有的是精力，你有的是才华，你还有热情和魄力！我告诉你，若尘，你父亲快死了，我们都会伤心，可是，死去的人不能复活，而活着的人却必须继续活下去！若尘——"她迫视着他，带着一股自己也不能了解的狂热，急切地说，"你不要害怕，你要勇敢，你要站起来，你要站得比谁都直，走得比谁都稳，因为，你还有两个哥哥，在等着要推你倒下去！若尘，真的，面对现实，你不能害怕！"

耿若尘一瞬也不瞬地望着她。

"这是你吗，雨薇？"他不信任似的问，"是你这样对我说吗？"

"是的，是我，"她控制不住自己奔放的情绪，"让我告诉你，若尘，当我父亲死的时候，我只有十五岁，有两个年幼的小弟弟，我也几乎倒了下去。而你，你比那时的我强多了，不是吗？你是个大男人！一个堂堂的男子汉！有现成的事业等你去维持！你比我强多了，不是吗？"

"不。"他低语,眩惑地望着她,情不自已地伸手碰了碰她垂在胸前的长发,"你比我强!雨薇,你自己不知道,你有多么美好!有多么坚强!有多么令人心折!"他猝然跳了起来,好像有什么毒蛇咬了他一口似的,"我必须走开了,必须从你身边走开,否则,我又会做出越轨的事来,又会惹你生气了!明天见!雨薇!"

他匆匆向小径奔去,仿佛要逃开一个紧抓住了他的瘟疫。他走得那样急,差点撞到一棵树上去,他脸上的表情是抑郁、热情而狼狈的。只一会儿,他的影子就消失在浓荫深处了。

江雨薇呆站在那儿,怔了。心底充塞着一股难言的怅惘和失望。她真想对他喊:别离开我!别逃开我!别为了雨夜的事而念念于怀!我在这儿,等你,想你!你何必逃开呢?来吧!对我"越轨"一些吧!我不在乎了!我也不再骄傲了!可是,她怎么将这些话说出口呢?怎能呢?一个初坠情网的少女,如何才能不害羞地向对方托出自己的感情?如何才能?

或者,他并没有真正地爱上她,或者,他仅仅觉得被她所迷惑,或者,他要逃开的不是"她",而是他自己的"良心",他不愿欺骗一个"好女孩",是了,一定是这个原因!他并不爱她,仅仅因为风雨园中,除她之外,没有吸引他的第二个少女而已。

她跌坐了下来,用手托着下巴,呆呆地沉思起来。好在,一切都快过去了,好在,老人死后,她将永远逃开风雨园,也逃开这园里的一切!尤其,逃开那阴魂不散的耿若尘!那在这几个月里不断缠扰着她的耿若尘！是的，逃开！逃开！逃开！她想着，觉得面颊上湿漉漉的，她用手摸了摸，天啊！她为什么竟会流泪呢？为了这段不成形的感情吗？为了那若即若离、似近似远的耿若尘吗？不害羞啊！江雨薇！

夜深露重，月移风动，初夏的夜，别有一种幽静与神秘的意味。她轻叹了一声，站起身来，拂了拂长发，慢慢地走进屋里去了。

大厅中还亮着灯，是耿若尘特地为她开着的吧？她把灯关了，拾级上楼。楼上走廊中的灯也开着，也是他留的吗？她望望耿若尘的房间，门缝中已无灯光，睡着了吗？若尘，祝你好梦！她打开自己的房门，走了进去。

一屋子的静谧。

她走到书桌前面，触目所及，是一个细颈的、瘦长的白瓷花瓶，这花瓶是那书房内的陈列品之一，据说是一件珍贵的艺术品！白瓷上有着描金的花纹。如今，这艺术品就放在她的桌上，里面插着一枝长茎的红玫瑰。在那静幽幽的灯光下，这红玫瑰以一份潇洒而又倨傲的姿态，自顾自地绽放着。天！这是什么呢？谁做的？她走过去，拿起瓶子来，玫瑰的幽香绕鼻而来，花瓣上的露珠犹在，这是刚从花园中采下来的了。她把玫瑰送到鼻端去轻嗅了一下，这才发现花瓶下竟压着一张字条，拿起字条，她立即认出是那个浪子——耿若尘的笔迹，题着一阕词：

池面风翻弱絮，树头雨退嫣红。扑花蝴蝶杳无踪，又做一场春梦！

便是一成去了，不成没个来时。眼前无处说相思，要说除非梦里。

她吸了口气，把字条连续念了四五遍，然后压在胸口上。要命啊！那个耿若尘！他到底是什么意思呢？

于是，这晚，当她睡着之后，她梦到了耿若尘：执手相看泪眼，竟无语凝噎！他拥住了她，把她的头紧抱在胸口，在她耳边反复低语："眼前无处说相思，要说除非梦里。"

第二天一早，耿若尘就出去了，留给江雨薇一天等待的日子。黄昏时分，他从外面回来，立刻和老人谈到工厂里的业务，他似乎发现工厂的账务方面有什么问题，他们父子一直用些商业术语在讨论着。江雨薇对商业没有兴趣，可是，耿若尘对她似乎也没兴趣，因为他整晚都没有面对过她，他不和她谈话，也不提起昨晚的玫瑰与小诗，他仿佛把那件事已经整个忘得干干净净了。这刺伤了雨薇，刺痛了她。于是，她沉默了，整个晚上，她几乎什么话都没有说。

老人入睡以后，她走进了书房。她在书房中停留了很长的一段时间。因为，她知道，耿若尘每晚都要在书房中小坐片刻。在她的潜意识里，是否要等待耿若尘，她自己也不知道。但，无论如何，耿若尘没到书房里来。夜深了，她叹口气，拿了一本《双珠记》走出书房。又情不自禁地去看看耿若尘的房门，门关着，灯也灭了。她再叹口气，走进自己的房间。

触目所及,又是一枝新鲜的红玫瑰!她奔过去,拿起那瓶玫瑰,同样的,底下压着一张字条:

> 明知相思无用处,
> 无奈难解相思苦。
> 有情又似无情时,
> 斜风到晓穿朱户。
> 问君知否此情时,
> 只恐梦魂别处住。
> 无言可诉一片心,
> 唯祝好梦皆无数!

她握紧了这张字条,仰躺到床上,从她躺着的位置,她可以看到窗外天空的一角,有颗星星高高地挂在那儿,对她一闪一闪地亮着。她听得到自己的心跳,那样沉重地、规律地、一下又一下地撞击着胸腔。她闭了闭眼睛,浑身散放着的热流把全身都弄得热烘烘的。她再张开眼睛,那星光仍然在对她闪亮。有光,有热,有心痛,有狂欢,有期待,有担忧……这是什么症象?天!这是什么症象?她陡地跳了起来,望着床头的那架电话机。风雨园中每个房间都有电话,而且像旅社的电话般能直接拨到别的房间里。她瞪视着那电话机,然后,她抓起听筒,拨到隔壁的房间里。

耿若尘几乎是立刻就拿起了听筒。

"喂?"他那低沉的声音传了过来。

"喂,"她轻应着,喉中哽塞,"我刚刚看到你的字条。"

他的呼吸急促了起来。

"别告诉我我是个傻瓜,"他喑哑地、急切地说,"别告诉我我在做些傻事,也别告诉我,你心里所想的,以及你那个X光!什么都别说,好雨薇,"他的声音轻而柔,带着一抹压抑不住的激情,以及一股可怜兮兮的味道,"别告诉我任何话!"

"不,我不想告诉你什么,"雨薇低叹着说,声音微微颤抖着,"我只是想请你走出房门,到走廊里来一下,我有句话要当面对你说。"

他沉默了几秒钟。

"怎么?"她说,"不肯吗?"

"不,不,"他接口,"我只是不知道你想做什么,是不是我又冒犯了你?唉!"他叹气,"我从没有怕一个人像怕你这样!好吧,不管你想对我做什么,我到门口来,你可以把那朵玫瑰花扔到我脸上来!"说完,他立即挂了线。

雨薇深吸了口气,从床上慢慢地站了起来,抚平了衣褶,拂了拂乱发,她像个梦游患者般走到房门口,打开了门,耿若尘正直挺挺地站在那儿,一眨也不眨地望着她,他脸上有种犯人等待法官宣判罪状似的表情,严肃、祈求而又担忧的。

她走过去,心跳着,气喘着,脸红着。站在他面前,她仰视着他,这时才发现他竟长得这么高!

"假若——假若我告诉你,"她轻声地,用他爱用的语气说,"我活到二十三岁,竟然不懂得该如何真正地接吻,你会笑我吗?"

他紧盯着她,呼吸急促了起来。

"你——"他喃喃地说,"是——什么意思?"

她闭上了眼睛。

"请你教我!"她说,送上了她的唇。

半晌,没有动静,没有任何东西碰上她的嘴唇,她惊慌了,张开眼睛来,她接触到了他的目光,那样深沉的、严肃的、恳切的、激动的一对眼光!那样一张苍白而凝肃的脸孔!她犹豫了,胆怯了,她悄悄退后,低语着说:

"或者,你并不想——教我?"

他一把捉住了她的手腕,于是,猝然间,她被拥进了他的怀里。他的唇轻轻地碰着了她的,那样轻,好像怕把她碰伤似的。接着,他的手腕加紧了力量,他的唇紧压住了她的。她心跳,她喘息,她把整个身子都倚靠在他的身上,双手紧紧地环抱着他的腰,她没有思想,没有意识,只感觉得到心与心的撞击,而非唇与唇的碰触。终于,他抬起头来了,他的眼睛亮晶晶地盯着她。

她睁开眼来,不信任似的望着面前这张脸,就是这个人吗,几个月前,曾因一吻而被她打过耳光的人?就是这个人吗,那被称为"浪子"的坏男人?就是这个人吗,搅得她心慌意乱而又神志昏沉?就是这个人吗,以后将会在她生命里扮演怎样的角色?

"雨薇。"他轻唤她。她不语,仍然痴痴地望着他。

"雨薇。"他再喊。

她仍然不语。

他用手一把蒙住了她的眼睛。

"别用这样的眼光看我!"他喑哑地说,"你好像看透了我,使我无法遁形。"

"你想遁形吗?"她低问,把他的手从自己的眼睛上拉开,"你想吗?"

"在你面前遁形吗?"他反问,"不,我永不想。"

"那么,你怕什么呢?"

"怕——"他低语,"怕你太好,怕我太坏。"

她继续紧盯住他。

"你坏吗?"她审视他的眼睛,"有多坏?"

"我不像你那样纯洁,我曾和一个风尘女子同居,我曾滥交过女友,我堕落过,我酗酒,玩女人,赌钱,几乎是吃喝嫖赌,无所不来。"

"说完了吗?"她问。仍然盯着他。

"是的。"他祈求似的看着她。

"那么,"她的声音轻得像耳语,"你愿意再教我一次如何接吻吗?"

他闭上眼睛,揽紧她,他的嘴唇再捉住了她的,同时,一滴温热的泪水滴落在她面颊上。吻完了,他战栗地拥紧了她,在她耳边低语:

"从此,你将是我的保护神,我不会让任何力量,把你从我身边抢走!"

第十五章

第二天,对江雨薇来说,日子是崭新的,生命也是崭新的,连灵魂、思想与感情统统都是崭新的。早晨,给老人打针的时候,她止不住脸上那梦似的微笑。下楼时,她忍不住轻快地"跳"了下去,而且一直哼着歌曲。当耿若尘出现在她眼前时,她心跳而脸红,眼光无法不凝注在他脸上。耿若尘呢?他的眼睛发亮,他的脸发光,他的声音里充塞着全生命里的感情:

"早,雨薇,昨晚睡得好吗?"

老人在旁边,雨薇不好多说什么,只是对他微笑,那样朦朦胧胧地、做梦般地微笑。

"不!"她低语,"我几乎没睡。"

"我也是。"他轻声说。

"咳!"老人咳了声,眼光看看若尘,又看看雨薇,"你们两人有秘密吗?"他怀疑地问。今天,他的情绪并不好,因为一早他就被体内那撕裂似的痛楚在折磨着。

"哦，哦，"雨薇慌忙掩饰似的说，"没什么，没什么。"可是，她的脸那样可爱地红着，她的眼睛那样明亮地闪着。老人敏锐地望了她一眼，"爱情"明明白白地写在她脸上。

"爸爸，你今天觉得怎样？不舒服吗？"耿若尘问，发现父亲的气色很不好。"放心，我还死不了！"老人说，脸上的肌肉却痛苦地扭曲着。雨薇很快地走过去，诊了诊老人的脉。

"我上楼去拿药，"她说，"如果你吃了不能止痛，你一定要告诉我，我好打电话给黄医生！""我用不着止痛药！"老人坏脾气地嚷，"谁告诉你我痛来着？""不管你用得着用不着，你非吃不可！"雨薇说，一面奔上楼去。老人叽哩咕噜地诅咒了几句，回过头来望着耿若尘：

"我说她是个女暴君吧？！你看过比她更蛮横的人吗？我告诉你，她将来那个X光非吃大苦头不可！"

"X光？"耿若尘一怔，真的，天哪！她还有个X光呢！但那X光却连"接吻"都不会吗？他甩了甩头，硬把那阴影甩掉，"只怕那X光还没资格吃这苦头呢！"

"谁有资格？你吗？"老人锐利地问。

耿若尘还来不及答复，雨薇跑下楼来了，拿了水和药，她强迫老人吃了下去，一面不安地耸耸肩：

"我觉得还是打电话请黄医生来一趟比较好！"

"你少找麻烦！"老人暴躁地叫，"我自己的事我自己心里明白！医生治得了病也救不了命，真要死找医生也没用，何况还没到死的时候呢！好了，别麻烦了，吃早饭吧！"

大家坐下来吃了早餐，老人吃得很少，但是精神还不算坏，雨薇放下了心。耿若尘一直盯着江雨薇看，她今天穿着件鹅黄色的短袖洋装，领子上有根飘带披到肩后，也是耿若尘的新设计，由她穿起来，却特有一股清新飘逸的味道，而且，这是初夏，她刚换了夏装，很给他一种"佳人初试薄罗裳"的感觉。他盯着她看，那样目不转睛地，竟使她忍不住微微一笑，涨红了脸，说：

"你怎么了？傻了吗？"

耿若尘回过神来，赶紧低头吃饭，心里却想着：不是傻了，是痴了！天啊，世界上竟有这种女孩子，像疾风下的一株劲草，虽柔弱，虽纤细，却屹立而不倒！他真希望自己能重活一遍，能洗清自己生命里那些污点，以便配得上她！

早餐后，大家正坐在客厅里谈天，耿若尘又拿着一支炭笔，在勾画雨薇的侧影，设计一套新的夏装。忽然门铃响，这些日子唐经理和朱正谋都来得很勤，大家也没介意，可是，听到驶进来的汽车喇叭声后，老人就变色了。

"怎么，难道他们还有脸来吗？"

大门开了，进来的只有一个人，是培华。

耿若尘挺直了背脊，一看到培华，他身体的肌肉就都僵硬了起来，他永远也不会忘记上次和培华之间的冲突。雨薇坐正了身子，敏感地嗅到了空气中又有风暴的气息。可是，培华不像是来寻衅的，他那胖胖的圆脸上堆满了笑意，一进门就和每个人打招呼：

"爸爸，您好！若尘，早。江小姐，早。"

怎么回事？雨薇惊奇地想，难道他是来道歉或者讲和的吗？看他那种神情，就好像以前那次冲突根本没发生过似的。他的招呼和笑脸没有引起什么反应，除了江雨薇为了礼貌起见和他点了个头之外，耿若尘只是恶狠狠地瞪大了眼睛，死死地盯着他。耿克毅蹙紧了眉，阴沉沉地垮着脸，冷冰冰地问了句：

"你想要干什么？"

"哈！爸爸！"培华不自然地笑笑，眼光在室内乱闪，含糊其词地说，"您的气色还不坏！"

"你是来看看我死了没有吗？"老人问，"你怎么知道我气色还不坏呢？你的眼光还没有正视过我！"

"哦，爸爸，别总是这样气呼呼的吧！"培华笑着，在沙发上坐了下来，"像您这样坚强的人，一点小病是绝对打不倒你的。"

"哦，是吗？"老人翻了翻白眼，脸色更冷了，"好了，你的迷汤已经灌够了，到底你来这一趟的目的是什么，坦白说出来吧！"

"噢，"培华的眼光扫了扫雨薇和若尘，支支吾吾地说，"是——是这样，爸爸，我——我有点小事要和你谈谈。"他再扫了雨薇一眼。

"有话快说！有屁快放！"老人不耐地嚷，眉头紧蹙，"你还要防谁听到吗？雨薇和若尘都不是外人！你就快快地说吧！否则，我要上楼去休息了！"

"好，好，我说，我说。"培华一脸的笑，却笑得尴尬，又笑得勉强,"只是……一点点小事!"

"你到底说还是不说?"老人大声吼,"真不知道像我这样的人,怎么会生出像你这样婆婆妈妈的儿子的!"

培华的脸色变得发青了,但他很快就恢复了原状,又堆上满脸的笑,说:

"好吧,我就直说吧。是这样的,我那个塑胶厂维持得还不错,最近我想扩张业务,又收购了一个小厂……"

"不用告诉我那么多!"老人打断了他,"你是来要钱的吗?"

培华又变了一次脸色,可是,笑容很容易就又堆回到他的脸上:

"我只是想向您调一点头寸,仅仅三十万而已,过两个月就还给您!"

老人紧盯着培华:"如果不是为了这三十万,你是不会走进风雨园来的,是吗?"

"哦,爸,"培华笑得更勉强了,"何必说得这么冷酷呢?我本来也该来了,父子到底是父子,我总不会和自己父亲生气的!难道我也会为一点小事,就一去四年不回家吗?"

耿若尘跳了起来:

"我看,你上次挨揍挨得不够,"他愤愤然地说,"你又想要找补一点是不是?"

"哎呀,算了,若尘,"培华说,"我不知道又碰到你的痛疮了,我今天可不是来和你吵架的!"

"你是来和爸爸要钱的,是吗?"若尘咄咄逼人。

"我和爸爸商量事情，关你什么事呢？"培华按捺不住自己，又和若尘针锋相对起来，"我调头寸还没有调到你身上来，放明白点，若尘，财产现在还不是你的呢！你就着起急来了！"

"混蛋！"若尘气得脸色发白，浑身发抖，他想向着培华冲过去，但他被人拉住了，回过头来，他看到雨薇拉住他的衣服，对他默默地摇头，那对心平气和的眸子比世界上任何的东西都更能安抚他，他愤愤地吐出一口长气，坐了下来。"你少再惹我，"他闷闷地说，"我真不屑于打你！"

"你除了会打人之外，还会做什么呢？"不知好歹的培华仍然不肯收兵，"打死了我，岂不是少了一个人和你分财产吗？"

"够了！"老人大喊，气得脸色铁青，"我还没死，你就来争起财产了！你眼中到底还有我这个父亲没有？"

"噢，爸爸，"培华猛地醒悟过来，马上掉头看着父亲，那笑容又像魔术般地变回到他脸上去了，"对不起，我不是来惹您生气的，兄弟们吵吵架，总是有的事，好了，若尘，咱们讲和吧！"

"哼！"耿若尘把头转向一边。"你真让我作呕！"他咬牙切齿地说。

"好了，"老人看着培华，简单明了地说，"你的来意我已经非常清楚了，现在我可以很肯定地答复你，关于你要的三十万，我连一分钱都没有！"

"爸爸！"培华叫，那笑容又变魔术般地变走了，"这并不是一个大数目,对你而言,不过是拔一根汗毛而已!而且……"

"别说了!"老人打断他,"我已经讲得很清楚,我没有!"

"爸爸!"培华再嚷,"你怎会'没有'?你只是不愿意而已。"

"这样说也可以!"老人看着他,"好吧,算我不愿意,你满意了吧!"

培华勃然变色,他跳了起来,嚷着说:"你是什么意思,爸爸?难道我不是你的儿子吗?我不过只需要三十万,你都不愿意,你留着那么多钱做什么用?这数目对你,不过九牛一毛,你反正……"

"我反正快死了,是不是?"老人锐利地问,"你连等着收遗产都来不及,现在就来预支了?我告诉你,培华!我不会给你钱,一毛也不给!行了吗?"

"不给我,留着给若尘吗?"培华大嚷大叫了起来,"我知道,你心里只有一个若尘,他才算你的儿子,我们都不是!你以为我不知道你的心事吗?你迷恋他的母亲,一个臭婊子……"

"住口!"老人大喊。

"我偏不住口,我偏要说!他母亲是个婊子,你以为这个人是你的儿子吗?谁能证明?他根本是个来路不明的杂种,一个婊子养的……"

"你……你……"老人颤抖着,扶着沙发站了起来,浑身抖成一团,脸色苍白如纸,他用手指着培华,偏偏一句话也说不出来。那培华像中了邪一般，仍然在大喊大叫着一些下流话。直到若尘扑过去，用手指死命地勒住了培华的脖子，才阻止了他的吼叫。同时，老人的身子一软，就跌倒在地毯上了。雨薇赶了过去，一面扶住老人，一面尖声地叫若尘：

"若尘！你放掉他！快来看你父亲！若尘！快来！若尘！放掉他！"

若尘把培华狠力一推，推倒在地毯上，培华抚着脖子在那儿干噎。若尘赶到老人身边来，雨薇正诊过脉，苍白着脸抬起头来：

"打电话给黄医生，快！"她喊，"我去拿针药！"她站起身子，奔上楼去。耿若尘立即跑到电话机边去打电话，雨薇也飞快地跑了回来，再诊视了一下，她嚷着说："若尘，叫黄医生在医院等！没有时间了！你叫老赵开车来，我们要马上把他送进医院去！"

耿若尘放下电话，又跑了回来，他的面孔惨白：

"雨薇！你是说……"

"快！若尘，叫老赵开车来！让老李来帮忙！李妈！老李！"她扬着声叫了起来。

立即，李妈、老李、翠莲都赶了进来，一看这情形，大家就已经知道发生了什么。若尘昏乱地站起身子，他转身去看着培华，现在，那培华正缩成一团，躲在屋角，若尘向他一步一步地逼近，他就一寸一寸地往后缩。若尘的脸色白得像一张纸，眼睛瞪得那样大，似乎要冒出火来。他的胸部剧烈地起伏着，鼻子里气息咻咻，像野兽般地喘着气。蓦然间，他一下子扑过去，抓住培华胸前的衣服，把他像老鹰抓小鸡般拎了起来，大吼着说：

"你杀了他了！你杀了他了！你这个畜生！你这个没有心肝的混蛋！你杀了他了！你杀了他了！"他发疯般地摇撼着他的身子，发疯般地大嚷，"我也要杀掉你！我今天要杀掉你给他抵命！我非杀你不可……"

"若尘！"雨薇直着脖子叫，"这是什么时候了？你还去和他打架？若尘！你理智点！老李，你去把三少爷拉开！"

老李拉住了若尘的胳膊，也大嚷大叫着说：

"三少爷！你先把老爷抬上车子吧！我的腿不方便！三少爷！救命要紧呀！"

一句话提醒了若尘，他抛开了培华，再奔回到老人身边来。李妈已经在旁边擦眼泪。老人的身子是僵而直的，眼睛紧紧地闭着，若尘俯身抱起了他，感到他的身子那样轻。若尘紧咬了一下嘴唇，脸色更白了。老赵已把车子开到门口来，他们簇拥着老人，雨薇上了车，吩咐老李和李妈留在风雨园，就和若尘一起守着老人，疾驰到医院里去了。

老人立刻被送进了急救室，雨薇跟了进去，若尘却依照规矩，只能在急救室外面等着。他燃起了一支烟，他一向没有抽烟的习惯，只在心情最恶劣或最紧张时，才偶然抽一支。衔着烟，他在那等候室中走来走去，走去走来，心中只是不断地狂叫着：

"别死！爸爸！不能死！爸爸！尤其在这个时候！"在这个什么时候呢？于是，他想起这许多年来，他们父子间的摩擦、争执、仇视……而现在，他刚刚想尽一点人子之道，刚刚和他建立起父子间最深挚的那份感情，也刚刚才了解了他们父子间那份相似与相知的个性。"你不能死！爸爸！你千万不能死！"他走向窗前，把额头抵在窗棂上，心中在辗转呼号："不要死！不要死！不要死！"

似乎等了一个世纪之久，急救室的门关着，医生们不出来，连雨薇也不出来。可是，培中、培华和思纹、美琦却都拖儿带女地来了，培华看到若尘，就躲到室内远远的一角，思纹人才跨进来，就已经尖着喉咙在叫了：

"爸爸呢？他人在哪儿？他老人家可不能死啊！"

若尘回过头来，恶狠狠地瞪了她一眼，他的脸色那样惨白，他的眼神那样凌厉，使思纹吓得慌忙缩住了嘴。同时，培中也对思纹低吼了一句：

"你安静一点吧，少乱吼乱叫！"

他们大家都在长椅上坐了下来，大家都瞪视着急救室的门口，时间一分一秒地滑过去，滞重地、艰涩地滑过去，孩子们不耐烦了，凯凯说：

"妈，我要吃口香糖！"

"给你一个耳光吃呢！还口香糖！"思纹说，真的给了凯凯一个耳光。

"哇！"凯凯放声大哭了起来，"我要口香糖！我要口香糖！"

"哭？哭我就打死你！"思纹扭住了凯凯的耳朵，一阵没头没脸的乱打。凯凯哭得更大声了，思纹也骂得更大声，就在这闹得不可开交的时候，急救室的门开了，大家都倏然间掉头对门口望去，凯凯也忘记哭了，只是张大了嘴巴。从急救室里走出来的是雨薇，耿若尘迅速地迎了过去。雨薇脸色灰白，眼里含满了泪水。

"若尘，"她低声说，"你父亲刚刚去世了。"

"哎哟！爸爸呀！"思纹尖叫，立即放声痛哭起来，顿时间，美琦、孩子们也都开始大哭，整间房子里充满了哭声，医生也走出来了，培中、培华迎上前去，一面擦眼泪，一面询问详情，房子里是一片悲切之色。

耿若尘却没有哭。他没有看他的哥哥们一眼，就掉转了身子，慢慢地向门外走去，他孤独地、沉重地迈着步子，消失在走廊里。雨薇愣了几秒钟，然后，她追了出去，一直追上了耿若尘，她在他身后叫：

"若尘！若尘！"

若尘自顾自地走着，穿出走廊，走出医院的大门，他埋着头，像个孤独的游魂。泪水滑下了雨薇的面颊，她追过去，用手挽住了他的胳膊：

"若尘，你别这样，你哭一哭吧！"她说，喉中哽塞，"若尘，这是迟早会发生的事，你知道！"

"让我去！"若尘粗声说，挣脱了她，"让我去！"

"你要到哪里去呢？"雨薇含泪问。

真的，到哪里去呢？父亲死了，风雨园还是他的家吗？而今而后，何去何从？他站住了，回过头来，他接触到雨薇那对充满了关切、热爱、痛苦与深情的眸子，这对眼睛把他

从一个深深的、深深的冰窖中拉起来了,拉起来了。他看着她:

"在这世界上,我现在只有你了,雨薇。"他说。

泪水滑下了她的面颊,她用手紧紧地挽住了他的腰,把他带回医院里去,在那儿,还有许多家属该料理的事情。一面,她轻声说:

"不只我,还有你父亲,你永不会失去他的!"

他凝视她。

"是吗?"他问。

"是的。"她肯定地说,"死亡只能把人从我们身边带走,却不能把人从我们心里带走!"

他紧紧地揽住了她的肩。他不知道这小小的肩头曾支持过多少病患的手,现在,这肩头却成了他最坚强的支柱。

第十六章

葬礼已经过去了。

一切是按照朱正谋所出示的老人遗嘱办理的,不开吊,不举行任何宗教仪式,不发讣闻,不通知亲友,仅仅棺木一柩,黄土一抔,葬在北投后山。那儿,有若尘生母晓嘉的埋骨之所,他们合葬在一块儿,像老人遗嘱中的两句话:"生不能同居,死但求同穴。"那天,参加葬礼的除了家人外,只有朱正谋、唐经理,和江雨薇。当那泥土掩上了棺盖,江雨薇才看到若尘掉下了第一滴眼泪,可是,他的嘴角却在微笑,一面,嘴里喃喃地念着两句诗:人生自是有情痴,此恨不关风与月!

江雨薇知道,他是在为他的父母终于合葬,感到欣慰,也感到心酸。人,生不能相聚相守,死虽然同居一穴,但是,生者有知,死者何求啊?

现在,葬礼已经过去了。

在风雨园的大厅中，培中、培华、美琦、思纹、若尘、唐经理、朱正谋统统集中在一起。朱正谋已打开了公事包，准备公布老人的遗嘱。这种场合，是不需要江雨薇在场的，事实上，整个风雨园，目前已无江雨薇存在的必要。她不知老人会把风雨园留给谁，百分之八十是耿若尘，但是，即使是给若尘，她也没有留下来的理由。因此，她悄悄地上了楼，回到"自己"的房间里，打开衣箱，慢慢地收拾着衣物。可是，在折叠那些新衣时，她才感到如此地惆怅，如此地迷惘，这些衣服，都是老人给的，若尘设计的，每件衣服上都有老人与若尘的影子。算了算，她在风雨园中，竟已住了足足八个月，由秋而冬，由冬而春，由春而夏，经过了四个季节，如今，她却要离开了！

那么多衣服，不是她那口小皮箱所能装得下的了，她对着衣物发了一阵呆，然后，她走到窗前，望着窗外那喷水池，那雕像，那树木浓荫，那山石花草……她默默地出神了，依稀仿佛，还记得老人对她提起那雕像时所说的话，那雕像像晓嘉？事实上，中国女人永不会像一个希腊的神像，只因为老人心目里的晓嘉太美好了，美好得像一个神，所以，这雕像就像"晓嘉"了。噢，老人，老人，痴心若此！晓嘉，晓嘉，死亦何憾？她用手托着腮，望着那喷水池的水珠在阳光下闪烁着光华，像一粒粒七彩的透明珍珠，喷洒着，滚落着，把那神像烘托得如梦如幻、如诗如画。她不能不佩服老人的欣赏力，当初，自己初进风雨园时，曾诧异老人何忍将如此名贵的一座雕像，放在露天中被风吹日晒，再加上水珠喷洒，而今，才体会出唯有如此，才能领略"她"的美好。于是，她想起这雕像在月光下的情调、风雨中的情调、日出时的情调，及阳光下的情调……越想越沉迷，越想越依依不舍。唉，风雨园，风雨园，假若你将属于若尘，则再见有期，若竟不幸判给培中培华，恐将永无再见之日了！风雨园，风雨园，今日一去，何时再来？她茫然四顾，不禁黯然神伤。

正想得出神，有人敲着房门。

"进来！"她说。

进来的是李妈。

"江小姐，朱先生要你到楼下去。"李妈说。

"怎么，他们的家庭会议已经开完了吗？"

"不，还没有宣读遗书呢，朱先生坚持要你出场，才能公布遗书。"

"什么？"她惊奇地问。

"我想，"李妈含着泪笑笑，"老爷可能有些东西留给你，他一向就好喜欢你。"

"哦。"江雨薇怔忡了一下，这是她绝料不到的事情，在风雨园中工作八个月，薪水比任何医院高，她已经小有积蓄，她实在不想再收老人的任何东西，尤其在培中、培华的虎视眈眈之下。但是，现在还不知道朱正谋的意思到底是什么，她还是先下楼再说吧！

到了楼下的客厅，她已看出培中、培华满脸的不耐，和思纹、美琦满脸的不屑。若尘没有和他们一样坐在沙发上，他一个人远远地站在壁炉前，手里握着一个酒杯，正对着炉台上一张老人的遗像发呆。这遗像是若尘昨晚才在一堆旧照片中翻出来，配上镜框放在那儿的。而老李、李妈和老赵也都在场，都在大门口垂手而立。

"好了！"朱正谋说，他坐在一张单人沙发上，身上摊开的全是卷宗，"我们人都已到齐了，我可以公布耿克毅的遗书了。在公布之前，我必须先声明，这遗书是耿克毅的亲笔，我是遗书的见证人和执行人，如果有谁对这遗书的内容有怀疑的话，可以自己来鉴定遗书的签名笔迹，而且，我的律师事务所也可以负这遗书的全责。"

"好了，朱律师，"培华不耐地说，"你还是快些谈到正文吧，我们没有谁怀疑这遗书的真实性。"

"那就好！"朱正谋说，对满屋的人扫了一眼，他的眼光是相当奇异的。然后，他戴上了一副老花眼镜，拿起了那份遗书，开始大声地朗读起来：

本人耿克毅自立遗书，内容如下：

一、我将我个性中的精明与冷酷，全部遗留给我长子耿培中，相信这份遗产将使他一生受用不尽，财源滚滚而来。所以，在其他财物方面，我不再给予任何东西。

二、我将我个性中的自私与褊狭，全部遗留给我次子耿培华，相信他将和我长子一样，终身享用不尽，而永无匮乏之时。所以，也不再给予其他任何财产。

三、我将我个性中的倔强、自负、热情全部遗留给三子耿若尘，因此种天赋，没有其他二子实用，所以，我将坐落于北投×街×号之克毅纺织厂以及克毅成衣工厂全部遗留给三子耿若尘……

遗书念至此处，室内的人已有大半从原位上跳了起来，思纹头一个尖声大叫：

"胡闹！这也算遗书吗？培中，我告诉你，那死老人根本有神经病！只有一个疯子才会立这样的遗嘱……"

"我要提起控诉，"培华也叫了起来，"我要控告老人立遗嘱时神志不清，病势昏沉，所以这遗嘱根本无效！凭这遗嘱的内容，任何法官都可证明它的无效。"

"哼！"美琦细声细气地哼了一声，"我早就说那老人是半疯狂的嘛！"

"别闹，安静一点！"只有耿培中保持了冷静，轻喝了一声说，"我们听听下面还有些什么荒唐的玩意儿，你们不要吵，我有百分之八十的把握可以让这遗嘱不成立！所以没有什么好吵的，听下去吧！"

江雨薇悄悄地看了耿若尘一眼，他斜靠在壁炉上，手里仍然握着他的酒杯，脸上有种深思的、莫测高深的表情。这时，他移动了一下身子，问朱正谋：

"请问，朱律师，遗产可以放弃的吗？"

朱正谋深深地看了他一眼，又对培中、培华等扫了一眼，一个似笑非笑的表情浮上了他的嘴角，他深沉地说：

"只怕你们所承受的遗产,都不是能够轻易放弃的!"

江雨薇想起培中培华那份"遗产",就有失笑的感觉。

培中已经在不耐地催促了:

"下面呢?这遗嘱总不会这么简单吧!你再念下去!看看还有什么更荒谬的东西!"

"好,我正要念下去!"朱正谋扶了扶眼镜,再看了若尘一眼,"关于你的部分还没有完,你如果真想放弃,也听完了全文再说。"于是,他继续念了下去:

三、我将我个性中的倔强、自负……及克毅成衣工厂全部遗留给三子耿若尘。唯目前纺织厂及成衣工厂都面临不景气,经唐经理等细察业务,如今负债额为两千万元台币,我将此项债务,亦遗留给三子耿若尘,想他既已拥有本人倔强、自负、热情等项遗产,此区区两千万元债务,必不至于难倒吾子若尘也。

朱正谋停了停,抬眼望着室内。培华已变了色,拍着桌子跳了起来:

"诡计!"他叫,"这整个都是诡计!谁不知道耿克毅是个大富豪!他竟负债两千万元!这根本是不可能的事!这一切是设计好的圈套,我绝不相信这个!"

"慢慢来,培华,"朱正谋微笑地说,因他和耿克毅是多年至交,所以对培中、培华等都直呼其名,"假如若尘真想放弃这笔财产，你是有权接收的。至于资产负债表，唐经理那儿有全部资料，他已经准备答复你们的询问了。"

培中立刻转向唐经理。

"唐经理，这是事实吗？"他锐利地问。

"是的，"唐经理打开了公事皮包，取出一大摞的账簿及表格来，"纺织厂在十年前是最赚钱的时候，最近十年，一直在赔本的状态中，耿先生不愿透露真情，只是多方周转，等耿先生患病之后，业务更一泻千里，再有，耿大少爷与二少爷又曾透支若干，这儿都有详细记载，你们可以慢慢过目。从前年起，工厂的房地与机器，就都已抵押给了银行，这是抵押凭单……"他一项项地拣出资料，一面沉痛地说，"事实上，克毅纺织工厂及成衣厂，早就在破产的边缘，这两年，只是在苦撑而已！"

"但是，资产呢？"培中敏捷地问，"一个这么庞大的工厂，负债两千万并不稀奇，它的资产值多少呢？据我估计，这资产起码在五千万元左右吧！"

"六千万元！"唐经理冷静地说，"耿先生在世的时候，我们早已研究过了，资产值六千万元，包括厂地、厂房、机器、货物及成品，一共大约六千万元！但是，如果出售的话，机器是五年前的，连抵押都押不出价钱来，厂房不值钱，唯一值钱的是地，大约值八百万元至一千万元，可是出售的话，卖不到五百万元，何况已经抵押了。成品……"

"不用说了！"培中迅速地说，他已拿了一张纸和一支笔，迅速地算出了一个数字，"成衣一定是过时的，别的不用谈了，整个算一笔账，这工厂如果拍卖，不会卖到一千万元！"

"对了！就是这样。"唐经理说，"虽然有六千万元的资产，现在却仅值一千万元，而负债额是两千万！假若不继续营业下去，这工厂就只有宣布破产，宣布债权清理！"

培中望着唐经理：

"把你的资料递给我！我要看看何至于弄到这个地步！"

唐经理递上了他全部的卷宗，培中很快地检视了一遍，他看得很仔细，也很迅速，然后，他把卷宗抛在桌上，愤愤地说：

"一堆垃圾！哼！真没料到，鼎鼎大名的财主耿克毅，却只有一堆垃圾！这工厂、成衣厂完全是堆废物！一钱不值的废物！"

朱正谋望着耿若尘：

"若尘，你明白了吗？"他说，"假若你放弃继承权，克毅的工厂就要宣布破产，如果你不放弃继承权，你就继承了两千万元的债务！但是，假若你能好好管理，这两千万元的债务说不定也能赚回来！"他转头望着培中与培华："或者，你们有谁愿意承受这工厂？"

培华翻了翻白眼：

"你当我们是傻瓜吗？"他恨恨地说。

"我看，"培中皮笑肉不笑地撇了撇嘴，"既然这笔财产是留给若尘的，还是让若尘自己去处理吧！"

在他们算账、研究资产负债表这段时间内，若尘一直没有说话，也没做任何表示，只是专心地倾听着。到这时，他

才骤然间大笑了起来,一面笑,他一面转过头去,望着炉台上老人的那张照片,对老人举起了酒杯,朗声地、开怀地说:

"爸爸,你是世界上最具幽默感的人!好一份遗产,给培中的精明冷酷,给培华的自私和褊狭,给我的债务!你使我们谁都无法放弃继承权!哈哈!爸爸!我服你了!"他掉头看着朱正谋,"朱律师,我接受了这笔遗产,父债子还,天经地义,爸爸知道我不会让克毅纺织工厂倒掉,才把它遗留给我,我怎能袖手不管!"

"很好!"朱正谋颇为赞许地点了点头,"我想你父亲已料到你会重振家业的!"

"不忙,"沉默已久的思纹又叫了起来,"还有风雨园呢?这风雨园总也值四五百万吧!给了谁了?"

"是的,"朱正谋说,"我正要念关于风雨园的一段。"他低下头去,再看着遗嘱,全体的人都又安静了下来,聚精会神地望着他。可怜,老人事实上已一贫如洗,仅剩下一座风雨园,不足抵偿债务的五分之一,而这两个儿子,仍然虎视眈眈啊!江雨薇感到心里一阵难受,就不由自主地溜到窗边去,望着窗外那喷水池以及雕像,她不知朱正谋要她下楼来做什么,在这整个宣读遗嘱的过程中,她都只是个旁观者。可是,她却听到朱正谋念出了她的名字:

四、我有不动产风雨园一座,坐落于阳明山×街×号,已于半月前过户于江雨薇小姐名下,所有风雨园中之一切产物,一花一木,家具雕像,艺品、书籍、古董、玩物,等等,皆归江雨薇所有。

唯有附带条件数条……

他还没有继续念下去,思纹已跳了起来:

"什么?岂有此理!怎能留给一个毫无关系的护士?这里面一定大有文章……"

同时,江雨薇的惊讶也不减于在座的任何一个人,她瞪大了眼睛,从窗前转过身子来,愕然地看着朱正谋,讷讷地说:

"朱……朱律师,你没有念错吗?这怎么可能?他……为什么要……要留给我?"

"哼!"美琦阴阳怪气地打鼻子里哼了一声,"为什么要留给你,就只有你自己心里有数了!"

一句话提醒了思纹,她喊了出来:

"啊呀!这老鬼到死还是个风流鬼!"

江雨薇倏然变色,她的嘴唇发白了,声音颤抖了,眼睛里冒着火焰:

"你们说这些话是什么意思?"她挺直了背脊。

"什么意思?"思纹尖声嚷,"你服侍了他大半年,他就把一座值四五百万的房子留给你,你敢说你是清清白白的吗?我早就猜到老头儿是离不开女色的!什么意思?你不做贼,就不用心虚啊!"

"哈!"培华也怪叫起来,"这真是滑天下之大稽,老头儿有三个儿子,却把唯一值钱的产业留给了一个女护士!怪不得老人死得这么快……"

"住口!"若尘爆发地大吼了一声,阻止了培华下面更不堪入耳的话,他跨前了一步,停在培华的面前,"你少再开口,培华,爸爸的死就是你造成的,我还来不及杀你呢,你就又要诬蔑别人了!你当心,培华,总有一天我会好好地收拾你!"

"啊呀!"美琦细声说,"看样子,这小护士不但有老的喜欢,还有小的撑腰呢!"

"三个人同住一个花园里,"思纹应声说,"谁知道有些什么丑事啊!"

江雨薇的脸色青一阵、白一阵,又红一阵,呼吸迅速地鼓动着她的胸腔,但她压制了自己的怒气,很快地向前跨了一步,站在朱正谋面前说:

"朱律师,你刚刚说这栋房子已经过户是什么意思?"

"这就是说,立遗嘱的半个月以前,这房子就属于你了!这是房契和地契,耿先生要我在他死后再交给你!"

"他怎能过户给我?我自己却一点都不知道……啊,是了,两个月前他说要给我办临时户口,拿了我的身份证和图章,又要我填表格,原来……"

"是的,"朱律师说,"这事是我经的手,一切法律手续都已齐全,这房子是你的了!"

"很好,"江雨薇毅然地点了一下头,"朱律师,请您把下面的条文念完好吗?"

"好的。"朱正谋又念了下去:

四、……唯有附带条件数条：

A. 风雨园之房地产不得再转售或转送与任何人，换言之，在江雨薇有生之日，风雨园属于江雨薇，将来，她仅可传给她的下一代。

B. 吾子耿若尘终身有权住在风雨园之内。

C. 本人之多年佣人老李、李妈及老赵，除非他们自愿离开风雨园，否则可继续留在风雨园中工作。

五、本人将遗留给老李、李妈、老赵三人各现款二十万元，唯目前现款不足，此款项可记在吾子耿若尘账下。一旦克毅纺织厂有成，此款务必偿付，若三年内无法偿付，江雨薇可变卖风雨园中若干古董，以代吾子偿付，俾使三个家人，得享余年。

六、本人委托律师朱正谋，严格执行此遗嘱。

　　　　　立遗嘱日期：一九七一年六月二日

朱正谋抬起头来，扫视了一下室内：

"好了，这是全部遗嘱的内容，这儿，还有一张医师证明书，是立遗嘱当天台大医院精神科出的证明，证明耿克毅当时神志清楚，精神正常，你们要不要也看一看？"他把证明书交给耿培中，"现在，假若你们都没有异议的话，请在这儿签字。"

"我不签字。"培华拂袖而起，"无论如何，风雨园也轮不到这个护士，这种荒谬的遗嘱，鬼才会承认！"

"别傻了,培华!"培中冷冷地说,"你承不承认根本没有影响,风雨园是在父亲生前就过户给别人了,严格说来,根本不是'遗产',你如何推翻已成的事实呢?除了风雨园之外,父亲只有债务,而无财产,难道你不签字,还想揽些债务在身上吗?"

"哦,这个……"培华愣了,终于恨恨地一跺脚,"他早就算准了的,是不是?他知道我们一定不会承认的,所以先过了户,这个……"他咬牙切齿,瞪视着江雨薇,"便宜了你这个骚货!"

江雨薇面色惨白,挺立在那儿,一语不发。

培中和培华无可奈何地在文件上签了字,若尘也签了字。思纹仍然不服气地嚷着:

"这世界不是反了吗?一个女人想要达到目的,什么事做不出来呢?培中,我早就告诉了你,这女人生就一对桃花眼,绝不是好东西……"

"朱律师,"江雨薇开了口,声音不大不小、不亢不卑,却清脆而具有压伏所有声音的力量,"手续都办完了吗?"

"是的。"

"这房子是我的了?"她问。

"早就是你的了。"

"好!"江雨薇掉转身来,突然对培中培华和美琦思纹厉声地说:"请你们这些衣冠禽兽马上滚出我的屋子!从今以后,你们假若再敢闯进风雨园来,我就报警当作非法闯入私宅论罪!现在,你们滚吧!马上滚出去!"

"啊哟,"思纹尖叫,"瞧瞧! 这可就神气起来了,她以为她已经成了凤凰了,啊哟……"

"是的,我神气了!"江雨薇跨前了一步,紧盯着思纹,"你给我第一个滚出去! 你这个整天张着翅膀乱叫的老乌鸦! 你们统统滚!"

"别神气!"培华愤愤地说,"你以为……"

"这儿没有你说话的余地!"雨薇厉声打断他,一面高声叫,"老李! 老赵!"老李老赵应声走过来,望着雨薇。

"老李,老赵,"雨薇静静地说,"老爷把风雨园留给了我。你们都听见了?"

"我们都听到了。"老李恭敬地说,"小姐,你需要我们做什么?"

"把这群人赶出去!"雨薇指着培中、培华说。

老李立刻转向培中、培华。

"老李!"培华大喊,"你想以下犯上吗? 我是你们的少爷,你敢碰我!"

"老爷如果没有你这样的少爷,也不至于死得这样快!"老李咬牙说,逼近了培华,"我早就想揍你一顿了! 帮老爷出口气!"他再逼近了一步。

"培华!"培中喊,"识时务者为俊杰! 咱们走吧! 别在这儿惹闲气了。"拉了培华,他们退向了门口,一面回过头来,对耿若尘抛下一句话:"好了,若尘,父亲把你们两个安排在一幢房子里,看样子,你可真是个好儿子,除了继承工厂,连他的女人你也要继承了! 哈哈! 哈哈! 哈哈……"

笑声未停,他们已拥出了室外,立刻,一阵汽车喇叭响,他们风驰电掣地走了。江雨薇跌坐在沙发中,脸色比纸还白,她用手蒙住了脸,疲乏、脱力而痛苦地说:

"若尘,你父亲做了一件最傻的傻事!"

耿若尘斜靠在炉台上,深思不语,他的脸色也不比雨薇的好看多少,他眼睛黑黝黝的,眉头紧蹙着,似乎在想什么想不透的问题。朱正谋站起身来了,笑笑说:

"不要把他们的话放在心上吧,你们还有的是工作要做呢!我和唐经理也该告辞了。临走前,我还有两样东西要交给你们!"他从公事皮包中取出两个信封,分别递给雨薇和若尘,"这是耿先生死前一个星期给我的,要我在他死后交给你们。"

雨薇接过了信封,封面上是老人的亲笔,写着:江雨薇小姐亲启。

她非常纳闷儿,事实上,今天发生的所有事,都让她困惑,都让她震惊,也都让她昏乱。现在,她根本无法预料还能有什么"意外"了。朱正谋和唐经理告辞了,唐经理临走时,耿若尘交代了一句:

"明天我一早就去工厂,我们必须研究一下如何挽救这工厂的危机!"

"我会等您。"唐经理说。

朱正谋和唐经理走了,老李和老赵也早已退出了房间。然后,大厅里就只剩下了耿若尘和江雨薇了,他俩交换了一个眼神,江雨薇就低头望着手里的信封,信封是密封的,她考虑了一下，拆开来，抽出了一张信笺，她看了下去，信笺上是老人的亲笔，简短地写着：

雨薇：

　　我把风雨园给了你，因为我深信你会喜爱它、照顾它。但是，风雨园必定会带给你一些风风雨雨，希望你有容忍的雅量。谁教你名叫雨薇，好像已注定是风雨园中的一朵蔷薇呢？只愿这朵蔷薇开得娇美，开得灿烂。

　　不用奇怪这份意外的礼物，你曾将若尘带回我身边来，我无以言谢，但愿这花园能给你庇荫，给你幸福，给你快乐，和一切少女所梦想的东西。

　　可是，如果你是个聪明的女孩的话，别让若尘追上你！因为他是个不折不扣的浪子，而且是个最难缠的男人。在接受他的求爱之前，你最好弄清楚他所有的爱情历史！

　　祝福你！

　　　　　　　　　　　　　　耿克毅亲笔

她抬起头来，正好若尘也看完了他的那封信，他的眼光对她投来，那眼光是怪异的。老人给他的信中写了些什么，她不知道，她也没有勇气要求看那封信，因为她感到昏乱而迷茫。老人的"礼物"已使她心神昏乱，而信中那最后的一段话更使她触目惊心。老人不愿她和他恋爱，已是肯定的事实,是为了她,还是为了他?是觉得他配不上她,还是觉得她配不上他?"给你一栋房子,请远离我的儿子!"是这个意思吗?或者,真的,耿若尘的"爱情历史"已罄竹难书,老人怜她一片冰清玉洁,而给予最诚恳的忠告?她糊涂了,她慌乱了,她不知所措了。而若尘却向她大踏步走来。

"我能看这封信吗?"他问,深思地望着她。

"哦,不行!"她不经思索地冲口而出,一把抓紧了那封信,不能给他看!不能让他知道信中那几行"警告"!他吃了一惊,退后了两步,狐疑地望着她:

"这信中有不可告人的秘密吗?"他问,脸色阴沉。

她凝视着他,哦,不!她心中迅速地喊着:你总不会也怀疑我的清白吧?你总不会也和他们一样来想我吧?你总不会也认为老人和我之间有不可告人之事吧?她说不出口,只是祈求似的看着他。"我不想知道你那封信里有些什么,请你也别问我好吗?"她说。他沉思片刻,毅然地一甩头:

"很好!"他闷闷地说,"你有你的自由!"

一转身,他很快地冲上楼去了。

她呆呆地坐着,心里一阵绞痛,她知道她已经刺伤了他,或者,她将失去他了!也或者,她根本就没有得到他过。她迷迷糊糊地想着,这个下午,已把她弄得神思恍惚了,她觉得自己无法思想,也无法行动,脑子里模模糊糊的,只是浮起那几句词:

天不老,情难绝。心似双丝网,中有千千结!

心似双丝网,中有千千结!她心里也有着几千几万的结啊!

第十七章

早上,江雨薇下楼的时候,发现耿若尘已经出去了。李妈正在摆她的早餐,一面说:

"三少爷去工厂了,他要我告诉你一声,他可能不回来吃午饭,也不回来吃晚饭,他和唐经理要忙一整天,清点货仓,还要研究什么资产负债什么的。"

"哦,我知道了。"江雨薇坐下来吃早餐,这是她第一次一个人在风雨园中吃早餐,端着饭碗,她就食不下咽了。昨夜一夜无眠,脑中想过几百种问题,心里打过几千个结,现在,她仍然头脑昏昏沉沉。望望四周,没有了老人,一切就变得多么沉静和凄凉了。她放下饭碗,忽然觉得眼里蓄满了泪。深吸口气,她抬起头来,望着李妈,她回到现实中来了。

"哦,李妈,怎么没有看到翠莲呢?"她问。

"小姐,"李妈垂下眼帘,恭敬地说,"请你不要见怪,我已经把翠莲辞退了!"

"哦，为什么？"她惊奇地问。

"翠莲是三年前才请来的，老爷说我老了，要她来帮帮忙，可是，我还没有老，小姐，风雨园中这一点事，难不倒我的，小姐。"

"我还是不懂。"雨薇困惑地摇摇头。

"我们都知道了，小姐，"李妈轻声说，"原来老爷已经破产了，除了这花园，他什么都没有了。三少爷背负了满身的债，风雨园里的人还是少一个好一个，我和老李、老赵，都受过老爷大恩大德，我们是不愿意离开风雨园的。翠莲……如果留着她，你就要付薪水的。"

"哦！"雨薇恍然地看着李妈，"你是在帮我省钱。"她顿了顿，禁不住长叹了一声，这问题，她昨夜就已经考虑过了。老人好心地把风雨园留给了她，但她这个一贫如洗的小护士，如何去"维持"这风雨园呀？！"李妈！"她喊了声。

"小姐？"

"你能告诉我你们每月的薪水是多少吗？"

"小姐，你不用想这问题，"李妈很快地说，"老爷在世的时候，待我们每人都不薄，我们已经商量过了，我们都有些积蓄，足够用的了。你不要给我们薪水，只希望不把我们赶出风雨园就好。"

"赶出风雨园？"雨薇失笑地说，"李妈，你没听到老爷的遗嘱吗？你们永远有权住在风雨园！事实上，这风雨园是你们的，我不过是个客人罢了！我真不懂，老爷为什么要把风雨园留给我？他该留给若尘的！"

"留给你和留给三少爷不是一样的吗?"李妈微微一笑,"三少爷如果有了风雨园,他会千方百计把它卖掉,去偿付债务,给了你,他就不能卖了!"

是吗?雨薇又一阵困惑。"留给你和留给三少爷不是一样的吗?"这话又是什么意思呢?李妈却不知道,耿克毅并不愿她嫁给若尘啊!她甩甩头,不想它,现在不能再想它,老人去了,留下了债务,留下了风雨园中的风风雨雨,留下了人情,还留下了许许多多的"谜"。她走到炉台边,望着炉台上那张照片,耿克毅,耿克毅,你是怎样的一个人呢?

李妈开始收拾餐桌。

"李妈!"雨薇喊,"你转告老李老赵,我仍然每个月给你们薪水,只是,恐怕不能和以前比了。我只能象征性地给一点,如果……如果你们不愿意做下去……"

"小姐!"李妈很快地打断了她,"我们不要薪水,你所要担心的,只是如何维持风雨园。这房子,每月水电费啦,零用啦,清洁地毯啦,伙食啦……就不是小数字了。至于我们……"她眼里注满了泪水,"我们要留在风雨园!侍候你,侍候三少爷。"

雨薇心里一阵激荡。她为什么永远把她和三少爷相提并论呢?那三少爷,那三少爷,他是多么冷淡呀!一清早就出去,连个招呼都不打。可是,你怎能怪他呢?他身上有两千万元的债务啊!她轻叹了一声:

"好吧,李妈,让我们一起来努力,努力维持风雨园屹立于风雨之中,努力让三少爷还清那些债务。现在,麻烦你告诉老赵一声,请他送我去医院,我必须恢复工作,才能维持这风雨园。"

李妈对雨薇那样感激地一笑,似乎恨不得走过来拥抱她一下似的,然后她奔出去找老赵了。

江雨薇上楼换了衣服,拿了皮包,走到花园里来。老赵的车子已停在车道上等候了。她抬头看了看天,天空蓝得耀眼,几丝白云若有若无地飘浮着,夏日的朝阳,斜斜地照射着那雕像,把那石像的发际肩头,镶上了一道金边。她看看那些竹林小径,嗅着那绕鼻而来的茉莉花香,依稀又回到了第一天走进风雨园的情况。噢,天知道!那时,她做梦也不会想到,自己竟会成为这座花园的主人!唉!这一切多奇异,多玄妙,自己怎会卷进这风雨园的风雨中来的呢?怎会呢?

她摇摇头,摇不掉包围着自己的眩惑。叹口气,她叹不出心中的感慨。上了车子,她向医院驰去。

很凑巧,她立即接上了一个特别护士的缺。为了这三十元一小时的待遇,她上了日班,又加了一个晚班,到深夜十一点钟才下班,她想,无论如何,自己能工作得苦一点,多多少少可以帮帮若尘的忙。老赵开车到医院来接她,回到风雨园,她已经筋疲力竭。

若尘正在客厅中等着她,他斜倚在沙发中,手里燃着一支烟。

"记得你是不抽烟的。"她说,"怎么又抽起来了?"

"你对我知道得太少,"他吐出一口烟雾,"我一向抽烟,只是不常抽而已。"

她跌坐在沙发里，疲倦地仰靠在沙发背上，一日辛劳的工作使她看来精神不振而面容憔悴，他锐利地看了她一眼，再喷出一口烟雾。

"你回来得相当晚啊！"他说。

"是的。"她累得不想多说话。

"和那个X光吗？"他忽然问，"到什么地方去玩的？跳舞吗？"

她一震，立即盯着他：

"老赵是到医院去接我的。"她冷冷地说，"我工作了一整天，日班再加上小夜班，我没有时间去跳舞。"

"那个X光也陪着你加小夜班吗？"

她跳了起来，愤怒使她的脸色发白了，她的眼睛冒火地紧盯着他，她的呼吸急促地鼓动着胸腔。

"你是什么意思？"她问，"就算X光是陪着我，与你又有什么关系？你管得着吗？我没有过问你的行踪，你倒查起我的勤来了！"

"当然，我没有权利查你的勤，你和谁在一起与我也没有关系！"若尘的呼吸也急促起来，烟雾笼罩住了他的脸，"我只是奇怪，一个刚刚接受了价值数百万元的花园洋房的人，为什么那样急于去工作？我忘了那医院里有个X光在等着呢！"

"你……"她气结地站起身来，直视着耿若尘。想到自己一片苦心，为了维持风雨园，为了想贡献自己那有限的力量，才不惜卖力地工作，从早上八点工作到夜里十一点，累得上气不接下气，如今竟冤屈到这种地步！怪不得他父亲说

201

他是个最难缠的男人呢！他父亲已有先见之明，知道自己必定会被他欺侮了！泪水冲进了她的眼眶，在她一生中，最恨的事，就是被冤枉。而且，在若尘的语气中，那样强调"价值数百万元的花园洋房"，是不是他也怀恨老人把风雨园遗留给了她？因此也怀疑她对老人施展过美人计，或是她生来就水性杨花？再加上，他那冷嘲热讽的语气，似乎早已否决了他们间曾有的那份情意，是不是因为这张遗嘱，他就把和她之间的一片深情，完全一笔勾销了？还是他根本从头到尾就没爱过她，只是拿她寻开心而已？她咬紧了嘴唇，浑身颤抖，半天才迸出几句话来："我告诉你，我不稀罕这数百万元的花园洋房，你眼红，你尽可以拿去！我愿意和X光在一起，也不关你的事，我就和他在一起，你又能怎么样？"

耿若尘也站了起来，他抛下了手里的烟蒂，眼睛里布满了红丝，提高了声音，他直问到她眼前来：

"我为什么要眼红属于你的财产？这房子在不属于你的时候，我也没有眼红过！你把我当作怎样的人？也当作回家来争遗产的那个浪子吗？你高兴和X光在一起，我当然管不着，何况你今非昔比，你已不再是个身无分文的小护士，你已拥有万贯家财，尽可嫁给你的意中人！至于前不久在走廊上学接吻的一幕，就算是你勾引男人的手段吧！我对女人早就寒了心，居然也会上了你的当！"

"你……你……你……"雨薇气得全身抖颤，她直视着若尘，极力想说出一句话来，却什么都说不出口，只能在喉咙里干噎着，然后，泪水就涌进了她的眼眶，模糊了她的视线，她终于毅然地一甩头,掉转身子,向楼上冲去,一面走,一面哽塞着说了句:"我……我明天……明天就搬走!以……以后也……也不再来!"

他一下子拦在她面前,用手支在楼梯扶手上,阻断了她的去路,他严厉地说:

"你别走!把话说清楚了再走!"

"我没有什么话好说!"她的声音里带着战栗,却清晰而高亢,"我对你这种败类根本没有什么话好说!"

"我是败类?"他的眼睛逼到她眼前来,"那你是什么,玉洁冰清、贞洁高贵的纯情少女吗?"

"我什么都不是!"她大叫,"我只是别人的眼中钉!我下流、卑鄙,勾引了你这未经世事的优秀青年!够了吧?你满意了吧?"

"你是在指责我的不良记录,是吗?你讽刺我的历史,是吗?你打心眼儿里看不起我,是吗?"

"你的历史!"她叫,心中闪电般地闪过老人信中的句子,"我从没有问过你的历史!想必是辉煌感人、惊天动地的吧?我该早弄清楚你的历史,那就免得我去'勾引'你了!我告诉你,你根本不值得我来勾引!"

"因为你没料到我只得到两千万元债务的遗产吗?"

她举起手来,闪电般地给了他一个耳光,这是她第二次打他耳光了。

他躲闪不及,这一下打得又清又脆,立即在他面颊上留下了五道指痕。他一把抓住了她的手腕,愤怒地把那只手反扭过去,她疼得掉下了眼泪,但她却一声也没哼,只是恶狠狠地盯着他,大粒大粒的泪珠不断地滑下了她的面颊。

他死瞪着她,面色白得像张纸,眼睛里却冒着火焰,他喉中沙哑地逼出几句话来:

"从没有一个女人敢打我!你已经是第二次了!我真想把你杀掉!"

"杀吧!"她冷冷地说,"杀了我你也未必是英雄!杀吧,你这个道地的花花公子!在你各项记录上再加上一项杀人罪也没什么稀奇!只是,你今天敢杀我,当初怎么不敢杀纪霭霞呢!"

他举起手来,这次,是他给她一耳光,而且是用手背对她挥过去的,男人的手到底力气大,这一挥之下,她只觉得眼前一阵金星乱冒,耳中嗡嗡作响。经过昨夜的一夜失眠,加上今天整日的工作,她回家时已疲倦不堪,殊不料风雨园中迎接她的竟是如此狂暴的一场风雨,她在急怒攻心的情况下,加上悲愤、激动、委屈,早就已支持不住,这一掌使她顿时整个崩溃了,她只喃喃地吐出了几个字:

"若……若尘……你好……狠心……"

身子一软,就倒了下去。若尘一把扶住了她,心中一惊,神志就清醒一大半。同时,李妈被争吵声惊醒,奔跑了进来,正巧看到若尘挥手打雨薇和雨薇的晕倒,她尖叫一声,就跑了过来,嚷着说:

"三少爷,你疯了!"

若尘一把抱起了雨薇,看到她面白如纸,他心中猛地一阵抽痛，再加上李妈的一声大喝，他才震惊于自己所做的事。他慌忙把她抱到沙发上，苍白着脸摇撼着她，一面急急地呼唤着：

"雨薇！雨薇！雨薇！雨薇！"

雨薇仰躺着，长发披散在沙发上和面颊上，他拂开了她面颊上的发丝，望着那张如此苍白又如此憔悴的脸，他一阵心如刀绞，冷汗就从额上直冒了出来。回过头去，他对李妈叫着：

"拿一杯酒来！快，拿一杯酒来！"

李妈慌忙跑到酒柜边，颤巍巍地倒着酒，一面数落地说：

"你这是怎么了嘛？好好的要和江小姐吵架？人家为了风雨园已经够操心了，你还和她发什么少爷脾气！"

"我只是忍受不了她去和那个医生约会！"耿若尘一急之下，冲口而出。

"约会？"李妈气呼呼地拿了酒杯过来，"你昏了头了，三少爷，她是为了风雨园！你以为这房子容易维持吗？如果她不去赚钱，谁来维持风雨园？你吗？你已经被债务弄得团团转了，她不能再拿风雨园来让你伤脑筋！而且，她亲口告诉我，要尽力来帮你还债！你呀，你！三少爷，你一辈子就没了解过女人！以前，把那姓纪的妖精当作仙女，现在又把这仙女般好心的江小姐当作了妖精！你怎么永远不懂事呢？"

这一席话像是当头一棒，把耿若尘的理智全敲了回来，没料到一个女佣，尚能说出这些道理来。他呢？他只是个该下地狱的混球！他红着眼睛，一把抢过了李妈手里的酒杯，

扳开雨薇的嘴,他把酒对她嘴里灌了进去,一面直着脖子喊:

"雨薇!醒来!雨薇,醒来!雨薇,求求你,醒来吧!雨薇!雨薇!"酒大部分都从雨薇的唇边涌了出来,李妈慌忙拿了条毛巾来帮她擦着。若尘继续把酒灌下去,酒冲进了她的喉咙,引起了她一阵剧烈的呛咳。同时,她也被这阵呛咳弄醒了,睁开眼睛来,她恍恍惚惚地看到若尘正跪在她身前的地毯上,苍白着脸,焦灼地紧盯着她。

"雨薇,你醒了吗?雨薇?"他急急地问,轻拍着她的面颊,又摇撼着她的手臂,"雨薇!你怎样?你好些吗?雨薇?"

"哦!"她轻吐出一口气来,睁大眼睛,看着若尘,她的神志仍然迷迷糊糊的,只觉得头昏脑涨。一时间,她不知道发生了些什么,只是软弱地问了一句:"我为什么躺在这儿?"

"雨薇,"若尘头上冒着冷汗,一把握紧了她的手,他有几千万句、几万万句话想说,却不知该从何说起,最后,只化成了一句,"原谅我!"

她蹙蹙眉。原谅我?原谅我?原谅我?于是,她想起了,想起了一切的事情,想起了他说的那些话,想起了他对她的评价,也想起了那击倒她的一掌。她的心脏顿时绞结了起来,五脏六腑都跟着一阵疼痛,于是,她的脸色愈加惨白了,她的眉头紧蹙在一起,闭上眼睛,她疲乏地、心灰意冷地说了句:

"我很累。"

"我抱你到房里去。"若尘立刻说,把手插进她脖子底下。

"不要!"她迅速地说,勉强支撑着坐了起来,她起身得那样急,一阵晕眩使她差点又倒了下去,若尘慌忙扶住她,祈求地喊了一声:"雨薇!"

她把眼光调开去,根本不再看他,她发现了李妈,立刻说:"李妈,你扶我到房里去,我睡一觉就好了。"

若尘焦灼地握住了她的手,把她的身子扳向自己,望着她的眼睛,急切地说:

"雨薇,别这样,求你!我今天累了一整天,晚上好想见你,八点钟就赶回家,左等你不回来,右等你不回来,我就心慌意乱而胡思乱想起来了。你不知道,雨薇,我一直在嫉妒那个医生……"

"不要解释,"雨薇轻声地阻止了他,"我不想听,我累了。"

若尘看着她,她的脸上依然没有丝毫血色,她的眼睛里也没有一点光、一点热,她整个小脸都板得冷冰冰的,她没有原谅他。这撕裂了他的心脏,他额上的冷汗像黄豆般地沁了出来:

"雨薇,你记得爸爸去世前一天晚上,我们在走廊里说的话吗?"他跪在那儿,仰头望着她,"我们曾互相心许,曾发誓终身厮守,不是吗?"

"那就是我勾引你的晚上。"她低语,脸上一无表情,冷得像一块寒冰。

"雨薇!雨薇!"他喊,把她的小手贴在自己的面颊上,他满头满脸都是汗,"我们今晚都说了许多不该说的话,我们都不够冷静,我们都太累了,而且,爸爸的死,和他留下的遗产都使我们昏乱。我是失了神了，我胡说八道，你难道一定要放在心里吗？"

"我累了。"她软弱地说，依然冷冰冰的，"请你让我去睡觉。"李妈向前走了一步，对若尘劝解地说：

"三少爷，你现在就别说了，让江小姐去休息休息吧。有话留到明天再说不是一样的吗？你没看到她已经支持不住了吗？"

真的，雨薇又有些摇摇晃晃的了。若尘咬紧了嘴唇，恨不得把自己的血液灌注到她身体里去，好使她的面颊红润起来，更恨不得把自己的心挖出来，好让她了解他的懊悔。但是，他也明白，现在不是再解释的时候，否则，她又会晕倒了。长叹了一声，他把酒杯凑到她的唇边：

"最起码，你再喝口酒，好吗？"

她推开他的手，蹒跚地站起身来，叫：

"李妈！"

李妈扶住了她，她从他身边绕过，没有看他任何一眼，就脚步踉跄地向楼梯走去。若尘跌坐在地毯上，望着她的背影，跟着李妈一步一步地走上楼，一步一步地消失在他的视线之中。然后，他把头乏力地倒在沙发上，用双手紧抓住自己的头发，喃喃地自问：

"你做了些什么好事？你这个傻瓜！如果你失去了她，你就根本不配活着！你，耿若尘，就像爸爸说的，你是个混球！"

抬起头来，他望着那楼梯。是的，明天，明天他将弥补这一切，不再骄傲，不再自负，在爱情的面前，没有骄傲与自负！明天，他将挽救这一切！

第十八章

明天,明天是来临了。

耿若尘一夜无眠,到天色已蒙蒙发白时,他才迷迷糊糊地睡着了,似乎才刚刚睡着没几分钟,他就突然心头一震,猛地醒了过来,看看窗子,天已经大亮了。他翻身坐起来,觉得满头的冷汗,心脏还在怦怦地跳个不停。怎么了?他不安地看看手表,七点十分!不知道雨薇起床没有?他头脑中依然昏昏沉沉,而心头上仍然又痛楚又酸涩。雨薇,他低念着她的名字,雨薇,你是我的保护神,我的支柱,雨薇,雨薇,雨薇!

门上传来一阵急促的敲门声,他惊跳起来,还来不及穿衣下床,李妈已推开了房门,喊着说:

"三少爷,江小姐走了!"

他一怔,跳下床,穿着衬衫。

"你是说,她这么早就去上班了?"他问。

"不是,她走了!"李妈急促地说,"她把她的东西都带走了,可是,留下了所有老爷和你给她的新衣。我们不知道她什么时候走的,她没有要老赵送她,老赵起来时,大门边的小门已经开了,她是一个人不声不响地走掉了!"

若尘浑身一颤,顿时推开李妈,冲出房门,雨薇就住在他隔壁一间,现在,门是洞开的,他一下子冲了进去,明知她已离去,他仍然本能地叫了两声:

"雨薇!雨薇!"

屋里空空如也,他绕了一圈,整齐的、折叠好的床褥,桌上的一瓶茉莉花,床边小几上的一摞书本,在书本的最上面,放着一个信封,他奔过去,一把抓起那信封,果然,信是留给他的,封面,是她娟秀的字迹:

留交耿若尘先生亲启

他在床沿上坐了下来,急急地抽出了信笺,迅速地、吞咽般地看了下去:

若尘:

我走了,在经过昨晚那场争执之后,我深知风雨园再也没有我立足之地,所以,我只有走了。

自从前天宣读了你父亲的遗嘱,我竟意外地得到了风雨园开始,我就知道我卷进了各种风风雨雨之中。但是,我一向自认坚强,一向不肯低头,因此，当你的兄嫂们侮辱我，对我恶言相加，我能坦然相对，而且奋力反击。我不在意他们的污言秽语，只因为他们根本不值得我重视。但是，你，却不同了。

或者，你不再记得对我说过些什么，人在吵架的时候，都会说许多伤感情的话，你说过，我也说过。可是，你的言语里却透露了你潜意识里的思想！你也和你哥哥们一样，对我的这份"遗产"觉得怀疑，你也认为我水性杨花、我卑鄙下流，甚至，你认为我对你的感情，只是因为你将承受一笔遗产！若尘，若尘，普天之下，无人知我解我，也就罢了，连你也作如是想，让我尚有何颜留在风雨园中？我去了，只把这风雨园，当作我的一个噩梦，而你，只是梦中的一个影子罢了！

人生，得一知己，何其困难！二十三年来，我一直在追寻，最近，我几乎以为我已经找到了，谁知现实却丑恶如斯！你毕竟是个浪子，相信我在你生命中根本留不下痕迹。我呢？我是个演坏了的角色，现在，该是我悄悄下台，去默默检讨和忏悔自己的时候了。

我把所有房地契都留在抽屉里，你父亲虽说不能转让与转售，但我想总有法律的漏洞可寻，你可找到朱律师，想方法过户到你名下。

我想，我不再欠你什么了。你父亲留给你那么大的责任,我仍然祝福你,祝你早日完成你父亲遗志,重振家声!并祝你早日找到一个真能和你相配的女人——只是,听我一句忠言,当你找到的时候,别再轻易地伤她的心,要知道,女人的心是天下最脆弱的东西,伤它容易,补它困难!

再见!若尘,别来找我!祝好。

雨薇七月三日凌晨四时

耿若尘一口气读完了信,他跳了起来,苍白着脸,一迭声地叫老赵,一面匆匆地穿好衣服,冲到楼下,他不停地喊着:

"老赵!准备车子!快!"

老赵把车子开了来,若尘跳进了车子,"砰"的一声关上车门,喊着说:

"去医院!江小姐工作的医院!"

车子向医院疾驰。若尘手中仍然紧握着那封信,一阵阵冷汗从他背脊上直冒出来,他心里在辗转呼号着:不要!雨薇!求你不要!千万别离开我!别生我的气!我向你赔罪,向你忏悔,什么都可以,只要你不离开我!尤其在目前,在我最需要你的时候!雨薇,请你!求你!我从没有请求过任何人,但我可以匍匐在你脚下,求你原谅,求你回来!父亲是对的,他把风雨园留给了你,只有你才配生活在这花园里,有你,这花园才有生气,才有灵魂,没有你,那不过是个没生命的荒园而已。

车子停在医院门口,他直冲了进去,抓住了第一个碰到的白衣护士:

"请问,江雨薇小姐在哪里?"

"江——雨薇?"那护士愣了愣,"是个病人吗?"

"不是!是个护士!"

"我不认识,"那小护士摇摇头,"你要去问护士长,我们这儿有一百多个护士呢!"

他又冲进了护士长的房间。

"请问江雨薇小姐在哪里?"

"江雨薇?"那三十余岁、精明能干的护士长打量了一下耿若尘,"你找她干什么?"

"请帮帮忙!"耿若尘拭去了额上的汗珠,急切地说,"我找她有急事!"

"可是,她今天并没有来上班。"

耿若尘一阵晕眩,扶住了柜台,他说:

"你们有她的地址吗?"

护士长深深地望了若尘一眼,大概也看出了他的焦灼和迫切,她点点头说:

"好吧,我帮你查查。"

一会儿,她查出了雨薇留下的地址和电话,天哪!那竟是风雨园的地址和电话号码!耿若尘抽了一口冷气,他该早就明白她可能留下的联络处是风雨园!他摇摇头,急急地说:

"现在她已经不在这儿了!"

"是吗?"护士长诧异地说,"那我就不知道了!特别护士和一般护士不同,她们并不一定要上班,也不一定在哪一家医院上班,通常,任何医院都可以找她们,或者,你可以到别家医院去问问。"

"但是,江雨薇一向都在你们医院工作的,不是吗?她几乎是你们医院的特约护士,不是吗?"

"那倒是真的,"护士长说,"不过,这大半年她都没有上班,她在侍候一个老病人,叫什么……叫什么……"护士长尽力思索着。

"算了!"耿若尘打断她,"她以前住在哪儿?护士宿舍里面吗?"

"对了,也不是护士宿舍,只是这条街后面有栋公寓房子,专门租给我们医院的护士住,你可以去打听打听看。"

"好,谢谢你!"耿若尘抛下一句话,就像一阵风一般地卷走了。耿若尘并不知道,在他冲下了楼,冲出医院之后,江雨薇就从护士长身后的小间里走了出来,她容颜憔悴而精神不振,望了护士长一眼,叹口气低声地说:

"谢谢你帮忙。"

护士长蹙起眉头,凝视着雨薇,然后,她拉着她的手在沙发上坐了下来,摇摇头,不解地说:

"我真不懂你,雨薇,你为什么一定要躲开他呢?看他那样子,似乎已经急得要死掉了!怎么回事?是恋爱纠纷吗?"

"你别问了!"雨薇说,"我永远不想见这个人!"

"但是,你爱他,不是吗?"护士长笑笑说。

雨薇一怔。

"你怎么知道我爱他？"她愣愣地问。

"否则，你就不会痛苦了。"护士长拍拍她的手，"别骗我，我到底比你多活了十几岁，还有什么看不出来的呢？放心，你真想摆脱他的话，我总是帮你忙的，何况，吴大夫还在等着你呢！"

吴大夫？那个X光！江雨薇烦恼地摇摇头，天哪，她脑子里连一丝一毫的吴大夫都没有！所有的，却偏偏是那个想摆脱的耿若尘！若尘的眼光，若尘的声音，若尘发怒的样子，若尘祈求的语调……噢，她猛烈地甩头，她再也不要想那个耿若尘！他的父亲都已警告过她了，他是个最难缠的男人！她要远离他，躲开他，终身不要见他！

"我今天真的不能上班了，"她对护士长说，"我现在头痛欲裂，必须去休息。"

"房子安排好了吗？"

"是的，我还住在X别墅三〇四号房间，那儿房租便宜，有事打电话给我！"

"好的，快去休息吧，你脸色很坏呢！"

江雨薇回到了她那临时的"家"，这儿美其名曰"别墅"，事实上是专门出租给单身女人的套房，因为离医院近，几乎清一色住的都是护士，所以，江雨薇常称它为"护士宿舍"。如今，她就回到了这"宿舍"里，倒在床上，她脑子里立即浮起耿若尘的面貌，想起他盘问护士长的那份焦灼，和他得到错误的情报后奔往公寓去的情形。她低叹了一声，耿若尘，你再也找不到我了！把头深深地埋进了枕头里，疲倦征服了她，她昏昏沉沉地睡着了。

三天过去了。

江雨薇又恢复了工作，有时值日班，有时值夜班，常常陪伴着不同的病人，刚开过刀的，自杀后救醒的，出车祸的，害癌症的……她耐心地做着自己的工作，但是，她总是心神恍惚，总是做错事情，总是神不守舍，再加上护士长每天都要对她说一次：

"喂，你那个追求者又来查问你是否上班了！"

他怎么不死心呢？他怎么还要找她呢？她是更加心神不安了。一星期后，连那好心的护士长都忍耐不住了，找来江雨薇，她说：

"你的追求者又来过了，你还是坚持不让他知道你的下落吗？"

"是的！"她坚决地说。

"为什么你那么恨他？"护士长研究地看着她，"我看他人也长得很不错，每次来都可怜得什么似的，又憔悴，又消瘦，再这样下去，只怕要弄得不成人形呢！"

雨薇听了，心中又是一阵莫名其妙的绞痛，她几乎想回到风雨园里去了，这对她不过是举手之劳，叫辆计程车，就可以直驶往风雨园，但是，想起那晚的遭遇，想起耿若尘所说过的话，她不能饶恕他！他既然把她看成一个为金钱而和他接近的女人，她就再也不能饶恕他！他既然把她看成第二个纪霭霞，她就不能饶恕他！不，不，这件事已经过去了，风雨园和耿若尘在她的历史中已成陈迹，她不要再听到他的名字！她也不要再走入风雨园！

于是，一连几天，她都和那个 X 光科的吴大夫在一起，他们去吃晚餐，他们约会，他们去夜总会，连医院里的人，都开始把他们看成一对儿了，可是，每夜每夜，雨薇躺在床上，脑子里想着的却不是 X 光，而是那让她恨得牙痒痒的耿若尘。

这样，有一天，护士长突然指着一张报纸对她说：

"雨薇，瞧瞧这段寻人启事！"

她拿过报纸，触目惊心地看到大大的一栏寻人启事，内容写着：

薇：

怎样能让你原谅我？怎样能表示我的忏悔？千祈万恳，只求你见我一面！

尘

护士长望着她：

"该不是找你的吧，雨薇？"

雨薇紧握着那张报纸，整个人都呆住了。

原谅他？不原谅他？再见他一面？不见他？各种矛盾的念头在她心中交战，弄得她整日精神恍惚。这晚，她回到"宿舍"里，因为和吴大夫有约会，要去夜总会跳舞，所以她换了一件较艳丽的衣服，坐在梳妆台前化妆。一面化妆，她一面想着那寻人启事，只要拨一个电话过去，只要拨到风雨园,她就可以听到他的声音!她慢慢地站起身来,像受了催眠一般,移向那床头的电话机,打一个电话过去吧!打一个给他!问问他债务如何了,问问李妈好不好。她慢慢地抓起听筒,慢慢地拨出第一个号码、第二个号码、第三个号码……

蓦然间,一阵敲门声响了起来,吴大夫来接她了,来不及再打这电话了!她颓然地放下了听筒,长长地呼出一口气来,不知是失望,还是解脱了,她心底涌上一股酸涩的情绪。走到房门口,她无情无绪地打开了房门,一面有气无力地说:

"要不要先进来坐一……"

她的话还没说完,就顿时缩了回去,张大了眼睛,她目瞪口呆地望着门外,站在那儿的,并不是吴大夫,而是那阴魂不散的耿若尘!他的一只手支在门上,像根木桩般挺立在那儿,面色白得像张纸,眼睛黑得像深夜的天空,他凝视着她,沙哑而低沉地说:

"我可以进来吗?"

她本能地往旁边让了让,于是,他跨了进来,随手把门合上,他们面面相对了。好一会儿,他们两人谁也不说话,只是彼此凝视着,他乱发蓬松,消瘦,憔悴,而又风尘仆仆,他看来仿佛经过了一段长途的跋涉与流浪,好不容易找着了家似的。他的声音酸楚而温柔:"真那么狠心吗,雨薇?真不要再见我了吗,雨薇?真忍心让我找你这么久吗,雨薇?真连一个道歉的机会都不给我吗,雨薇?"他的声音那么温柔,那么充满了求恕的意味,那么低声下气,而又那么柔情脉脉,使她顿时间控制不住自己,而泪盈于睫了。他向前跨了一步,他的手轻轻地抬起来,轻轻地碰触她的面颊,又轻轻地拂开她的发丝,那样轻,那样轻,好像怕碰伤她似的。他的声音更低沉、更酸楚,而更温柔了:

"你知道这些日子我怎么过的?你知道我几乎拆掉了全台北市的医院,踩平了全台北的街道,找过了每一座公寓?你知道我去求过你的两个弟弟,他们不肯告诉我你的地址,只有立群可怜我,让我继续到这家医院来找你,你知道我天天到你的医院来吗?唉,"他凑近她,"精诚所至,金石为开,不是吗?你那个护士长终于告诉我了!噢,"他咬咬牙,"我整日奔波,却不知道你我咫尺天涯,你——"他再咬牙,从齿缝里迸出一句话,"好狠心!"

原来是这样的,原来那护士长终于熬不住了。雨薇心里迷迷糊糊地想着,却浑身没有一丁点儿力气,她被动地站着,被动地倾听着他的话,泪珠在她睫毛上闪亮,她却无法移动自己,任凭他逼近了自己,任凭他用双手捧起了她的面颊,任凭他用手指抹去了她颊上的泪痕……她听到他战栗的一声低叹:

"哦,雨薇!原谅我吧!"

于是,他微一用力,她的身子就扑进了他的怀里,他用手圈住了她,他的头俯下来……她只觉得好软弱、好疲倦、好无力,让他支持自己吧,让他抱着自己吧,何必为了几句话而负气?何必呢?她仰着头,在泪雾中凝视他,已经准备送上自己的唇……可是,蓦然间,房门被"砰"的一声冲开了，一束红玫瑰先塞进了屋里，接着，那 X 光就跳了进来，一面大声说：

"雨薇，准备好了吗？"

雨薇猝然间从若尘怀中跳开，涨红了脸望着吴大夫，吴大夫也被这意外的场面惊呆了，举着一束玫瑰花，他讷讷地问：

"这位是……这位是……"

耿若尘迅速地挺直了背脊，他看看雨薇，再看看吴大夫，他的脸色发青了，声音立即尖刻了起来：

"想必这就是所谓的 X 光先生了？"

他语气里的那份轻蔑激怒了雨薇，于是，像电光一闪般，她又看到那个在风雨园中击倒她的耿若尘，那个蛮横暴戾的耿若尘，那个侮辱了她整个人格与感情的耿若尘……她奔向了吴大夫身边，迅速地把手插进了吴大夫的手腕里，大声地说：

"是的，他就是 X 光先生，他就是吴大夫，你要怎么样？"

耿若尘瞪大了眼睛，恶狠狠地望着他们两个，然后，他低低地，从齿缝里说：

"原来如此！所以你不回风雨园！"

一转身，他大踏步地冲出了房间，用力地关上了房门，那砰然的一声门响，震碎了雨薇的意识，也震碎了她的心灵，她颓然地倒在椅子上，一动也不能动了。

那莫名其妙的吴大夫，兀自倒提着他的那束玫瑰花，呆愣愣地站在那儿。

第十九章

　　若尘似乎整个人都被撕成一片一片，撞击成了一堆粉末，他不知道，自己是如何回到了风雨园的，只感到满心的疲倦、凄惶、愤怒，与心碎神伤。他倒在沙发中，本能地就倒了一杯酒，燃起一支烟，一面抽着烟，一面喝着酒，他把自己深深地陷在烟雾氤氲和酒意醺然中。

　　李妈悄悄地走了进来，怜惜而忧愁地看着他，小心翼翼地问：

　　"怎么，还是没有找到江小姐吗？"

　　"别再提江小姐！"他大吼了一声，眼睛里冒着火，"让那个江小姐下地狱去！"

　　"怎么呢？"李妈并没被他的坏脾气吓倒，只是更忧愁地问，"你找着她了吗？"

　　"找着了又怎么样？"他咬牙切齿，目眦欲裂，"她早就有男朋友了！她的那个X光！我难道把他们一起请回来吗？"

"江小姐有男朋友了？"李妈盯着若尘，不信任地摇摇头，自言自语地说，"根本不可能的事！"

"为什么不可能？"若尘叫着，端起杯子，灌了一大口酒，"我已经亲眼目睹她和那个X光亲亲热热的了！"

"不可能，根本不可能！"李妈仍然摇着头，完全不接受这项事实，"她心里只可能有一个人，就是你！三少爷，她爱你，我知道的，可是你把人家赶走了！"

"你怎么知道她心里只有我一个？你怎么知道她爱我？"耿若尘猛地坐直了，紧盯着李妈，神志清醒了一大半。甩甩头，他深吸了口气："难道……她告诉过你吗？"

"她没有告诉我，但是我知道，只要有眼睛的人都会知道！连老爷生前都知道……"

"老爷？"若尘的身子挺得更直了，他的眼睛一眨也不眨地停在李妈脸上，"老爷对你说过些什么？"

"老爷去世前不久，他对我说过：'李妈，你看江小姐对咱们若尘怎么样？'我说很不错，老爷就笑笑说：'我看，他们才是一对标准的佳儿佳妇呢！只怕若尘的少爷脾气不改，会欺侮了雨薇。'后来，他又笑了，说：'不过，那雨薇是个女暴君，也不好惹，应该让若尘吃点苦头才好！'你瞧，三少爷，老爷不是早都看出来了吗？所以，老爷把风雨园留给江小姐，我们谁都没有奇怪过，假若留给你的话，那大少爷和二少爷才不会放手呢！留给江小姐，他们顶多说点儿难听的话，也没什么办法。然后，你和江小姐结了婚，还不是完全一样吗？"耿若尘呆了，握着酒杯，他再用甩头，就愣愣地出起神来了。是呀！这是一个最简单的道理，连李妈他们都分析得出来，为什么自己从没有想到过？是不是老人将一切都计划好、安排好，为了他才对雨薇另眼相加？而自己在遗嘱宣读之后，不是也确曾怀疑过雨薇和老人有微妙的感情，因此，他刻薄了雨薇，因此，他贬低了她的人格，因此，他也侮辱了她！噢，天啊！若是如此，他是硬生生地把雨薇送进那个X光的怀抱里去了！可是，那X光真和雨薇没有关系吗？他蹙起眉头，蓦然想起老人留给他的那封信，那信中整个都在谈雨薇，而最强调的一点却是："……我已详细调查关于雨薇的一切，那X光科的吴大夫和她已相当密切，你如果想横刀夺爱，我不反对，只怕你不见得斗得过那个X光，因为他们已有相当长久的历史！……"

如果没有这一段话，他或者不至于气走雨薇，可是，爱情是那样地自私，他怎能容忍她脚踩两条船？反正，无论如何，老人已警告过他，他有个劲敌，他却不知提高警觉，而把一切事情弄得一团糟！硬生生地逼走了雨薇，再硬生生地把她逼进X光的怀抱！是的，他本可"横刀夺爱"，他几乎已经成功了，却让"嫉妒"把所有的成就都破坏了！他嫉妒那X光！他恨她和他的那段"历史"！但，难道自己没有历史吗？自己的"历史"何尝可以公开？她的X光毕竟还是个正人君子、一个年轻有为的医生，自己那纪霭霞却算什么？

他深吸了一口烟，他面前已经完全是烟雾，他再重重地把烟雾喷出来，在那浓厚的烟雾里，他看不出自己的前途，只觉得自己的心脏在那儿缓缓地滴血，一点，一点，又一点

223

地滴着血，这扯痛了他的五脏六腑，震动了他整个的神经。奇怪，他以前也发疯般地爱过纪霭霞，为了纪霭霞不惜和父亲翻脸四年之久。但是，纪霭霞只是像一把火般地燃烧着他，却从没有这样深深地嵌入他的灵魂，让他心痛，让他心酸，又让他心碎。

他就这样坐在那儿，抽着烟，喝着酒，想着心事，直到门铃响，一辆汽车开了进来，他坐正身子，望着门口，进来的是朱正谋。

"喂，若尘，"朱正谋走过来，"你过得怎么样？唐经理说，你有一套重振业务的办法，但是，你这些日子根本没去工厂，是怎么回事？"

哦，要命！这些天来，除了雨薇，他心里还有什么？工厂，是的，工厂，他已把那工厂抛到九霄云外去了！失去了雨薇，似乎连生命都已失去了意义，他还有什么心情去重振家业？去偿还债务？可是，自己却曾夸下海口，接受了这笔遗产，夸下海口，要重振业务！哦，若尘，若尘，你怎能置那工厂于不顾呢？若尘，若尘，你将要老人泉下何安？他抽了口冷气，站起身来，请朱正谋坐。李妈已倒了茶来，朱正谋坐下了。若尘勉强振作了自己，问：

"喝点儿酒吗？"

"也好。"

若尘给朱正谋倒了酒，加了冰块和水。

朱正谋望着他，眼神是研判性的、深思的，半晌，他才说：

"你有心事?"

若尘低唔了一声,抽了一口烟。

"为了那江小姐吧?"朱正谋说。

他陡地一跳,迅速地看着朱正谋。

"你怎么知道?"他问。

"不瞒你说,"朱正谋笑笑,望着手里的酒杯,"刚刚江小姐来看过我。"

"哦?"若尘狐疑地抬起头来。她来看你?那个X光呢?没有跟她在一起吗?她找律师做什么?要结婚吗?结婚也不需要律师呀!他咬住了烟蒂。

"她来和我商量一件事,问我怎样的手续可以把风雨园过户到你的名下!"

耿若尘触电般跳了起来。

"我为什么要风雨园?"他叫,"既然是父亲给她的,当然属于她!我住在这儿都是多余,事实上,该离开风雨园的是我而不是她!现在,这根本就是她的财产!"

"你别激动,"朱正谋说,"我已经向她解释过了,你父亲遗言这房子不能转售也不能转让,所以,无法过户到你的名下。"他凝视着他,"不过,若尘,你对她说过些什么?她似乎非常伤心,她说,你父亲给她这幢房子,使所有的人都贬低了她的人格。若尘,我知道雨薇的个性,除非你说过什么,要不然她不会介意的。因为——"他顿了顿,"她爱你!"

他一震,酒杯里的酒荡了出来,这是今晚他第二次听到同样的句子了。

"你怎么知道？"他问。

"只有在爱情里的女孩子，才会那样伤心。若尘，你是当局者迷，我是旁观者清！"朱正谋说，放下酒杯，站起身来。"不管怎样，若尘，雨薇是另外一回事，你也别为了雨薇，而耽误工厂的正事啊！你父亲对这家工厂，是死不瞑目的，所以才遗留给了你，你别辜负他对你的一片期望！好了，"他走过来，重重地拍了拍若尘的肩，"我走了，我不耽误你，你还是好好地想一想吧！你的爱情，你的事业，你的前途，可能是三位一体，都值得你好好地想一想！别因一时鲁莽，而造成终身遗憾！"

朱正谋走了。若尘是真的坐在那儿"想"了起来，他想了那么长久，想得那样深沉，想得那样执着，想得那样困惑。夜渐渐深了，夜渐渐沉了，他走到窗口，望着月光下的那座雕像，望着风雨园中的花影婆娑、树影扶疏，他望着，长长久久地望着：星光渐隐，晓月初沉，曙色慢慢地浮起，罩着花园，罩着竹林，罩着水池。远远的天边，彩霞先在地平线上镶上一道金边，接着，太阳就露出了一线发亮的红光，再冉冉升起，升起，升起……天亮了。

天亮了。若尘才发现自己的眼睛酸涩，四肢沉重，但是，他心底却有一线灵光闪过，精神立即陷在一份反常的亢奋之中。爱情、事业、前途，这是三位一体的事！自己怎么从未想过？他奔上了楼，走进房里，坐在书桌前面，取出一摞信纸，他再沉思片刻，然后，他开始在那晓色迷蒙中，写一封信：

雨薇：

当你收到这封信的时候，我已经离开了风雨园。我想，唯有如此，你或者肯回到这属于你的地方，过一份应该属于你的生活。

风雨园不能没有一个主人，希望你不要让它荒芜，那爱神始终屹立在园内，希望你不要让她孤独。我身负父亲留下的重任，绝不会自暴自弃，在目前，我已经想透了，凭我这样一个浪子，实在配不上你，除非我有所表现，才能和你的X光一争短长。所以，雨薇，好心的保护神，只请你为了我，也为了我父亲，再给我一个机会，让我能够无愧于心地对你说出一句：

"我爱你！我要你！"

或者，你已对我这要求觉得可笑，或者，你已心有所属，对我再也不屑一顾。我无言可诉说心底的惭愧，也无言可写尽我心底的爱情与渴求。那么，我只能悄悄退开，永远在我小小的角落里，爱你，祝福你，等待你！是的，等待你，等待你终有回心转意的一天！（可能有这么一天吗，雨薇？）

我现在很平静。我知道自身的渺小，我知道我有最恶劣的"历史"，我只求刷清自己的记录，重振父亲的事业，然后，像个堂堂男子汉般站在你的面前！只是，还肯给我这机会吗，雨薇？无论如何，我等着。

风雨园是父亲所钟爱之处，留给你，是他最智慧的决定，我配不上它，正如配不上你！我走了，但是，有一天，我会回来的，那时，我必定配得上你，也配得上它了！如果，不幸，那时它已有了男主人，我会再悄悄地退开，继续在我小小的角落里，爱你，祝福你，等待你！（说不定那男主人没有我好，没有我固执，没有我坚定不移，所以，我仍然要等待到底！）

　　千言万语，难表此心。现在风雨园中无风无雨，晓色已染白了窗纸，此时此情，正像我们两人都深爱的那阕词：

　　天不老，情难绝，心似双丝网，中有千千结！

　　不知何日何时，我们可以将此阕词改写数字，变成另外一番意境：

　　天不老，情难绝，心有双丝网，化作同心结！

　　可能吗，雨薇？我至爱至爱的人！可能吗？

　　我在等着！永远！

　　祝福你！永远。

你谦卑的若尘
七月二十九日曙光中

　　写完了信，他长吁出一口气，封好信封，写上收信人的地址与名字。他收拾了一个小旅行袋，走下了楼。他遇见正在收拾房间的李妈："三少爷！你好早！要出去旅行吗？"

"不，只是搬出去住。"

"为什么？"李妈愕然地问。

"你叫老赵拿着我这封信，按地址去找到江小姐，请她搬回来！"

"可是，可是，可是，"李妈接过信封，张口结舌地说，"她搬回来，你也不必搬走呀！"

"有一天，我还会搬回来的！"若尘肯定地说，把一件上衣搭在肩上，骄傲地、洒脱地一甩头，就大踏步地迎着阳光，走出去了。

李妈呆立在室内，看着若尘那高昂着头的背影，消失在满园的阳光中，那么洒脱，那么傲岸，而又那么孤独！不知怎的，她的眼眶竟潮湿了。过了好一会儿，她才忽然大梦初醒般，直着脖子叫起老赵来。

半小时后，这封信就平安地到了雨薇手里，当她在那"宿舍"中展开信笺，一气读完，她呆了，怔了，半晌都不能动弹。然后，她的眼睛发亮，她的面孔发光，她心跳，她气喘，她浑身颤抖。

"哦，老赵，"她急促地，语无伦次地问，"你们三少爷走了吗？真的走了吗？已经走了吗？"

"是的，小姐。"老赵恭敬地说，"他要我来接小姐回去。"

雨薇沉默了好一会儿。

"哦，老赵，"终于，她咬咬嘴唇，轻吁出一口长气，仍然对着那信笺发怔，"我还不想回去。"

"小姐？"老赵愕然地看着她。

她再沉默了好一会儿，长叹了一声。

"你放心，老赵，"她微侧着头，做梦般地说，"我会回去的，但是，不是现在，等过一阵子，我自己会回去的。"

"可是……小姐……"老赵困难地说，"三少爷走了，你也不回去，我们……"

"放心，我会常常打电话给你们，"雨薇说，摇了摇头，忽然恢复了神志，而且莫名其妙地兴奋起来。走到书桌前，打开抽屉，她取出了一沓钞票，转身交给老赵："把这个给李妈，让她维持风雨园的开销……"

"不，小姐，"老赵诚恳地说，"我们可以维持风雨园的用度……"

"别说了，老赵，风雨园是该由我来维持的，不是吗？把这个钱拿去吧！老爷的遗嘱上，还说要给你们每人二十万元养老呢！这笔钱只好慢慢来了。你先把这点钱交给李妈维持一阵，我会回来的。"

"好吧，小姐。"老赵无可奈何地接了钱，"不管怎么样，还是请小姐早点回去，最好……最好……"他吞吞吐吐地说，"能请三少爷也回去才好。"

雨薇再度愣了愣，接着就梦似的微笑起来。

"你放心，三少爷总有一天会回来的。现在，你去吧！"她说，"还有一件事。"

"小姐？"

"别让花园荒了，别让雕像倒了！"她喃喃地说。

"哦，你放心吧，小姐，我们会把风雨园照顾得好好的，等你们回来。"

"那就好了。"

老赵走了。雨薇在书桌前坐了下来，打开若尘那封信，她再重读了一次，然后，她又读了一次，再读了一次，终于，她轻叹一声，放下信纸，用手轻轻地抚摸着那个签名，再轻轻地将面颊贴在那签名上，她嘴里喃喃地念着信里的那两句话：

天不老，情难绝，心有双丝网，化作同心结！

一声门响，她一惊，抬起头来，那 X 光正满面红光地跨进来，手里又高举着一束红玫瑰：

"早！雨薇！瞧我给你带来的玫瑰花！昨晚你临时要去看律师，玩也没玩成，今天呢？你的计划如何？去香槟厅好吗？你说呢？再有，李大夫他们闹着要我请吃糖呢，你说呢？我们什么时候订婚？你说呢？"

"我说吗？"她慢吞吞地站起身来，微侧着她那美好的头，带着个醉意醺然的微笑，轻声细语地说："我们不请人吃糖，我今晚不和你出去，我也没答应过和你订婚，我们什么都不干！"

"怎么？怎么？什么意思？什么意思？"那 X 光张口结舌起来。

雨薇走了过去，微笑地望着他，温柔地说：

"抱歉，吴大夫，我们的交往必须停止。你是个好人，一个好医生，你会找到比我可爱一百倍的女孩子！"

"可是……可是……可是……"

"我要出去了。"雨薇往门外走去，"你离开的时候，帮我把门关好！"她像个梦游者般，轻飘飘地、自顾自地走了。

那X光呆了，倒提着他那束玫瑰花，他又怔怔地愣在那儿了。

第二十章

好几个月过去了。

秋天在不知不觉中来临了,空气里飘过的是带着凉意的风,阳光温柔而又充满了某种醉人的温馨,天蓝而高,云淡而轻,台湾的秋天,叶不落,花不残,别有一种宁静而清爽的韵味。

耿若尘在他工厂前面的办公厅中,搭了一张帆布床,已经住了三个多月,这三个月中,他清理了库存,整理了债务,向国外寄出了大批的"样品",又试着打开岛内的市场。一切居然进行得相当顺利,他发现克毅纺织厂虽然负债很多,在商业界的信用却十分好。许多时候,信用就是本钱。他经过三个月的努力,竟发现有料想不到的收获,一批已积压多时的毛料,被国外某公司收购了,随着秋天的来临,大批国外订单源源涌到,唐经理整日穿梭不停地出入于耿若尘的办公厅中,笑得合不拢嘴:

"真没料到这样顺利,照这种情势发展,不到一年,我们就可以把抵押的工厂赎回来,两年就可以清理所有债务!"

"不用两年!"耿若尘说,"我只计划一年!我不懂为什么我们只做外销而不做内销,这些年来,台湾的生活水准已越提越高,购买力说不定超过了国外,我现在积极要做的事情,是打开岛内市场!"于是,他开始奔波于各包销商之间,他开始把样品寄到岛内各地。在这种忙碌的情况下,他那辆破摩托车实在无法派用场,于是,老赵被调到了厂里,来往于工厂及风雨园之间。从老赵口中,他知道雨薇始终不肯回到风雨园,却按月送钱回去维持风雨园。他无可奈何,只能微叹着,江雨薇,那倔强、任性、而坚毅不拔的女孩啊!她要怎样才肯转弯呢?怎样才肯回到风雨园呢?一定要自己兑现那张支票吗?做个堂堂的男子汉!于是,他工作得更努力了!他耳边总是荡漾着江雨薇的指责:

"你是个花花公子!你是个败类!你胆小而畏缩,倒下去就爬不起来!你用各种借口,掩饰你的不事振作……"

不!他要振作!他不能畏缩,他曾是个花花公子,而现在,他必须要给她看到一点真正的成绩!他工作,他拼命地工作,日以继日,夜以继夜……他看到自己的心血一点一滴地聚拢,他看到那些工作的成绩以惊人的速度呈现在他面前。于是,每个深夜,他躺在那冷冰冰的帆布床上,喃喃地、低低地自语着:

"为了父亲,更为了雨薇!"

这样,十月,他们开始兼做内销了,一家家的绸缎行,一个个的百货店……订单滚了进来,产品被货车载了出去。耿若尘又亲自设计了几种布料的花纹,没料到刚一推出就大受欢迎。十一月,唐经理的账单上,收入已超过支出若干倍,他们度过了危机,许多地方都愿意贷款给他们,但是,克毅公司已不需要贷款了!

十二月,西门町的闹区竖起了第一块克毅产品的霓虹招牌,接着,电视广告、电影广告都纷纷推出来。耿若尘深深明白购买心理,广告费是绝不可少的支出。果然,工厂的产品是越来越受欢迎了,而耿若尘也越来越忙了。

这天,唐经理贡献了一个小意见:

"我们仓库里有许多过时的成衣,堆在那儿也没用处,有人告诉我,如果稍加改良,好比 A106 号的衣服,只要在领子上加一条长围巾,就可以变成最流行的服装,我们何不试试看,说不定也会受欢迎呢!"

这提醒了耿若尘,于是,他研究了所有成衣的式样图,以最简便的方法加以改良。果然,这效果出乎意料地良好。他发现女人的衣服都大同小异,时髦与不时髦之分常常在一丁点儿变化上。长一点,短一点,加根腰带,领子上加点配饰,诸如此类。他越研究越有心得,那批存货果然推销掉了。

又一天,唐经理说:

"有人告诉我,最近美国非常流行东方的服装及花色,你何不设计一点这类的布料及衣服销美国?"

他依计而行,果然又大有收获。

再一天,唐经理说:

"有人告诉我,今年冬天必定会流行镶皮的服装,不必真皮,只要人造皮,用来做配饰,好比呢料的小外套,加上皮袖子和口袋等等,我们何不也试试?"

再一次成功。

当唐经理再来对耿若尘说:

"有人告诉我……"

若尘忽然怀疑起来了,他怎没想过,唐经理会从一个经理人才变成军师的,尤其,他对女性的心理和服装懂得太多太多,他奇怪地问:

"喂,唐经理,你这个'有人告诉我'里的'有人'是谁呀?他太有天才,我们应该把他聘用进来才对!"

"这个……这个……这个……"唐经理突然扭扭捏捏起来了。

"对了,我真糊涂,"若尘说,"这一定是公司里的人员了,因为他对我们公司如此了解,是哪一个?你该向我特别推荐才对。"克毅工厂及成衣部员工有数百人,管理及行政人员就有五六十人之多。若尘是绝不可能一个个都认识的。

"这个……这个人吗……她……"唐经理仍然吞吞吐吐地说不出口。

"怎么?"若尘的狐疑更深了,"到底是谁?"

"她不要你知道她!"唐经理终于冒出一句话来。

"为什么?"若尘蹙起眉头,更加怀疑,"你还是说出来吧!他是我们公司里的人吗?"

"不……不是。"

"不是？"若尘叫，"那他如何知道我们公司的存货及内幕？"

"她……在你不在公司的时候，她常常来，经常参观各部门，也常研究你发展业务的办法。"

"他到底是什么人？朱律师吗？"若尘有些火了。

"她是——是——是江小姐！"唐经理隐瞒不住，终于吐露了出来。

若尘愣住了。

"是她？"他呆呆地说，靠在办公桌上。他那样震动，竟然说不出话来了。

"她和我联络好的，"唐经理嗫嚅地说，"每次你出去之后，我就打电话给她，她常常来，研究你的进展情形，也常常关心些别的事，例如，你的棉被换成厚的了，就是她拿来的。你桌上台灯的亮度不够，也是她换了新的。可是，她不要我告诉你，我想……我想……她很爱你，可是，她是很害羞的！"

若尘抬起眼睛来看看唐经理，他的眼睛炯炯发光，使他整个脸上都焕发出光彩来。他略一沉思，就把手里的一支铅笔丢在桌上，转身向室外就跑，一面对唐经理喊：

"我出去一下，公司里你照管着吧！"

他冲了出去，嘴里吹着口哨。若干时日以来，唐经理从没看过他如此兴奋和快乐的了。

若尘跨上了老赵的车子，立即吩咐他开往雨薇的住处，一面，他问：

"老赵，说实话，你最近见到过江小姐吗？"

"是的，三少爷，我常常见到。"

"在哪儿见到的？"

"风雨园。她最近常回去，整理书房里的书，整理老爷留下的古董，整理老爷的字画，她还要老李把花园整顿了一下，新种了好多花儿，沿着围墙，她种了一排茑萝呢！前天她还回到风雨园，和李妈把那大理石雕像洗刷了一番，她亲自爬上去洗，冻得鼻子都红了呢！老李要代她去洗，她硬是不肯，她说……她说什么，我学不来的！"

"她说什么？想想看！"若尘逼问着，眼睛更亮了。

"她说得文绉绉的，我真学不来！"

"想想看，照样子说也不会吗？"若尘急急地追问。

"好像是说，那是爱神，她不能让爱神的眼睛看不清楚，所以要给它擦亮一点，大概是这个意思吧！"

耿若尘深吸了口气，他的心脏加速了跳动，他的血液加速了运行，他懊恼地说：

"你为什么不早告诉我？"

"江小姐不许我说！"

"你们为什么不求她搬回来？"

"她不肯呀！她说，除非……除非……"

"除非什么？"他追问。

"除非三少爷先搬回去！要自动的才算数！"

先搬回去？要自动的？耿若尘愣了，这是什么意思呢？他咬着嘴唇，仔细沉思，是了！他突然心中像电光石火般一闪，明白了过来。自己曾写信告诉她，当自己成为一个堂堂男子汉的时候，就要回到风雨园里去找她。她在等待，等待自己成为一个"堂堂男子汉"的时候！她不愿先搬回风雨园，只因为自己在受苦，她也不愿享福！哦，雨薇呀雨薇，你心细如发，而倔强如钢！什么时候见过像你这样的女人呢？噢，雨薇呀雨薇，既然你能如此待我，那么，往日的怨恨，你是已经原谅了？他再深吸口气，拍着老赵的肩：

"老赵！把车子开快一点！"

"别急呀，三少爷，总不能撞车呀！"

快！快！快！雨薇，我要见你！快！快！快！雨薇，让我们不要再浪费光阴吧！快！快！快！雨薇，我每根神经，每根纤维，每个细胞，都在呼唤着你的名字！

车子停在那"宿舍"门口，他冲了进去，三脚两步地跨上楼，找着她的房间，门锁着，她不在家！该死，这是上班时间，她怎可能在"宿舍"里呢？奔下楼，跳进车子，他对老赵说：

"快！去医院！"

到了医院，他找着了好心的护士长：

"江雨薇吗？"护士长查了查资料，"她好像这两天被医院的一个女病人请去当特别护士了！"

他再奔回车子，转向那一家医院：

"江雨薇吗？昨天确实在这儿，今天没来！"

要命！他再跳上车子：

"先去师范大学，找她弟弟，她可能去看弟弟了！"

到了师范大学，他才想起立德已经毕业，去受军训了，他又去找了立群，依然没有找到。他一时兴发，管他呢！反正她一定在某一家医院里，挨家去找，总找得着的。他几乎找遍了全台北市的医院，夜深了，他始终没找到她。

"少爷，"老赵忍不住说，"今天就算了吧，要找，明天再找也是一样的，何必急在这几个小时呢！"

是的，明天再找吧！但，若尘毕竟不死心，他又折回到雨薇的"宿舍"去了一趟，雨薇依旧没有回来，很可能，她值了夜班，那她就一夜也不会回来了。他长叹了一声，当爱情在人胸中燃烧的时候，渴望一见的念头竟会如此强烈！每一分钟的延宕都会引起一阵焦灼，每一秒钟的期待都会带来痛楚！他想见她，那么想，那么想，想得自己的五脏都扭绞了起来，可是，他今晚是见不到她了。

无情无绪地回到工厂，他打发老赵回风雨园去睡了，要他明天一早就来报到。这些日子，老赵都仍然住在风雨园，每早到工厂来待命，碰到若尘不需要用车的日子，就会打电话给他，叫他不要来，所以他才有机会见到雨薇。

老赵走了，若尘孤独地留在那冷冷清清的办公厅内，他这办公厅建筑在厂房的前方，有好几间大厅给一般职员用，他这间是单独的，算是"厂长室"，原是耿克毅办公的房间。克毅工厂资金庞大，老人当初却是实惠主义，并不肯在办公厅的建筑上耗费太多的资金，因此，这些房子都是简单而实用的。若尘的这间小屋，放着大书桌，桌上堆满样品，墙上贴满图表，再加上一张床，所剩下的空位已经无几。他却在那有限的空间内踱躞着，走来走去，走去走来，他心慌而意乱，焦灼而渴切，他无法睡觉，他等待着天亮，全心都只有一个愿望：雨薇！

燃起了一支烟，他终于停在窗口。窗外的天空，一弯明月，高高地悬着，室内好冷好冷，这是冬天了，不是吗？奇怪，这将近半年的日子，自己住在这小屋内，工作得像一头骡子，却从没有感到过如此地冷清、寂寞，与孤独。"谁伴明窗独坐？我和影儿两个！"天哪！他想雨薇，想雨薇，想得发疯，想得发狂！猛抽着香烟，他在烟雾中迷失了自己，心底只有一个声音，在那儿重复地、一声声地呼唤着：雨薇！雨薇！雨薇！

书桌上的电话蓦然间响了起来，在这寂静的夜里，这铃声特别地清脆和响亮。若尘不由自主地吃了一惊，这么晚了，会是谁？不会是唐经理吧？不至于有支票退票的事吧？否则唐经理为什么要这么晚找他。

握起了听筒，他说：

"喂，哪一位？"

"喂，若尘？"对方温温柔柔地叫了一声，那女性的、熟悉的声音！他的心猛地一跳，呼吸就立即急促了起来，可能吗？可能吗？这可能是她吗？那牵动他每根神经，震动他每个细胞的保护神！那让他奔波了一整天，找遍大街小巷的女暴君哪！可是，现在，她的声音却那样温柔，那样亲切，他执着听筒的手颤抖着，他的心颤抖着，他的灵魂颤抖着，他竟答不出声音来了！

"喂，喂？"雨薇困惑的语气，"是你吗，若尘？"

"噢！"他猛地清醒了过来，深抽了一口气，"是我！雨薇，我敢相信这电话是你打的吗？"

对方沉默了一阵，接着说：

"我听说你找了我一整天。"

"你听说？"他问，心中掠过一阵震颤的喜悦，"听谁说？你怎么知道？"

"这不关紧要，"她低语，"我只是打个电话问问你，现在还要见我吗？"

"现在？"他低喊，那突如其来的狂欢使他窒息，"当然！你在哪儿？"

"风雨园！"

天哪！找遍了大街小巷，探访过每个医院，奔波于两所大学之间，却遗漏了那最可能的地方：风雨园。

他再深抽了口气，喘息着、战栗着，急促地说："听着！我在十分钟之内赶到！"

"好的。"

"千万等我！"他喊，"看在老天分上，千万别离开！千万！千万！千万！"

挂断了电话，他奔出了房间，穿过厂房前的空地，冲出大门，拦了一辆计程车，他跳上去，急急地吩咐着地址，他说得那样急，弄得那司机根本听不清楚，他再说了一遍，又连声地催促：

"快！快！快！"

那司机不知道发生了什么人命关天的大事,慌忙发动引擎,风驰电掣地向前冲去。

车子到了风雨园,若尘跳下了车子,付了钱。风雨园的小门是虚掩的,他推开了门,直奔进去,奔过了车道,走近路从竹林间的小径穿出去,他来到了喷水池边,正想往那亮着灯光的客厅奔去,他耳边蓦然响起了一个宁静的、细致的、温和的声音:

"你在找什么人吗?"

他迅速地收住脚步,回过头来。于是,他看到雨薇正坐在喷水池的边缘上,披着一肩长发,穿着件紫色的毛衣和同色的长裤,外面罩了一件白色的斗篷,沐浴在月光之下。她的眼睛闪闪发光,像天际的两颗寒星,她白皙的面庞在月色下显得分外地纤柔,她的小鼻子微翘着,嘴唇边带着个淡淡的笑。坐在那儿,她沉静,她安详,那爱神伫立在她的背后,那些水珠像一面闪灿的珠网,在她身后交织着。这情景,这画面,像一个梦境。而她却是那梦里的小仙女,降落凡间,来美化这苦难的人生。他走过去,停在她面前,一动也不动,只是痴痴迷迷地注视着她。她也不动,微仰着头,也静静地看着他。

他们对看了好一会儿,终于,她先开了口,语气轻而温柔:

"瞧,你找到了我。"

"是的,"他说,"我找到了你,从去年秋天在医院的走廊上开始。"

"一年多了,是吗?"她问。

"一年多了。"

"好吧,"她低语,"你找我干什么?"

"做我的保护神。"

"我做不了。"她的眼睛闪亮,声音清晰,"我自己也需要一个保护神。"

"你已经有了。"

"在哪儿?"

"在你身后。"

她回头望望那雕像。

"你确信它能保护我?"

"保护我和你!"他说,走近她,"我们都需要一个保护神、一个爱神,但愿那爱神有对明亮的眼睛!"

她一怔:"你似乎偷听过我说话。"

"我没有。"他把手伸给她,"倒是你似乎常常在考察我,请问,女暴君,我通过了你的考验没有?假若通过了,把你的手给我,否则,命令我离开!"

她不动,也不伸出她的手,只是微侧着头,静静地仰视他。他的脸色变白了,嘴唇失去了血色,月光洒落在他眼睛里,使那对眼睛显得分外地晶亮,他的声音里带着压抑不住的激动。

"怎么?你看清楚了我吗?"他问,"你必须用这种审判的眼光来看我吗?如果你要审判,请尽量缩短审判的时间,好吗?"

"我看清楚了你，"她说，"一个浪子，有最坏的记录，有过好几个女友，一个花花公子，不负责任，暴躁、易怒而任性。是一匹野马，只想奔驰，而不愿被驾驭。但是，大部分的良驹都是由野马驯服的，我想，"她再侧侧头，一个轻柔的微笑浮上了她的嘴角，"你正从野马变成良驹。而我呢？我只怕我——"她的声音变得很低很低，"不可救药地爱上了一个浪子！"她把她的手放在他的手心中。

他一把紧握住了她。

"不，"他急促地说，把她的身子拉了起来，他的心狂跳着，他浑身的血脉都偾张着，他的眼睛更深、更黑、更亮，他的声音里夹带着深深的战栗，"你该是个好骑师，缰绳在你的手里，尽管勒紧我，驾驭我，好吗？"

"我手里有缰绳吗？"她低问，凝视着他的眼睛。

"不止缰绳，还有鞭子！"他正色说，把她一把拥进了怀里，她软软地依偎进了他的怀中，立即，他的手加重了力量，紧紧地箍住了她的身子。她发出一声深长的叹息，然后，她的手揽住了他的颈项，他的嘴唇压了下来，他们紧贴在一块儿，月光把他们的影子长长地投在地下，两个人的影子重叠成了一个。

半响，她睁开眼睛，望着他，她的眼睛又清又亮，闪耀着光彩，凝注着泪。

"我想，"她低语，"你应该搬回风雨园来住。"

"为什么？"他问。

"因为我想搬回来，但是，如果我一个人住，未免太孤独了。"

他紧盯着她,狂喜的光芒罩在他整个的面庞上,燃烧在他的眼睛里。

"真的吗?真的吗?真的吗?"他一迭声地问。

"真的。"她轻声而肯定地说。

他注视她,良久,良久。然后,他再度拥紧了她,捕捉了她的嘴唇。

爱神静静地伫立在月光之下,静静地睁着她那明亮的眼睛,静静地望着那对相拥相依的恋人。

第二十一章

十二月一过,新的一年来临了。

一九七二年的元旦,带来了崭新的一年,带来了充满希望的一年,带来了有光、有热、有爱、有温情的一年,元旦,这该是个好日子。

在风雨园中,这天也洋溢着喜悦的气息,好心情的雨薇,使整个风雨园里的人都跟着高兴起来。一清早,雨薇就在竹梢上挂了一串长鞭炮,让那震耳欲聋的鞭炮声把若尘惊醒,他睡眼蒙眬地跑出来,只看到雨薇酣笑得像园中那盛开的一盆兰花。她笑着奔过来,对他眨眼睛,喊他是懒虫。她那浑身的喜悦和那股青春气息感染了他,使他不能不跟着笑,跟着高兴。他抓住她的手臂,问:

"什么事这么开心?"

"新年快乐!"她嚷着,又说,"你别想瞒我,昨天唐经理和我通了电话,他说你今年的订单堆积如山,工厂中正在赶工，预计到夏天，你就可以转败为胜，使债务变成盈余，而且，他还说，以目前的资产负债表来说，资产已远超过了债务。我虽然对做生意一窍不通，也明白一件事，就是你成功了！你使克毅公司重新变成一家大公司，一年以前，这公司尚且一钱不值，现在已身价亿万！"

"这是你的功劳！"若尘也笑着说，"如果没有你拿着马鞭在后面抽我，我又怎么做得到？"

"算了！算了！"雨薇笑容可掬，"我不想居这个功！我也没拿马鞭抽你，别真的把我形容成一个女暴君好不好？我自己还觉得自己很女性、很温柔呢！"

"一个最温柔、最女性、最雅致、最动人、最可爱的女暴君，好不好？"若尘笑着说。

"别把世界上的形容词一次用完，留一点慢慢用，要不然，下一次你就没有句子可以用来夸我了。"

"用来夸你吗？"若尘轻叹一声，"实在可以用来夸你的句子太少了，因为古往今来的作家们没有发明那么多的形容词！你，雨薇，你的好处是说之不尽的。"

雨薇的脸红了。

"算了吧，若尘，少肉麻兮兮了！"她笑着，微侧着她那美好的头，"告诉你一声，今晚我请了客人来吃晚饭，你不反对吧？"

"为什么要反对？"若尘说，突然笑容一敛，"我知道了，你请了那个X光！"

雨薇笑得弯了腰。

"我干吗要请X光？我又没害肺病！"她笑嚷着，"你心里除了那个X光之外，还有别人吗？"

"我不知道你除了X光之外，还有什么别的男朋友！"若尘闷闷地说。

"那你对我了解太少了！"雨薇用手掠掠头发，笑意盎然。"我请了……"她掐指细数，"一、二、三、四，一共四个男客，一个女客也没有。"

"四个男客？"若尘蹙起眉头，"少卖关子了，雨薇，你到底请了谁？"

"不告诉你！"雨薇奔进房间，呵着手，"我快冻僵了，应该把壁炉生起来了！"

"喂，女暴君，你到底请谁来吃饭？"若尘追进来问，"不要吊人胃口好不好？"

"到晚上自见分晓！"

"不行！你非说不可！弄得人心神不定！"

"都是我的男朋友嘛！"雨薇笑着，"我把他们统统请来，和你做一个比较！"

"少胡扯了，鬼才信你！"

"那么，你等着瞧吧！"

"你真不说吗？"若尘斜睨着她。

"不说！"她往沙发上一躺，"反正是男人！"

"好，"若尘扑了过来，"你不说我就呵你痒！"

"啊呀！"雨薇跳起来就逃，若尘追了过去，他们绕着沙发又跑又追又笑，雨薇被沙发一绊，站立不住，摔倒在地毯

上,若尘扑过去,立即按住她,用手轻触她的腋窝,轻触她的腰际,嘴里叫着:

"看你说不说!看你说不说!"

"好人!别吵,我说,我说!"雨薇笑得满地打滚,长发散了一地。

"是谁?"他仍然按着她。

"是朱律师、唐经理,和我的两个弟弟!"

"嗳!你这个——小坏蛋!"若尘笑骂着,"你就会捉弄我!我非惩罚你不可!每次都要弄得人心魂不定!"他又开始用手指抓她的肋下和腰间,"让你尝尝味道!看你还敢不敢捉弄我!"

她又笑得满地滚,笑得上气不接下气,笑得又喘又咳,终于叫着说:

"我投降!我投降!快停止!好人!好若尘,饶了我吧!"

"讲一声好听的,就饶你!"若尘继续呵着她。

"我最好心最好心的人!我最心爱的人!"

"这还像话。"他停下手来,她仍然止不住笑,头发拂了满脸,他用手拂去她面颊上的头发,看着她那笑容可掬的脸,听着她那清脆的笑声,他猝然间长长叹息,伏下身来,他用嘴唇堵住了那爱笑的小嘴,他们滚倒在地毯上,她本能地反应着他,用手紧紧揽住他的头。半晌,她挣扎着推开他,挣扎着坐起来:

"不要这样,"她红着脸说,"当心别人看见!"

"谁看见?"他问,"你怕谁看见?"

她抬头望望那炉台。

"怕你父亲！"她冲口而出，想起耿克毅给她的那封信。

他愣了愣，也抬头望着炉台上父亲的那张遗像。

"为什么？"他问。

"因为……因为……"她支吾着，垂下眼帘，"因为我想，如果你父亲在世，是不会赞成我们的。"

"你凭什么这样想？"他惊奇地问。

"因为……因为……"她又支吾了起来。

"因为什么？"他紧盯着她，怀疑的神色逐渐浮上了他的脸，明显地写在他的眼睛里，"他很喜欢你，不是吗？"

"我想——我想是的。"

"他也很喜欢我，不是吗？"

"那是当然的，你是他最宠的儿子。"

"那么，如果我们两个相爱，对他而言，不是正中下怀吗？"他深深地看着她。

"我——并不这么想。"

"为什么？"他再问。

"因为……因为……"她再度支吾起来了。

"天哪！"他喊，"你从来不是这样吞吞吐吐的！"怀疑在他的眼睛里加深了，他的脸色开始严肃而苍白了起来，他一把握住了她的手腕，"看在老天分上，雨薇，对我说实话！难道他曾经对你……"

她猛地跳起来，脸色也发白了。

"你又来了！"她说，严厉地盯着他，"你又开始怀疑我

251

了！你又转着卑鄙的念头，去衡量你的父亲和我！"

"不是这样，雨薇！"他急急地叫，"我并不怀疑你，只是你的态度让我奇怪，为什么你觉得我父亲会反对我们结合？你为什么不爽爽快快说出来？"

雨薇一怔，然后，她放松了自己的情绪，轻轻地叹口气，把手放在若尘的手腕上，深深地、深深地凝视着若尘的眼睛，低语着说：

"你刚刚用了结合两个字。"

"是的。"

"这代表什么呢？"她问，"你从没有对我谈过什么婚姻问题。"

"老天！"他叫，热情涨红了他的脸，"你明知道我是非你不娶的！"

"我为什么该知道？"她瞅着他。

"这……"他瞪视着她，"你是傻瓜吗，雨薇？我已经为你快发疯了，你还不知道吗？哦，对了，我还没向你正式求过婚，是不是我需要跪下来呢？"

"这倒不必，"雨薇幽幽地说，"只要告诉我，你有权利向我求婚吗？"

"权利？"他愣了愣，"这是什么意思？"

"我一直在想……"她沉吟地说，"我并不完全了解你过去的恋爱历史！我曾想略而不谈，可是，你的历史中有婚姻的障碍吗？"

"婚姻的障碍！"他的脸色又由红转白了，"你指纪霭霞的事吗？你答应过不再介意了，不是吗？"他逼近她，"雨薇，雨薇，"他恳切地、至诚地、发自内心地呼喊，"我爱你！虽然我也爱过纪霭霞，但绝不像爱你这样深、这样切。雨薇，雨薇，别再提她吧，让她跟着我过去所有的劣迹一起埋葬，而让我们共同创造一个新的未来吧！雨薇，答应我！"

"我并不想提起你的过去，"她低语，融化在他那份浓浓的挚情里，"只是……记得宣读遗嘱那天吗？"

"怎样？"

"记得你父亲曾分别给我们两封信的事吗？"

"是的。"

"我不知道你父亲对你说了些什么，他却在信中警告我不可以接受你的爱情，所以，我想，他是不赞成我们结合的。"

"真有这种事？"他困惑地问。

"真的，他特别提醒我，最好弄清楚你的恋爱历史，所以，告诉我，你还有什么特别的恋爱历史，是我所不知道的吗？"

"纪霭霞的事，你早就知道了！其他的，我也告诉过你，我曾经很荒唐，曾经堕落过，却没有不可告人之事。"他凝视她，"或者，父亲指的是我那段荒唐的日子，怕我会对你用情不专，他太怕你受到伤害，所以先给你一个警告，这并不表示他反对我们结合。"

"也可能。"雨薇沉思了一会儿，抬眼看他，"那么，你会对我用情不专吗？你会伤害我吗？你会吗？"

"我会吗？"他长长叹息，用手捧住了她的面颊，"雨薇，假若你知道我有多爱你,假若你知道我脑中充塞的都是你的影子,假若你知道我血管里流的都是你的名字,假若你知道我爱你的千分之一、万分之一、百万分之一有多深的话,你就不会问我这问题了!"

"但是,你也曾这样疯狂地爱过纪霭霞,不是吗?"

他用手一把蒙住了她的嘴,他的眼睛亮晶晶地盯着她。

"别再提她的名字,我也不再提 X 光,好吗?"

"可是,我可从没有爱过 X 光啊!"

"别骗我,"他说,"你也记得父亲给我的信吧?"

"当然。"

"他说他已经调查过了,你和 X 光实在是感情深厚的一对,他还警告我横刀夺爱是件不易的事呢!"

她瞪大眼睛。

"你父亲在撒谎,我从没有和 X 光恋爱过。我不知道你父亲为什么要这样做。"

"可能是同样的理由,他怕我带给你不幸。"他说,眼里却流转着喜悦,"可是,这却把我弄惨了!那 X 光真不知让我吃了多少醋,伤过多少心!"

"唉!"雨薇轻轻叹息,"你父亲如果这样千方百计地想'营救'我,可见你有多坏了!"

他涨红了脸。

"事实上,我比他想象的要好得多,雨薇。"他祈求地低语,"我发誓,如果我有一天负了你,我就……"

她蒙住了他的嘴。

"不要发誓，"她说，"爱情的本身就是誓言！我相信你，而且，即使你真的很坏，我也已经爱上你这个坏蛋了！"

"雨薇！"他唤了一声，俯下头来，深深地吻住了她，吻得那样深，吻得那样沉，吻得那样热切，吻得那样长久，使他们两人的心脏都激烈地跳动起来，两人的血液都加速了运行，两人都浑身发热而意识朦胧。

一声门响惊动了他们，雨薇迅速地挣开了他，脸红得像一朵盛开的蔷薇。进来的是李妈，目睹了这一幕，她"啊呀"地叫了一声，慌忙想退出去，可是，若尘叫住了她：

"别走！李妈！"

李妈站住了，虽然有些尴尬，却掩饰不住脸上的喜悦，她在围裙里搓着手，讷讷地说：

"我——我只是来问问江小姐，晚——晚上的菜，十个够不够？"

"不够！"雨薇还没开口，若尘已经抢着说了，"你起码要准备十二个菜，李妈！"

"干什么？"雨薇惊奇地问，"十个菜足够了，又没有多少人，别浪费！"

"我要丰富一点，"若尘说，望着雨薇，"假若你不嫌太简陋，我希望在今天晚上宣布我们订婚！"

"啊呀！"李妈大叫了一声，"真的吗？三少爷、江小姐，恭喜呀，怪不得今天一早我就觉得喜气洋洋的呢！啊呀！太好了！太好了！"她拉起围裙，擦起眼泪来了，一面飞奔着往外跑，"我要告诉他们去！我要去告诉老赵和我那当家的！让他们也跟着乐乐!啊呀,太好了!太好了!如果老爷在世呀,啊呀,如果老爷在世……"

她一边叽哩咕噜地叫着,一边跑得无影无踪了。

这儿,若尘凝视着雨薇。

"或者,我决定得太仓促了,会吗,雨薇?或者,你希望有个盛大的订婚典礼?"

雨薇痴痴地注视着他。

"这是最好的日子,"她低语,"新的一年,新的开始。今天是元旦呀!"

他走近她,握住了她的双手。

"我能勉勉强强地算一个男子汉了?"他怯怯地问,担忧而期盼地,"能吗?"

"让我告诉你,"雨薇热切地看着他,"你一向就是我心目中最标准的男子汉!从在医院的走廊里第一次见到你开始,我就知道你是个道道地地的男子汉了!"

他注视了她好一会儿,然后,他低下头去,拿起她的手来,虔诚地把自己的嘴唇紧贴在那手背上。

第二十二章

晚上,客人陆续都来了。

在吃饭以前,大家都散坐在客厅之中。壁炉里已经生起了火,室内暖洋洋的,大家喝着酒,聊着天,空气中弥漫着一层温馨的、喜悦的气息。

这还是立德和立群第一次正式拜访风雨园,以前他们也曾来过,总是匆匆和雨薇说两句话就走。现在,他们兄弟两个坐在那豪华的客厅中,接受了李妈他们恭敬的接待,接受了若尘热烈的欢迎,又在雨薇的面庞上发现那层幸福的光彩,两兄弟就彼此交换了一个眼光,各人心里都有了数了。立群悄悄地在姐姐耳边说:

"姐,这个耿大哥比你那个X光强多了!我和哥哥都投他一票!你可别把到手的幸福放走啊!"

"小鬼头!"雨薇低声笑骂着,"你懂什么?"

"不是小鬼头了,姐姐,"立群也笑着,"我已经大学二年级了,都交女朋友了!"

"真的吗?"雨薇惊奇地看着这个已长得又高又大的小弟弟,不错,这已经不是个孩子了,不是父亲刚死、那个吓得不知所措的十来岁的小弟弟,这已经是个又高又壮的年轻人了。她不自禁地微笑了起来,低声说:"风雨中的小幼苗,也终于长成一棵大树了,不是吗?""都靠你,姐姐!"立群说,"你一直是我们的支柱,没有你,我和哥哥可能现在正流落在西门町,当太保混饭吃呢!"

"算了,别把你姐姐当圣人,"雨薇笑着说,"不管我怎么做,也要你们肯上进才行!"

"嗨!"若尘大踏步地跨到他们身边来,"你们姐弟两个在这儿说什么悄悄话?能不能让我也听听?"

"我在说——"立群微笑地瞅着他的姐姐,"我这个姐姐有种特殊的力量,能给人以支持,给人以信心,使人屹立而不倒。"他注视着若尘,"我说错了吗?"

"你是我的知音!"若尘忘形地说,拍了拍立群的肩膀,"我告诉你,当你找女朋友的时候,必定要以你姐姐为榜样,选定之后,还要给我鉴定一下才行!我比你更了解你姐姐,信不信?"

"啊呀!"雨薇低喊,脸涨红了,"我看你们两个都有点儿神经,别拿我做话题,我不参加这种谈话!"说着,她走到朱正谋、唐经理和立德那一群里。

立德已经毕了业,目前正在受军官训练,因为营区就在台北近郊,所以他能到风雨园来。他学的是儿童教育,现在,他正在热烈地谈着有关问题儿童的教育问题,因为唐经理有个小儿子,生下来就有先天性的低能症,现在已经十岁了,仍然语无伦次,无法上学。立德对这孩子很感兴趣,详细地盘问他的病况,唐经理正在说:

"有次我们家里请客,客人帮他布菜,一面问他吃不吃红辣椒,他回答说,吃红辣椒,也吃绿辣椒,我们听了,都挺得意的,认为他回答得体,已变得比较聪明了。谁知他下面紧接着说:也吃白辣椒,也吃蓝辣椒,也吃黄辣椒,也吃黑辣椒……说个没完了,差点把我太太气得当场晕倒,你瞧,这种孩子该怎么办?"

"你带他去看过医生吗?"立德问。

"怎么没看过,但是都没有结果。"

"我认为,"立德热心地说,"你这孩子并非低能儿!你想,他分得出红黄蓝白黑,有颜色的概念,也肯说话,也有问有答,这孩子只需要有耐心的、特殊的训练,就可以让他恢复正常。"

"你知道有什么地方可以收这类的孩子吗?"唐经理兴奋地问。

"可惜,台湾没有这种问题儿童的训练学校,也缺乏这种训练人才。我常想,假若我有钱的话,我一定要办一所问题儿童学校,同时,再办一所孤儿院。我自己十三岁就成了孤儿,深知孤儿之苦,同时,孤儿也最容易变成问题儿童,因为他们缺乏家庭温暖。"

朱正谋很有兴味地看着他。

"但是，你说，台湾缺乏这种训练人才。"

"训练人才并不难找，"立德侃侃而谈，"拿我姐姐来说吧，她就是最好的训练人才。只要有耐心，有机智，肯付与他们温情的，就是好人才，我们可以招募有志于教育的这种人，再给予适当的训练，人，不是主要问题，主要还在于钱。"

耿若尘不知不觉地被这边的谈话吸引了过来。

"据你估计，立德，"他问，"办这样一所学校要多少钱？"

"这……"立德沉吟了一下，"我实在无法估计，因为规模可大可小，但是，绝非一个小数字可以办到的，因为这种学校里一定需要医生和护士，它一半是学校，一半是医院。还需要特别的教材和房间，你们听说过一种自虐儿吗？他们会想尽方法虐待自己，放火，撞头，用牙齿咬自己，用刀割，这种孩子，你必须把他关在一间海绵体的屋子里，让他无法伤害自己，想想看，这些设备就要多少钱？"

"可惜，"耿若尘叹口气，"假若我真是个大财主的话，倒不难办到。"

唐经理很快地和朱正谋交换了一个眼神。

"你真有这份心的话，倒不难，"唐经理说，"工厂的业务已经蒸蒸日上了，严格说来，你已经是个大富翁了，你知道吗？"

耿若尘坐了下来。

"我不太明白，"雨薇说，"我们不是还在负债吗？"

"我告诉你吧，"朱正谋说，"所有的大企业都有负债，只看负债多，还是资产多。一年多以前，克毅纺织公司值不到一千万,但是,现在,你要出售产权的话,可以卖到八千万元以上。"

"为什么?"

"因为它在赚钱,因为它已有了最好的信用,因为它拥有的订单远超过负债额这些,我必须慢慢跟你解释,最主要的一点,你需要了解的,是若尘已经成为富翁了!他每月有高额的进账,他有一家最值钱的纺织公司!"

"可是,我不能出售父亲的公司,是吧?"若尘说。

"那当然,但是,慢慢来吧!你将来的盈余会远超过你的预计,那时,你就可以办你的学校了!"

"要办学校别忘了我!"立群插进来说,"我最喜欢小孩子,虽然我学的不是教育,可是我很有耐心!"

"真有这样一所学校,我是当然的教员!"雨薇说。

"我是当然的经理人!"唐经理说。

"哈!"朱正谋大笑着说,"你们似乎已经把这学校办成了似的!那么,我是当然的法律顾问,立德是当然的校长,若尘是当然的董事长,对不对?"

大家都大笑了起来,室内的气氛是更加融洽了。朱正谋拍了拍若尘的肩,热烈而感动地说:

"你看,若尘,只要你肯干,天下无难事!你父亲欠下的债,你都清理得差不多了,你父亲泉下有知,也该瞑目了。"

想起耿克毅,那固执、倔强、自负,而任性的老人,大家都有一刹那的伤感。沉默了一会儿,若尘说:

"说老实话,我至今还不明白,我怎么会这么快就扭转了公司的颓局！"

"做生意就是这样，"唐经理说，"成败往往就在一夜之间！一张订单可以使一家小公司发大财。一笔倒账也可以使一家大公司立即破产，做生意就是这样的！"

"所以，"雨薇提醒着若尘，"别因为你已经是个富翁就得意了，你还是要兢兢业业地工作才行！"

"有你在后面拿鞭子，还怕我不努力吗？"若尘望着她直发笑。

"什么话？"雨薇轻骂了一声，脸红了。

"怎么，什么鞭子？"朱正谋已看出一些端倪，偏偏故意地追问着，"这里面有什么典故？说出来给我们大家听听！"

"别听他胡扯八道！"雨薇说，脸红得好可爱好可爱。

若尘纵声大笑了起来，雨薇直对他瞪眼，她越瞪眼，他就越是笑。大家也都看出这一对情侣已经两心相许，看他们这副模样，就也忍不住跟着笑起来，就在这一片笑声中，李妈走过来，也是满脸笑吟吟的，请大家入席吃饭。

这解了雨薇的围，她请大家一一入席，她和若尘坐在一块儿，分别坐了男女主人的位置。李妈确实不赖，桌上四个冷盆，竟是油炸松子、醉鸡、炒羊肚丝和血蛤，混合了各省口味。大家坐定后，若尘拿起酒瓶来，斟满了每一个客人的杯子，然后，他叫李妈取来三个空酒杯，也斟满了，他对李妈说：

"去叫老李和老赵来！"

李妈愣了一下，立刻醒悟过来，她堆了满脸的笑，奔出

去叫人了。客人们面面相觑。朱正谋微笑着蹙了蹙眉,说:

"嗨,我看,今晚你们的请客并不简单呢!有什么喜事吗?是谁过生日吗?"

"慢一点!"若尘说,"你们马上就会知道了!"

老李和老赵都跟着李妈进来了,他们都笑得合不拢嘴,但是,在主人和客人面前,也都多少有些局促。

若尘把酒杯分别塞入他们三人的手中,他站起身来,举着酒杯,郑重地说:

"我要请大家干掉自己的杯子,因为我有件很重要的事要宣布:我和雨薇在今晚订婚了!"

大家哗然地大叫了起来,若尘豪放地嚷着:

"喝酒!喝酒!干掉你们的杯子!"

在这样的情况下,谁能不干杯呢?大家都喝了酒,若尘把雨薇拉了起来,从口袋里掏出一个小盒子,打开来,取出一个钻戒,他一本正经地对雨薇说:

"这戒指我已经买了一个多月了,只等这个机会套在你手上,买这钻戒的时候,我并不知道我已很富有,所以,这颗钻石很小很小,但是,我的爱心却很大很大!"

大家又哗然大叫了起来,鼓着掌,喝着彩,又叫又闹。雨薇的眼睛里盈满了泪,她伸出手去,让若尘把那戒指套在她的手指上。老李老赵等都纷纷前来道贺,再退了出去。若尘的眼光始终停在雨薇的脸上,雨薇也痴痴迷迷地凝视着他。在他们之间,有过误会,有过争执,有过分离,但是,现在却终于团聚了。执手相看,两人都痴了、傻了,都有恍然若

梦的感觉。直到朱正谋大声说了一句:

"恭喜恭喜!愿天下有情人皆成眷属!"

一句话惊醒了若尘和雨薇,这才醒悟到自己的失态,但是,有谁会责怪这种"失态"呢?他们坐了下来,开始向大家敬酒。雨薇今晚穿了一件粉红色的长礼服,襟上别着一朵银色镶水钻的玫瑰花。她双颊如酡,双眸如醉,显得分外地美丽和动人,若尘不能不一直盯着她看。他忘了敬酒,忘了招待客人,他眼里只有雨薇。朱正谋和唐经理目睹这种情况,都不由自主地交换着喜悦而欣慰的眼光。立德和立群开始围攻他们的姐姐:

"好啊,姐姐,这样大的好消息,居然连我们都瞒着,太不够意思了!"

"不管,不管,姐,非罚你喝三大杯酒不可!"

"如果你不喝,姐夫代喝也可以!"

"姐夫,"立群直喊到若尘面前去,"你要不要代姐姐喝三大杯?"

"别说三大杯,三十杯也可以!"若尘乐昏了头,那声"姐夫"把他叫得飘飘然,他举杯一饮而尽,立群递上第二杯,他又一饮而尽,连干三杯之后,雨薇忍不住说:

"好了,你也够了,别由着性儿喝,借着这机会就喝不完了!"

"瞧!"若尘笑着对立群说,"你姐姐的'鞭子'又出手了!"大家这才了解鞭子的意义,禁不住都哄堂大笑起来,雨薇也想笑,却强忍着,只是欲笑不笑地瞅着若尘,若尘借着三分酒意，拥住雨薇的肩，笑着说：

"陛下可别生气，微臣这厢有礼！"

大家笑得更凶了。雨薇再也忍不住，也笑起来。一面笑，一面推着他说：

"我看你已经醉了！"

"你现在才知道吗？"若尘一本正经地说，"事实上我早就醉了，第一次见到你的时候就醉了！"

大家更是笑不停了。

一餐饭就在这种喜悦的、笑闹的气氛下结束了。吃完了饭，大家的兴致未消，都集中在客厅里，热心地谈论着婚期，立德立群都是急脾气，极力主张越早越好，唐经理比较老派，考虑着若尘尚在戴孝期间，结婚是否合适。他的"考虑"却被朱正谋一语否决了：

"克毅从来就最讨厌什么礼不礼的，所以他自己的葬礼都遗言不要开吊，现在，又顾虑什么孝服未除呢？若尘和雨薇早点结婚，克毅泉下有知，只怕也会早些高兴呢！所以，我看，婚期定在三月最好！正是鸟语花香的季节！你们说呢？"

"我说呀，"若尘迫不及待地接口，"明天最好！"

"又在胡说八道了！"雨薇笑着骂。

"我看呀，"立德笑弯了腰，"今晚也可以举行！反正我们又有律师，又有证人！"

"我也不反对！"若尘热烈地说。

"若尘！"雨薇喊，"你是真醉了，还是装醉呀？再这样胡扯我就不理你了！"

"啊呀,"若尘怪叫,"立德,你姐姐凶得厉害,她不和你发脾气,尽找我麻烦!明明是你的提议,我不过附议而已!"

大家又笑起来了,雨薇又想笑,又想骂,又不敢骂,弄得满脸尴尬相,大家看着她,就更笑得厉害了,就在这一片笑声中,门铃响了,若尘诧异地说:"怎么,雨薇,你还请了什么不速之客吗?"

"我没有,"雨薇说,"除非是你请的!"

"我也没有。"

大家停住了笑,因为,有汽车直驶了进来,若尘首先皱拢了眉头,说:

"难道是他们?"

雨薇也已经听出那汽车喇叭声了,她挺直了背脊,心里在暗暗诅咒!要命!这才真是不速之客呢!唐经理坐正了身子,灭掉了手里的烟蒂。朱正谋放下了酒杯,深深地靠进沙发里。立德、立群两兄弟面面相觑,不知道空气为什么突然变了,那愉快的气氛已在一刹那间消失,而变得紧张与沉重起来。

门开了,培中、培华两人联袂而来,他们大踏步地跨了进来,一眼看到这么多人,他们怔了怔,培中立刻转向朱正谋:

"朱律师,我们是来找你的,你太太说你在这儿,所以我们就到这儿来了!"

"很好!"朱正谋冷冷地说,"你们是友谊的拜访呢,还是有公事?"

"我们有事要请教你……"培华说。

"那么,是有关法律的问题了?"朱正谋打断了他。

"是的。"

"既然是法律问题,你们明天到我事务所来谈,现在是我下班时间,我不准备和你们讨论法律!"朱正谋一本正经地说。

"哼!"培中冷笑了一声,"这事和若尘也有关系,我看我们在这儿谈最为妥当!"他扫了室内一眼,"这儿似乎有什么盛会,是吗?"

"不错,"若尘冷冰冰地说,"今晚是我和雨薇订婚的日子,你们是来讨喜糖吃的吗?"

"订婚,哈哈!"培华怪叫,"我早就料到了,风雨园又归故主,纺织厂生意兴隆,若尘,恭喜你人财两得!"

"我接受了你的恭喜!"若尘似笑不笑地说。

"反正,父亲把他所有的遗产都给了你,你也一股脑儿地照单全收,哈哈哈!"培华大笑,"你的新娘,父亲的旧欢,你们父子的爱好倒是完全相同啊!"

若尘的肌肉硬了起来,雨薇悄悄地走过去,把手放在若尘的手臂上,在他耳边说:

"今晚,请不要动气,好吗?"

若尘按捺住了自己,转头望着朱正谋:

"朱律师,私闯民宅该当何罪?请你帮我拨个电话到警察局!"

"别忙,"朱正谋说,望着培中、培华,"你们到底有什么事情?就坦坦白白说吧!"

"好！那我就有话直说吧！"培中直视朱正谋，"你是我父亲的遗产执行人，是吧？"

"不错！"

"你说，克毅纺织公司已濒临破产边缘，可是，时隔半年，它竟摇身一变，成为一家著名的大纺织厂，在这件戏剧化的事情中，你扮演的是什么角色？"

"克毅纺织公司，在半年前的情况，你们都已经研究得非常清楚，它确实面临破产，至于目前的情形，你需要谢谢你有个好弟弟，在两个哥哥都撒手不管的时候，他毅然承担了债务，力挽狂澜！难道若尘好不容易重振了公司的业务，你们就又眼红，想来争产了？"朱正谋义正词严，瞪视着培中，"培中，你也算见过世面的人，在社会上也混了这样久，难道连一点道理都不懂？"

"我绝不相信像若尘这样一个浪子，会在半年中重振业务！"培中说，"这是不可能的事！他根本安静不了三分钟，他也不是做生意的材料！你们在捣鬼！这里面一定有诡计！朱律师！我会查出来的！"

"你尽管去查！"朱正谋冷静地凝视着培中，"记住！当初你们都在遗嘱上签了字，你们根本无权再来争产，如果有任何疑问，你们应该在当时提出，现在再说任何话都是多余！至于你们怀疑若尘有没有这能力重振业务，"他骄傲地昂起了头，"天下没有绝对的事！若尘已经做到了我们所有的人都认为他做不到的事了！知子莫若父，我佩服克毅的眼光！他没有把纺织厂留给你们，否则，它早就被宣告破产了！"

"这里面仍然有诡计！"培华大叫，"我们不承认当初那张遗嘱！"

"既不承认，当初为什么要签字？"朱正谋厉声说，"培中，你比较懂事，我教你一个办法，你不妨去税捐稽征处查一查，克毅纺织公司有无漏税做假的任何迹象！"

"你既然要我去查，"培中冷笑着说，"我当然查不出任何蛛丝马迹来！好了！"他掉头望着培华，"我们是白来了这一趟，走吧！只怪我们当初太粗心大意，也该请个律师来研究研究遗嘱才对！"

"只怕没有律师能帮你们的忙，"朱正谋冷冷地说，"你们所得的遗产连拒收的可能都没有！"

"哼！"培中气呼呼地冷哼了一声，"培华！我们走！"

"慢着！"突然间，一个清脆的声音轻斥着，雨薇跨前了一步，站在培中、培华两人的面前了。她神色肃然，长发垂肩，一对晶亮而正直的眸子，直射到培中、培华的脸上来，她的声音不疾不徐、不高不低，却清晰地回荡在室内，传进了每一个人的耳鼓：

"你们今天既然来了，又赶上我和若尘订婚的日子，以前，我或者没有身份与立场和你们谈话，今天，我却已入了耿家门，即将嫁为耿家妇，请站住听我讲几句话！"

她扫视着培中、培华，培中满脸的鄙夷，培华满脸的不耐，但是，不知怎的，他们竟震慑在这对灼灼逼人的、亮晶晶的眼光下，而不知该怎样进退才好。雨薇逼视着他们，继续说："自从我走进风雨园，自从我接受了你们父亲的遗产，我就受尽你们二人的侮辱,但是,今天,我可以坦然地告诉你们,我上不愧于天,下不愧于地,我将以最清白的身子和良心,嫁给耿若尘!至于你们,是否也能堂堂正正地说一句,你们上不愧于天,下不愧于地?抛开这些不谈,你们今天来这儿,是为了和若尘争一份财产,可是,耿培中,你已经有了一家大建筑公司,耿培华,你已经有了一家规模不小的塑胶厂,你们都是富翁,都有用不尽的金钱,为什么还孜孜于些许遗产?!至于你们的建筑公司和塑胶厂当初又是谁拿钱支持你们开办的?父亲待你们是厚是薄,不如扪心自问。而若尘呢,倒确确实实接受了一笔你们都不愿承担的债务!这些我们再抛开不谈,你们到底还是若尘的哥哥,同是耿克毅的儿子,兄弟阋墙,徒增外人笑柄!阋墙的理由,是为了金钱,而你们谁也不缺钱用,这不是笑话吗?我一生贫苦,只以为金钱的意义是为了买得欢笑,殊不知金钱对你们却换来仇恨!你们真使我这个穷丫头大开眼界!好了,我们也不谈这些,现在,我必须向你们表明我的立场。风雨园现在是属于我的,以后,你们如果再要到风雨园来,是以若尘哥哥的身份而来的话,那么,我们是至亲,一切过去的怨仇,就一笔勾销!如果还是来无理取闹的话,那就休怪我无情无义!我必定报警严究,既不顾你们的身份,也不顾你们的地位!好了!我言尽于此,两位请吧!"她让开到一边。

一时间,室内好静好静,培中、培华似乎被吓住了,再也没料到那个小护士竟会这样长篇大论,义正词严地给了他们一篇训话,而且,他们在这小护士坚定的眼神中,看出她是个言出必行的人物！朱正谋也呆了，他用一份充满了赞许的眼光，不信任似的望着雨薇。若尘是又惊又喜，又骄傲又崇拜，这各种情绪，都明写在他脸上。唐经理惊愕得张大了眼睛发愣，立德、立群不太能进入情况，却也对雨薇崇拜地注视着。半晌，培中才一甩头，对培华说：

"我们走吧！"

他的声音已经没有来时的盛气凌人了，相反地，却带着点儿萧索。他们兄弟俩走出了大门，上了汽车，培中回头对培华颓然地说：

"不管怎样，培华，若尘娶的这个太太，却比我们两个娶的强多了！"

发动引擎，他驶出了风雨园。

这儿，客厅中顿时又热闹了起来，立德、立群追问着来龙去脉，唐经理热心地向他们解释这三兄弟间的恩怨。若尘走过去，一把揽住了雨薇的肩，大叫着说：

"雨薇，我真服你了！"

朱正谋笑着站起身来，对雨薇举起酒杯：

"雨薇，怪不得克毅如此欣赏你，你真是不同凡响！值得为你这篇话，干一杯酒！"

他真的干了酒杯。

雨薇被大家这么一赞美，反而脸红了，那副羞涩的模样和刚才的凶悍已判若两人，拍拍手，她说：

"我们继续喝酒聊天吧，不要让他们这一闹，把我们的情绪弄坏了。若尘，你放心，你的哥哥再也不会来烦扰我们了。

现在，你还不帮大家倒点酒来！"

"是！"若尘毕恭毕敬地一弯腰，说，"遵命！陛下！"

大家又哄堂大笑了起来，欢乐的气息重新弥漫在房间里。

第二十三章

婚礼是在三月中旬举行的。

那确实是个鸟语花香的季节，尤其在风雨园中，雨季刚过，天清气朗，竹林分外地青翠，紫藤分外地红艳，而雨薇手植的杜鹃和扶桑，都灿烂地盛开着，一片姹紫嫣红，满园绿树浓荫。早上，鸟啼声唤破清晓；黄昏，夕阳染红了园林；深夜，月光下花影依稀，而花棚中落英缤纷。这是春天，一个最美丽的春天！

婚礼是热闹而不铺张的，隆重而不奢华的。一共只请了二十桌客，使雨薇和若尘最惊奇的事，是培中、培华居然都合第光临了，而且送了两份厚礼，并殷勤致意。事后，若尘曾叹息着说：

"这就是人生，当你成功的时候，你的敌人也会怕你，也会来敷衍你了。如果你失败了，他们会践踏在你背上，对你吐口水。"

"不要再用仇恨的眼光来看这人生吧！"雨薇劝解着说，"他们肯来，表示想和你讲和，无论如何，他们的血管里有你父亲的血液，就看在这一点上，你也该抛开旧嫌，和他们试着来往！"

"你是个天使，"若尘说，"你不怕他们别有动机吗？你不怕他们会像两条蚂蟥，一旦沾上，他们就会钻进你的血管里去吸你的血！"

"他们吸不到。"雨薇笑容可掬，"我们都是钢筋铁骨，他们根本钻不进来！"

"你倒很有自信啊，"若尘吻着她说，"但是你却有颗最温软的心，你已经在准备接受他们了，不是吗？"

"因为他们是你哥哥！"

"我该忘了他们对我的歧视及虐待吗？"

"我知道你忘不了！"她坦白地望着他，"我也一样，我们都是凡人，而不是圣人，即使圣人，也有爱憎与恩怨，不是吗？我只是在想，我们都经过风浪，我们都忍受过孤独，我们都曾有过痛苦和悲哀、奋斗和挣扎，但是，我们现在却如此幸福，在这种幸福下，我无法去恨任何人，我只想把我们的幸福，分给普天下不幸的人们！"

"他们也算不幸的人吗？"

"是的，他们是最不幸的！"雨薇语重而心长，"因为他们的生活里没有爱！"

若尘拥住了她，虔诚地凝视着她的眼睛。

"我说过的，你是个天使！"

他深深地吻了她。

婚礼过后,他们没有去"蜜月旅行",只因为雨薇坚持没有一个地方能比风雨园更美丽、更甜蜜,而更有"蜜月"的气息,若尘完全同意她的见解。而且,由于工厂的业务那样忙,若尘也不可能请假太久,他只休息了一个星期,每日和雨薇两个,像一对忙碌的蜜蜂,在风雨园中收集着他们的蜜汁。

早上,他们奔逐于花园内,呼吸着清晨的空气,采撷着花瓣上的露珠。中午,他们沐浴在那春日的阳光下,欣赏着那满园的花团锦簇。黄昏,他们漫步在落日的小径上,眩惑地凝视那红透半天的晚霞。夜里,他们相拥在柳荫深处,对着月华与星光许下世世相守的诺言。这花园虽然不大,对他们而言,却是个最丰富的天地!生活中充满了喜悦,充满了深情,充满了震撼灵魂深处的爱与温柔。他常紧拥着她,叹息着说:

"我一向不相信命运,我现在却以充满感谢的心,谢谢命运把你安排给我!"

于是,她会想起那个命定的下午,她第一次走进老人的病房,做他那"第十二号"的特别护士,然后引出这一连串的故事,以造成她今日的情景。想起老人,她叹息,想起老人临终写给她的那封信,她更叹息。她的叹息使他不安,于是,他怔忡地问:

"怎么了?为什么叹气?"

"我心里一直有个阴影,"她说,"我担心你父亲并不希望我们结合。"

"为了那封信吗?"他敏锐地问,"不,雨薇,你不要再去想那封信了,父亲已去,我们谁也无法知道他那封信的确切的意义。但是,我们活着,我们结了婚,我们幸福而快乐,只要父亲在天之灵,能知道这一点,也就堪以为慰了,不是吗?"

这倒是真的,于是,雨薇甩了甩她那一头长发,把那淡淡的阴影也甩在脑后,事实上,他们间的幸福是太浓太浓了,浓得容不下任何阴影了。

然后,这天早上,朱正谋来看他们。

"我有一样结婚礼物带给你们!"他微笑地说。

"是吗?"雨薇惊奇地问,"我记得你已经送过礼了!"

"这份礼不是我送的。"朱正谋笑得神秘。

"谁送的?"若尘更惊奇了。

"你父亲。"

"什么?!"雨薇和若尘同时叫了起来,"你是什么意思呢?朱律师?"

朱正谋从口袋里摸出一个信封,打开信封,他取出了一把钥匙,微笑地看看若尘,又看看雨薇,慢吞吞地说:

"记得克毅临终前的一段时间吗?那时我几乎天天和他在一起,我们一起拟定的遗嘱,一起研究过他的经济情形。他临终前一个月,把这钥匙交给了我,说是假若有一天,你们两个结了婚,这把钥匙就是结婚礼物!"

"这钥匙是开什么东西的?"雨薇问。

"在××银行,有个不记名的保险箱,保险箱只要持有钥匙和号码,就可以进去开启,这就是那把钥匙。"

"可是……"雨薇诧异地问,"假如我没有和若尘结婚,你这把钥匙预备怎么办?"

"关于你们所有的疑问和问题,我想,等你们先使用过这把钥匙之后,我再答复你们,怎样?如果你们要节约时间,现在就可以到××银行去,那保险箱中,一定有你们很感兴趣的东西!"

这是个大大的惊奇和意外,而且还包含着一个大大的"谜"。若尘和雨薇都按捺不住他们的好奇心。立刻,他们没耽误丝毫时间,就跳上了老赵的车子。

他们终于取得了那个保险匣,在一间小秘室内,他们打开了那匣子,最初映入他们眼帘的,是一个信封,上面有老人的亲笔,写着:

耿若尘、江雨薇同启

若尘看了看雨薇,说:

"你还说父亲不愿意我们结合吗?"

雨薇已迫不及待地拆开了信封,抽出信笺,她和若尘一起看了下去,信是这样写的:

若尘、雨薇:

当你们能够顺利看到这封信的时候,相信你们已经结为夫妻,而且,若尘也已挽救了公司的危机,重振了业务。因为,这是你们能打开这保险匣的两个条件,若有任何一个条件不符合,你们都无权开启这保险匣。

我相信你们一定有满腹的疑问,你们一定怀疑我是否赞成你们结婚,因为,我曾分别留过两封信给你们,都暗示你们并非婚姻的佳配。哈哈,孩子们,你们中了我的计了!事实上,自从见到雨薇之后,我就认为若尘的婚姻对象,非雨薇莫属。等到雨薇把若尘劝回风雨园,再目睹你们之间的发展,我就更坚定我的看法,你们是一对佳儿佳妇,我却深恐你们不能结为佳偶!因为你们都有太倔强的个性、太敏锐的反应,和太易受伤的感情。因此,我思之再三,终于定下一计。

我把风雨园留给雨薇,却让若尘住在里面,造成你们朝夕相处的局面。可是,若尘性格高傲,未见得肯住在属于雨薇的房子里。不过,我并不太担心这点,我深知若尘有不肯认输的习性,因此,我只好借助于X光,告诉若尘一个错误的情报,故意刺激你的嫉妒与好胜心。至于雨薇呢!天下的男人都有同样的毛病,越难得到的越好,所以,我告诉你别让他"轻易"追上你,制造你心里的结。于是,雨薇是若即若离,若尘是又爱又恨,你们将在艰苦与折磨中,奠定下永恒不灭的爱情基础。当然,我这一举也很可能弄巧成拙，那么，我就只能怪我这个老糊涂自作聪明了。但是，以我对你们两个的认识，我相信你们终会体谅到我的一片苦心。

若尘从小就天资过人，但是，在我的骄宠下，已造成不负责任、放浪不羁的个性，如何把你这匹野马纳入正轨，使我伤透了脑筋。我信任你是个有出息的孩子，又怕你那份浪子的习性，因此，我留下两千万元的债务给你，如果你竟放弃了负担这个债务的责任，那你也开不了这个保险匣子。假若你竟能挽救纺织公司的颓势，你才真不愧是我心爱之子！事实上，纺织公司虽连年亏欠，已濒临破产，但我在海外的投资，却收获丰富，所以，纺织公司的债务根本不算一回事，我故意不加挽救，而把这难题交给你，我想，当你看到此信时，一切问题早已迎刃而解。我虽不能目睹，但却能预期。若尘、雨薇，我心堪慰。

在这保险匣中，有一个瑞士银行的存折，约值台币五千万元，这是我历年海外投资的收益，如今全部留给你们两人，任凭你们自行处理。哈哈！若尘，你父亲并非真正只有债务，而无财产，他仍然是个精明能干的大企业家！不是吗？

保险匣中，另有一个首饰盒，其中珠宝，价值若干，我自己也无法估计，这是我多年购置，原想赠送给晓嘉的，谁知晓嘉遽而去世。这些珠宝，我将转赠给我的儿媳雨薇。若尘若尘，如果你曾为你母亲的事恨过我，那么，应珍重你和雨薇这段感情。我虽对不起你母亲，却把雨薇带给了你，我相信，在泉下，我也有颜见你母亲了！

现在，你们已经得到了一笔意外的财产，希望你们善为运用，千万不要给培中、培华，若干年来，他们从我这儿所取所获，已经足够他们终身吃喝不尽。纺织公司若没有他们的拖累，也不至于亏欠两千万元！所以，不必因为得到这笔"遗产"而有犯罪感，钱之一物，能造就人，也能毁灭人！给了你们，可能大有用处，给了他们，却足以毁灭他们！

好了，我要做的事情都已经做了，你们既然看到了这封信，相信你们要做的也都做了！我有佳儿如此，佳妇如此，夫复何求！我现在只想大笑三声：哈！哈！哈！

在人生这条漫长而崎岖的途径上，我已经走完了我的路，以后，该你们去走了！孩子们，要走得稳，要走得坚强，不要怕摔跤，那是任何人都难免的，孩子们，好好地迈开大步地走下去吧！

最后，愿你们无论在富贵时，或贫困时，艰苦时，或幸福时，永远都携手在一起！

    父亲绝笔一九七一年六月

若尘和雨薇看完了这封信，他们两人面面相觑，眼睛里

都凝满了泪水,他们先没有去看那存折和首饰盒,却猝然拥抱在一起,紧紧地依偎着。然后,若尘望着他的妻子,轻声说:

"你还认为父亲反对我们结合吗?"

"他是个多么古怪幽默,而聪明的老人呀!"雨薇说,"这一切对我而言,实在像天方夜谭里的一个故事!"

若尘取出了那首饰盒,打开来,顿时间,光芒耀眼而五彩斑斓,里面遍是珍珠宝石、项链、戒指、手串、头饰、别针……样样俱全。若尘在里面选出了一个钻石戒指,那钻石大得像粒弹珠。他说:

"把我给你的那个小钻石戒指换下来吧!"

"哦!不!"雨薇慌忙把手藏到背后,红着脸,带着个可爱的微笑说,"请你让我保留我这个小钻戒,好吗?"

若尘凝视着她,低声说:

"你真让我不能不爱你,雨薇。"

她再度依偎进了他的怀中,他揽着她,两人默立了片刻。然后,他说:

"骤然之间,得到这样一大笔钱,我们该怎么办?"

雨薇微笑了一下,说:

"我们把这保险匣仍旧锁好,先回去见过朱律师再说,好吗?"他们回到了家里,朱正谋仍然在风雨园中等着他们,看到那两张焕发着光彩的脸,朱正谋不由自主地微笑起来。耿克毅啊耿克毅,他想着:你这怪老头儿何等幸运,你导演了所有的戏,而每幕戏都按你所安排的完成了,现在,你真值得人羡慕,竟有此佳儿佳妇!他迎上前去,微笑地说:

"你们看过一切了吧！现在，你们才是名副其实的大财主了，而且，你们还这样年轻！"

"有个问题，朱律师，"雨薇问，"假若我没嫁给若尘，假若纺织公司也没有扭转颓局，这笔款项和珠宝将属于谁呢？"

"依照克毅的吩咐，三年后，你们两个条件只要有一个没实现，这笔款项将以无名氏的名义，捐赠给慈善机关。"朱正谋笑着，"没料到你们不到一年，就已经完成了两个条件，我也总算到今天为止，才执行完了你父亲的遗嘱，我很高兴，到底无负老友的重托！"

想到朱正谋一直掌握着这把钥匙，在仅仅是道义的约束下，执行这没有人知道的"遗嘱"，耿若尘对朱正谋不能不更加另眼相看，而由衷敬佩。

朱正谋沉吟了一下，微笑地望着他们：

"现在，你们将如何处理你们的财富呢？"

"首先，"雨薇说，"我们要把老李老赵他们应得的数字给他们，这只是小而又小的数目，剩下来那一大笔钱，我倒有个主意……"

"别说出来！"若尘嚷，"我也有个主意……"

"你们不介意的话，我还有个提议……"朱正谋也开了口。

"这样吧，"雨薇笑着说，"我们都别说出来，每人拿张纸，把自己的意思写在纸上，再公开来看，两票对一票，假若有两票相同，我们就照两票的去做！"

"很好！"若尘说，拿了三张纸来。

大家很快就把字条写好了，雨薇先打开自己的，上面

写着:

"立德所提议的学校。"

她再打开若尘的:

"办孤儿院与问题儿童学校。"

最后,是朱正谋的:

"订婚夜所谈的那所学校。"

大家面面相对,接着,就都大笑了起来,笑得前俯后仰。朱正谋开心地说:

"为了这么好的'不约而同',我必须要喝杯酒!"

若尘取来酒杯和酒瓶,豪放地说:

"我们都要干一杯!"他注满了三人的杯子,走到老人的遗像前面,对老人举起了杯子,他大声说:"敬您!爸爸!"

大家都对老人举了杯子。老人的遗像屹立在炉台上,带着个安详的微笑,静静地望着室内的人们。

晚上,有很好的月亮。

若尘挽着雨薇,漫步在风雨园中。云淡风清,月明星稀,他们手挽着手,肩并着肩,慢慢地、缓缓地踱着步子,月光把他们的影子投在地上,忽焉在前,忽焉在后。风声细细,竹叶簌簌,树影仿佛,花影依稀,他们停在爱神前面。若尘凝视着雨薇说:"雨薇,我有个问题要问你。""是的。"

"你心里还有打不开的结吗?"她知道他指的是那阕词:

天不老,情难绝,心似双丝网,中有千千结。

她微侧着头，考虑了一下，说："是的，还有一个。"他微微一愣，说："什么结？""你所说的那个结。"她低语。"我所说的？"他愕然问。"你忘了？"她微笑，低念着：

天不老，情难绝，心有双丝网，化作同心结！

她抬眼看他，轻声耳语："别打开这个结，我要它永在心中！"他低叹，轻喊："雨薇！我真不知道我有多爱你！"

拉过她来，他埋下了他的头，月光又把他们两人的影子重叠成了一个。

云淡风轻，月明星稀，风雨园中，无风无雨，只充满了一片静谧与安详的气氛。

爱神仍然静静地伫立着，静静地凝视着园中的一切。

——全书完——

一九七二年十二月二十九日夜初稿
一九七三年一月三日夜修正完毕

（京权）图字：01-2024-1753

图书在版编目（CIP）数据

心有千千结 / 琼瑶著. -- 北京：作家出版社，2024.10
（琼瑶作品大合集）
ISBN 978-7-5212-2829-8

Ⅰ.①心… Ⅱ.①琼… Ⅲ.①长篇小说 – 中国 – 当代 Ⅳ.①I247.5

中国国家版本馆 CIP 数据核字（2024）第 089085 号

版权所有 © 琼瑶

本书版权经由可人娱乐国际有限公司授权作家出版社出版简体中文版
非经书面同意，不得以任何形式任意重制、转载。

心有千千结

作　　者：	琼　瑶
责任编辑：	李　雯
装帧设计：	棱角视觉　纸方程·于文妍
出版发行：	作家出版社有限公司
社　　址：	北京农展馆南里 10 号　　邮　编：100125
电话传真：	86-10-65067186（发行中心）
	86-10-65004079（总编室）
E-mail:	zuojia@zuojia.net.cn
http://www.zuojiachubanshe.com	
印　　刷：	三河市紫恒印装有限公司
成品尺寸：	142×210
字　　数：	185 千
印　　张：	8.875
版　　次：	2024 年 10 月第 1 版
印　　次：	2024 年 10 月第 1 次印刷
ISBN 978-7-5212-2829-8	
定　　价：	39.00 元

作家版图书，版权所有，侵权必究。
作家版图书，印装错误可随时退换。

品琼瑶经典
忆匆匆那年

琼瑶作品大合集

1963 《窗外》	1981 《燃烧吧！火鸟》
1964 《幸运草》	1982 《昨夜之灯》
1964 《六个梦》	1982 《匆匆，太匆匆》
1964 《烟雨蒙蒙》	1984 《失火的天堂》
1964 《菟丝花》	1985 《冰儿》
1964 《几度夕阳红》	1989 《我的故事》
1965 《潮声》	1990 《雪珂》
1965 《船》	1991 《望夫崖》
1966 《紫贝壳》	1992 《青青河边草》
1966 《寒烟翠》	1993 《梅花烙》
1967 《月满西楼》	1993 《鬼丈夫》
1967 《翦翦风》	1993 《水云间》
1969 《彩云飞》	1994 《新月格格》
1969 《庭院深深》	1994 《烟锁重楼》
1970 《星河》	1997 《还珠格格第一部1阴错阳差》
1971 《水灵》	1997 《还珠格格第一部2水深火热》
1971 《白狐》	1997 《还珠格格第一部3真相大白》
1972 《海鸥飞处》	1997 《苍天有泪1无语问苍天》
1973 《心有千千结》	1997 《苍天有泪2爱恨千千万》
1974 《一帘幽梦》	1997 《苍天有泪3人间有天堂》
1974 《浪花》	1999 《还珠格格第二部1风云再起》
1974 《碧云天》	1999 《还珠格格第二部2生死相许》
1975 《女朋友》	1999 《还珠格格第二部3悲喜重重》
1975 《在水一方》	1999 《还珠格格第二部4浪迹天涯》
1976 《秋歌》	1999 《还珠格格第二部5红尘作伴》
1976 《人在天涯》	2003 《还珠格格第三部天上人间1》
1976 《我是一片云》	2003 《还珠格格第三部天上人间2》
1977 《月朦胧鸟朦胧》	2003 《还珠格格第三部天上人间3》
1977 《雁儿在林梢》	2017 《雪花飘落之前——我生命中最后的一课》
1978 《一颗红豆》	2019 《握三下，我爱你——翩然起舞的岁月》
1979 《彩霞满天》	2020 《梅花英雄梦之乱世痴情》
1979 《金盏花》	2020 《梅花英雄梦之英雄有泪》
1980 《梦的衣裳》	2020 《梅花英雄梦之可歌可泣》
1980 《聚散两依依》	2020 《梅花英雄梦之飞雪之盟》
1981 《却上心头》	2020 《梅花英雄梦之生死传奇》
1981 《问斜阳》	

♥